約束した街
伊兼源太郎
幻冬舎

約束した街

装丁 bookwall

contents

一九九五年三月

目の前で白い息が弾み、消えていく。俺は小走りで中学校に向かっていた。いつもより一時間早い登校だった。

お目当てがある。教室から見える六甲山系だ。いつまでも冬が居座っているように思えても、山は新しい緑に色づきだした。季節は確実に移り変わっている。高台の教室からゆっくりと六甲山系を眺め、記憶と体の奥底に刻み込みたい。

来週金曜、卒業式を迎える。俺はこの街を離れる。始終吠《ほ》えるコリー犬がいる家、三叉路の角の古い煙草店、色あせた郵便ポスト、ビニールシートで覆われた一角、瓦礫《がれき》が積み重なったかつての路地。通学路の景色もまもなく見納めだ。

午前七時の校舎はしんとしていた。教師たちが通勤に使う車は一台もない。つい数週間前までは二十四時間、震災の避難者がいた体育館にも誰もいない。

目当ての教室は三階にある。二階から三階に続く階段に足をかけた時だった。

女子生徒の大きな声がした。我知らず、俺は階段を一段飛ばしで駆け上がっていた。廊下に男女が揉み合う姿があった。

「やめて」

女子生徒はニナで、男子は太田学《おおたまなぶ》だった。ニナは太田の学生服の第二ボタン辺りに手をやっている。

俺は二人の間に割って入ろうとした。太田の胸倉に左手が触れた。太田の体がぐらりと揺れた。ニナの手が太田の胸から離れる。

窓が開いていた。太田の上半身が消えた。上履きの底が見えた。ニナの絶叫が響き、そこに何かが潰れる音が混ざった。咄嗟《とっさ》にニナの頭を胸に抱え込んだ。どれくらいそのままでいたのだろう。ニナを胸に抱きかかえたまま、恐る恐る窓から見下ろした。

黒い血溜まりに、頭の砕けた太田がいる。ぴくりとも動いていない。こみ上げる吐き気を堪《こら》えた。血が逆流しそうだった。なんとか廊下に視線を戻す。

封筒が落ちていた。

告発状。乱れた字で表にそう書かれている。手を伸ばして拾い上げると、裏に太田の名前があった。告発状には俺たちの名前が書いてあるはずで、見つかれば、太田を突き落とした疑いを持たれてしまう。力任せに学生服のポケットに押し込んだ。

耳元で鼓動が激しく波打った。再びニナを抱え込んだ。ニナが言葉になっていない呻《うめ》き声を発している。俺はニナを強く抱き締め続けた。

DAY 1

1

夕暮れの香りがした。どこか熾火《おきび》の匂いにも似ている。華やかな夏の余韻を久しぶりに嗅いだ。八月ももうすぐ終わる。

午後六時過ぎ、丸ノ内線の茗荷谷駅《みょうがだに》で降り、私は交通量の多い春日通りを後楽園方面に歩いていた。すれ違うのは買い物袋を重たそうに提げた主婦や学生ばかりだ。湿ったスーツの上着を片手に抱え、ネクタイを緩めて歩く私は場違いでしかない。

レジ袋のかさつく音が手元で散った。通り沿いのスーパーで焼き鳥とソーダ水、氷を買い込んだ。鞄には飲みかけのウイスキーのボトルが入っている。オフィスのデスクにこっそり忍ばせ、時折夜中に口にした年代もののマッカランだ。焼き鳥にハイボール。鉄板の組み合わせも当面、お預けになる。

こんなに早く帰宅できるのは何年ぶりだろう。まるで記憶にない。いつも夜中から朝方に帰っていた。

来週、私はロンドンに赴任する。次はニューヨークかフランクフルトだ。

――四十四歳でロンドンなんて栄転だな。

――同期の出世頭だよ。

――さすが、結城《ゆうき》さん。おめでとうございます。

相次ぐ祝福にも感慨はなかった。働く場所が変わっても、やるべき仕事は変わらない。有利な条件でモノを買い、売る。その繰り返しに過ぎない。

商社の新エネルギー・資源部門の一員として世界を駆け回り、三年前からは監理業務を担った。世界各地からの報告をとりまとめるだけの業務なんて楽勝だとたかをくっていた。大きな勘違いだった。

社内派閥の対立、幹部間の駆け引き、政治家との折衝――。

内勤業務に付随するあれこれが厄介で、まるで興味も持てなかった。

「君は我が常務派の隠し球だ。潰れないよう、確保しておかなきゃならん。ひとまずロンドンに行ってくれ」

二ヵ月前、上司はおためごかしに告げてきたが、ていのいい戦力外通告だろう。相手派閥を切り崩す手駒には適さないと判断されたのだ。本来の業務で結果を出させた方が派閥の力も強まる。もっとも、私自身は常務派になった覚えはない。常務当人と会話をした覚えすらない。

「常務派のお歴々はお前に適当なポジションを与えて飼い慣らそうとした。結果、できないって判断しただけさ」

仲の良い同期は解説してくれた。

「そういうお前はどっちかの派閥に入ってんのか?」と私は尋ねた。「やけに社内動向に詳しいじゃないか」

「お偉方は、俺なんか欲しがらねえよ。長年総務部にいると、嫌でも派閥のつば迫り合いが耳に入ってきてさ。ロンドンで俺たちの食い扶持をたんまり稼いでくれ。できる奴は辛いよな」

「ただの働き蟻《あり》だよ」

どの国でも、人間の感情は表情に現れる。大抵ごく些細な変化として。ビジネスに嘘やはったりは付き物だ。口で白と言っても、顔が黒と述べるケースなんてざらだ。白と黒のずれには弱みや本音が隠れている。本音を読み取れれば、交渉を優位に進められる。私はその機微を読むのが人より少しだけ優れていた。

転校生として身につけた技術を応用すればよかった。転校生に居場所はない。そこで転校初日、必ず行うことがあった。敵と味方の見極めだ。ひたすらクラス全員を眺めていると、一時間もすれば彼らの感情が自ずと透けてくる。あとは味方に近づき、居場所を確保すればいい。

その延長線上が四十四歳でのロンドン支社駐在。悪くない。親に感謝すべきか。転校生にしてくれてありがとう、と。

今日がロンドン転勤前、最後の勤務日だった。引き継ぎはとっくに済ませていた。午前九時から午後五時まで社内の挨拶回りで時間を潰した。不毛な会話に終始し、送別会の誘いはなかった。

——今日くらいは大事な人と過ごせよ。

同僚や上司は示し合わせたかのように口を揃えた。オマエと飲む暇はない。どの顔も本音が透けていた。寂しさは微塵もない。私は社内で自分を曝《さら》け出してこなかった。そんな人間と別れの杯を交わしたい者なんていない。

播磨坂《はりまざか》を下っていく。葉を茂らせた桜並木が鮮やかな夕陽を浴びている。中腹に建つ、こぢんまりとしたマンションが目に入る。三階建てで、ワンフロアに三部屋しかない。十年以上前、辺りの街並みと手頃な値段が気に入り、購入した。ローンはまだ二十年近く残っており、ロンドンにいる間は賃貸に出す。いつ帰国できるか定かでない上、付近の不動産価格は最近高騰している。売却も頭をかすめたが、愛着もあり、やめた。

建物には夜中では目につかないひびが壁に入っていた。購入した頃にはなかった。時間はあまねく平等に流れている。

エントランスはひんやりとしていた。エアコンが効き、季節はずれの梅の香が焚かれている。オートロックを解除し、エレベーターで三階に上がった。廊下に人影があった。

中学生から高校生くらいの少女だ。手持ち無沙汰そうに内廊下の壁に寄りかかっている。三階に家族連れは住んでいないはずだ。珍しく週末に休めた時も、子どもの声を聞いた記憶はない。少女は肩から斜めがけのポシェットを下げ、足元には大きなボストンバッグを置いている。

彼女と目が合った途端、私は自分がタイムスリップした気分になった。

似ている。

手足がすらりと長い。純白の半袖シャツに濃紺のジーンズ、黄色のコンバースがよく似合っている。

　あの、と彼女の口から遠慮がちな声が漏れた。

「結城隼《しゅん》さんでしょうか」

「ええ。なぜ君は私の名前を……」

　少女は壁を背中でぽんと押し、跳ねるように私の前に進んだ。

「母がどこにいるのか、ご存じありませんか」

「君のお母さん？　君の名前は？」

「リュウ・ジーナです」少女ははっきりとした口調で言った。「リュウ・ニナの娘です」

　私は瞬きを止めた。二十八年間、胸にあった名前だ。二十八年。四半世紀以上の時間があれから流れた。あっという間だった。

「母、憶《おぼ》えていらっしゃいますよね」

「もちろん。だけど、ニナがどこにいるのかは知らないよ」

　ジーナの顔に翳《かげ》がさした。私はニナの連絡先すら知らない。神戸の中学を卒業して以来、会っていない。私は東京の高校に進学した。ニナは、転校生として培った技術が通じない数少ない相手だった。中学を卒業後、一度だけニナの名前を聞いた。大学時代、キャンパスで女性に声をかけられ、相手は中学の同級生だった。ニナと同じ高校に通ったのだという。ニナは別の都内の大学に進学していた。私たちは数少ない思い出話と、大学卒業後の進路を簡単に話した。思い出話の中にニナの名前が出てきた。

ジーナの目に強い光が宿った。

「一緒に神戸に行ってくれませんか。母を一緒に捜してください。行方不明なんです。私には結城さんしか頼れる人がいません。お願いします。中学生一人でできることなんて知れています」

ジーナの瞳を見つめた。彼女の瞳にゆらめきを見た。私は腹の底から息を吐いた。

「お父さんは？」

「十五年前、交通事故で亡くなっています」

「すまない。辛いことを訊いてしまった」

「大丈夫です。わたしが生まれたばかりの頃なので、哀しくないんです」

「廊下でする話じゃないな。中で聞くよ。入って……いや、独身男の部屋にはまずいか。喫茶店にでも行こう」

「紳士ですね。疲れたので、いますぐ座りたいのが正直なところです」

ジーナが初めて微笑《ほほえ》んだ。

「なら、どうぞ」

部屋には熱気がこもっていた。私は窓を二ヶ所開けた。こうすれば風が通る。間取りはキッチンとリビング兼寝室の二部屋しかない。寝るだけの生活には充分な広さだが、ジーナがどこに座ればいいのかを戸惑うのにも充分な広さだった。彼女は壁際に立ったままでいる。

「そこに座ってくれ。クッションもある」

声をかけると、ジーナはボストンバッグを足元に置き、クッションを使わずにリビングの床に座った。ふくらはぎを揉んでいる。長い時間、立っていたのか。

「シンプルな部屋ですね」

「物は言い様だね。殺風景だろ？　必要な物はあるんだ」

冷蔵庫、電子レンジ、テレビ、ベッド、本棚、オーディオ、ハンガーラック。私はジーナに笑いかけた。

「引っ越しを繰り返した教訓でね。身軽な方が次の場所に移りやすい」

「ご結婚は？」

「言ったばかりだよ。身軽な方が次の場所に移りやすいって」

私は焼き鳥を電子レンジにかけた。冷蔵庫からよく冷えたオレンジジュースを取り出してグラスに注《そそ》ぎ、ジーナに渡した。ありがとうございます。喉を鳴らし、彼女は一気に飲み干した。ジーナの大きな目がさらに見開かれた。

「このオレンジジュース、おいしいです」

「なによりだ。オレンジジュースにはこだわってるんだ。『オレンジジュースは太陽の味がする』。昔、友だちに言われて以来、買い続けてててね。夜中に飲んでも太陽を浴びた気になれる。不健康な社会人――私にとっては、いわば薬代わりかな」

私はジーナのグラスにオレンジジュースを注《つ》ぎ足し、自分も一杯飲んだ。甘さに酸味の混ざったいい味だ。

「いつから廊下にいたんだ？」

「お昼過ぎから」

「まさか、ずっと私を待ってたとか」

ジーナがこくりと頷《うなず》き、柔らかそうな前髪が揺れる。

「インターホンを鳴らしても応答がなかったので。会えなかったら困りますから。せっかくオートロックドアを抜けられましたし。飲み物も食べ物も我慢してました。トイレに行きたくなったら大変です」

もう七時間近く経っている。喉も渇くはずだ。

「どこから来たのかな」

「阿佐ヶ谷《あさがや》です」

JRや地下鉄を乗り継げば、ここまで三十分とちょっとしかかからない。

「いつからニナは東京に?」

「さあ、私は物心ついた頃から東京にいます」

ニナは東京にいたのか。どこかですれ違っていてもおかしくない。いや。私とは生活のリズムが違うだろう。

電子レンジが鳴った。換気を終え、窓を閉め、エアコンをつけた。温めた焼き鳥をジーナに渡す。

「食べてくれ。話はそれからだ」

ジーナが串に左手を伸ばした。私はハイボールを作り、喉を潤した。

目の前のジーナを見つめる。中学時代に戻り、ニナといる気分だった。結婚していれば、私もジーナと同じくらいの子どもがいてもおかしくない。これまで気になる女性も付き合う女性もいたが、結婚とは縁のない人生だった。

ジーナが鼻の頭を左手の小指で掻いた。青い石が連なるブレスレットが手首で揺れる。そうだった。教室の片隅でニナも同じように鼻をよく掻いた。

「いいブレスレットだね」

「母にもらったんです。幸運のお守りとして」ジーナは自慢げに左手首を見せてきた。「ネットで調べたら、ターコイズって石みたいです」

「ちょっと見せてもらえるかな」

ジーナが三重に手首に巻かれたブレスレットを外し、私はそれを受け取った。懐かしい感触が手の平にあった。

「これはターコイズじゃない、ラピスラズリだよ」

間違えるはずがない。私が三宮の高架下で買ったネックレスだ。神戸を離れる際、ニナに贈った。他人への初めてのプレゼントだった。

——せっかくや、隼につけてもらお。

私が首にかけようとすると、ニナは左手首を出してきた。

——こっちにして。世界に一つだけのブレスレットになるやん。

ニナはにっこりと笑った。私はぎこちない手つきで、左手首に三重に巻いたのだった。

ジーナは串もグラスも左手で扱っている。

「君は左利きだろ。ブレスレットを右にしないのか？　邪魔だろ」

「母も左にしていたので」

言葉に詰まった。ジーナは、ニナが左手首にブレスレットを巻いた仔細を知らないのだ。

――こうすれば、絶対に隼を忘れへん。あんなこともあったし、忘れるわけないけど。

ニナは目を細め、左手を眺めていた。

ジーナが食べかけの焼き鳥を皿に置いた。

「どうして母は帰ってこないんでしょうね」

私は彼女の声に涙のニオイを嗅ぎ取った。ジーナは歯を食い縛っていた。肩も小刻みに震えているのに涙はない。父親も死亡しているのなら、心細さは相当だろう。

「泣いていいんだぞ」

「泣きません」

「君は何歳だ？」

「十五歳です」

「まだ中学生なんだ。別に泣くのを恥ずかしがらなくていい」

「絶対に泣きません。母も言ってました。『滅多に泣くもんじゃない、泣いたら負けだ』って」

新神戸駅での別れ際、私とニナは今と似た会話をした。

――泣いていいんだぞ。

――泣いたら悲しくなるやん。泣いたら負けや。

ニナは無理矢理に作った笑みを浮かべていた。瞳は真っ赤だった。

泣いたら負け。十五歳の少女にも戦いはある。私はジーナを見守った。目を見開き、涙がこぼれるのを堪えている。私は黙って待った。

ハイボールが空になった。二杯目を作り、できるだけゆっくりと飲んだ。

テーブルに置いた携帯電話が震えた。会社からだった。耳にあてるなり、社内のざわめきが漏れてきた。英語、中国語、スペイン語、各国の言語が飛び交っている。

おい、と隣の席だった同僚が言った。

「例の女から電話があったぞ。一緒にいるんじゃないのか」

例の女と会うんだろ？　今日最も多くかけられた言葉だ。

東京本社に来て以来、オフィスに見知らぬ女から私宛てに何度も電話がかかってきた。当の私はその女の声を聞いたことがない。取り次がれても、いつもすでに切れていた。相手はある取引先を名乗っているが、先方はそんな電話をかけていないという。何度目かの時から、私は先方に折り返しの電話を入れるのをやめた。時間の無駄だ。例の女、と同僚たちはいつしか名付けた。

「違う女の子と一緒にいるんでな」

「さすが出世頭。うまくやれよ」

通話を終えると、ジーナの視線を感じた。瞳は潤み、充血している。新神戸駅でのニナのように。

あれ以来、私は神戸を訪れていない。

「母は一週間前に家を出ていったきり、帰ってこないんです」

「君はさっき一緒に神戸に行ってほしいと言った。なぜ神戸なんだ」

「神戸に行くっていう書き置きがあったので。図書館から帰ってきたら、テーブルにあったんです」

「神戸にはニナの両親、つまり君にとっては祖父母がいる。連絡したのかい」

「二人ともわたしが生まれて三年後に病気で亡くなってます」

単純な里帰りの可能性が消えた。里帰りだとすれば、ジーナに何も言わずに姿を消すはずもないか。

「ニナのお姉さん、君にとって伯母さんのメイには相談したのかな」

「伯母は母が大学生の頃、事件に巻き込まれて亡くなったと聞いています」

「事件？　何の？」

「詳しくは知りません。母も教えてくれなくて」

メイの姿が瞼《まぶた》の裏に浮かんだ。快活な人だった。ニナと仲が良く、私も何度も会っている。

「ニナから連絡もないんだね」

「はい」ジーナは力なく頷いた。「ラインは既読になりませんし、携帯に電話しても出ません。いつも同じアナウンスで。おかけになった番号は電波の届かないところにあるか、電源が……って。大人なら誰とも連絡をとらずに一人旅に行きたくなるのかもって思うようにしてたんですけど、さすがに一週間ともなると不安になって」

「ニナが何をしに神戸に行ったのかは書いてあった？」

「いえ、まったく」

私たちの秘密はまだ保持されている。警察とは縁がなかった。それが何よりの証明だ。

「君は神戸に行ったことは？」

「生まれたのが神戸で、数ヵ月はいたみたいです。母方の祖父母が生きていた頃は、何度か行ったらしいです。父が亡くなった後、父方の祖父母と縁遠くなったので、母方の祖父母が亡くなった後は、母も一度も行っていません。父の墓もあっちにあるみたいですが」

「君にとって神戸は哀しい街なんだね」

「そんなことないですよ。父の事故はありましたけど、母はたまに、神戸の話をしてくれたんです。街の雰囲気とかを。いなくなる前夜も話していました。母が神戸の話をする際、結城さんの話題がいつも出たんです」

私は二杯目のハイボールを飲み干した。ウイスキーをグラスに注ぎ、生《き》のまま体に流し込む。カッと喉が焼け、甘さと苦味が広がる。

「どうして、この部屋に？」

「一度、年賀状をくれましたよね。母は大事にしてました。『お母さんに何かあったら、この人を頼って』と。なので、結城さんが何か事情をご存じなんじゃないかと……」

ニナに年賀状を送ったのは二十代最後の年末、つまり十五年前になる。何度も足を運んだニナの実家の場所は憶えていた。郵便番号や番地を調べ、送った。ニナの両親が転送してくれたに違いない。

「なんでその年だけ年賀状をくれたんですか」

「気まぐれだよ」

正直に理由を明かす必要はない。私がマンションを購入していたことで、ジーナはここに辿《たど》り着いたのか。

神戸を離れる時、ニナと約束した。十五年後にまた会おうと。

誰しも中学や高校の卒業式後に同級生たちと「何年後かに全員でまた会おう」などと、幼い約束をするだろう。おおかた、それらは実現しない。ニナとの約束も、私が年賀状を出した結果、延期になった。今年が延期した年にあたる。再会の日は決めていない。連絡を取り合える電話番号も変わった。教え合うこともなかった。ＳＮＳで頻繁にやりとりする現代の若者には想像もできない間柄だろう。仮に私たちが現代の学生だとしても教え合わなかった。互いに自分の存在で、相手に過去を思い出させたくないのだから。

私は左の手の平を眺めた。記憶に封をした。当初約束した、その封を開ける十五年を迎える前に、さらに十五年の延期を年賀状で提案した。

年賀状ですら、送るのに勇気が必要だった。年賀状に電話番号は記していない。その気も起きなかった。ニナも同じ心持ちだったに違いない。年が明けて届いた年賀状には、住所も連絡先もなく、ただ一言、『十四年後に』と素っ気なく書いてあった。

十四年という中途半端な数字をニナが提案した意図は定かでない。何度か思案を巡らせたが、答えは出なかった。

二十八年間、彼女との約束は常に私の頭の片隅にあった。約束の年を迎えても、仕事に追われる日々を口実に無視してきた自分もいた。再会しない方がニナのためになるのでは、と。自分がどうしたいのか、本当はわかっている。

タイムリミットはロンドンへ発つまでの一週間。いや、出国は七日後の午後だ。午前中には羽田空港にいたい。すると、六日目は神戸からの移動と荷出しにあてねばならない。明日からの五日間の勝負か。その間に捜し出さねば、再会の約束は果たせない。ニナが約束を憶えている確証はない。再会を望んでいないのかもしれない。

「警察に話してないのか」

彼らなら携帯の通話履歴やGPSの位置情報を通信会社から引き出せる。

「してません。母は警察を嫌っていたので。何となくですけど、いつも避けていた気がします」

あれから一度も交わらなかった人生を歩んだニナの体温を、急に身近に感じた。私も自然と警察を避けて生きてきた。

それに、とジーナが続ける。

「事件じゃないと警察は動かない、って小説によく書いてありますので」

「君は小説をよく読むのか」

「わりと。SNSで友だちとやりとりするよりも好きですよ」

「絶滅危惧種だね。小説家にとっては期待の星ってところか。どんな小説を読むんだい」

「チャンドラー、ペレケーノス、あとローレンス・ブロックとか。どうしました?」

「中三の少女がチャンドラーやペレケーノスを読む姿をなかなか想像できなくてさ」

「色んな中三の少女がいるってだけですよ。結城さんはどんな小説を……」ジーナは遠慮がちに部屋を見回した。「本、ないですね」

「つい二週間前までならたんまりあったよ」

私は海外作家と日本人作家の名前をいくつか挙げた。ジーナは小首を傾《かし》げ、斜めがけのポシェットからスマホを取り出し、指を動かした。メモしたのだろう。

「今度読んでみます」

「ペレケーノスやブロックが好きならお薦めだよ。細かい内容までは憶えてないけど」

「歳のせいってやつですね。母も記憶力の低下を嘆いてますよ。咄嗟に人の名前が出てこないとか、アイドルの顔が全部一緒に見えるとか。わたしの携帯番号ですら憶えてないくらいです。自分の携帯に登録してあるからって」

「誰もがいずれ経験することさ。これまでニナが家を空けたことは？」

「ありません。父がいない分、いつもそばにいてくれました。一週間も家を空けるのなんて初めてなんです」

仲のいい母娘《おやこ》のようだ。

「一週間は一区切りとも言える。明日、ニナが帰ってくる気はするかな」

「いえ、まったく。母の口癖をご存じですか？」

「口癖というか、信念みたいなものは憶えているよ」

わたしはやる時はやる女でいたいの――。


私とジーナは声を揃え、微笑みあった。ニナは娘にも信念を口にしていたのか。

「君はニナの信念からして、彼女が神戸で何かやるべきことがあり、一週間やそこらでは終わらないと睨《にら》んでるんだね」

「そうです。でも、電話にもラインにも反応しないで、わたしに何も言わないのが謎なんです」

「最近ニナに変わった様子は?」

ジーナはしばらく考えてから言った。

「特に何も」

「ニナは街の雰囲気や私のこと以外で、神戸のどんな話をした?」

「結城さんの他に、もう一人親友がいて、いつも一緒にいたって。海に行ったり、山に行ったり、焼肉を食べたり、買い物に行ったり。三人で海に沈む夕陽を見たことも話してくれました」

「それだけ?」

「それだけです」

「私しか頼れる人がいないと言ったけど、親戚は?」

ジーナが首を振る。

「母方も父方も親戚は遠くに住んでいるので、ほとんど会ったことがないんです。助けてほしいなんて言えません」

「それを言うなら、私とは初対面だ。親戚の方が合う回数は多かっただろ」

「結城さんの方が何十倍も親近感があります。母の話で。正直、食事や洗濯といった家事全般、わたし一人でできます。でも今年は受験ですし、母が戻ってきてくれないと色々面倒なんです。母を道具扱いする、薄情者みたいな言い方ですが」

強がりだろう。先ほど泣きかけたのだ。思春期の若者らしい感情だ。

「感情面だけじゃなく、現実的な側面に目を配れるのはとても大切だよ」

元々賢く、ニナの育て方も良かったのだ。

ジーナは目の前で正座をし、急に頭を下げた。

「どうかわたしを助けてください。力を貸してください」

母親の失踪。中学校の教員に相談する内容でもない。中学三年の夏ともなれば、受験勉強が本格化する。ニナは常にジーナのそばにいた。娘の進路に無関心であるはずがない。それなのに姿を消した。かなりの背景がある……。

巡り合わせか。突然、ジーナというきっかけが目の前に現れた。明日から休みというタイミングでもある。やることはなく、都内を散策して時間を潰そうと思っていたのだ。他の誰にもやらせられない。ニナを捜すのは私の手で行わなければならない。私自身も過去と対峙すべきなのだ。

「顔を上げてくれ。ところでうちのマンションはオートロックだろ。どうやって入ったんだ」

「宅配便の人が入っていったから、そのまま一緒に」

私はお手上げのポーズをとった。

「君は十五歳にしてはサバイバル術に長《た》けている。将来は明るいな。そんな人材の手助けをして、恩を売っておくのも悪くない」

ぱっとジーナの顔が輝いた。私はネクタイを抜き取った。衣擦れの音がした。ウイスキーをもう一杯、生のまま体に流し込む。

「ただし、私は来週にはロンドンに赴任しないとならない。残り時間は少ない。ニナの写真を見せてくれないか」

「ないんです」

「スマホで一枚や二枚撮っているだろ」

「母は写真嫌いなので。結婚式の写真もないんです」

そんなことがありうるのだろうか。もっとも、ジーナが嘘をつく理由もない。

「結城さんはご自分の写真、ありますか」

「言われてみればないな」

「やっぱり。わたしが母の写真嫌いを揶揄《からか》った時、結城さんも絶対そうだって力説されたんですよ」

私の性格なんて、十五歳の頃から基本的には変わっていないのだろう。

「行動の前に腹ごしらえしよう。焼き鳥だけじゃ足りないだろ。何が食べたい?」

「ハンバーガー」ジーナは即答した。「母はファストフードを食べさせてくれないんです。いつもウチで煮物とか肉野菜炒めとかそんなのばっかりで」

「ニナなりの信念なんだろうな」

ジーナは頬を膨らませ、ささやかな抗議を見せた。

「たまにはハンバーガーやフライドチキンも食べたいんですよ。友だちとこっそり食べるのが精一杯で。でも、お小遣いには限界がありますし」

「オーケー。ニナには内緒で食べに行こう。たらふく食べてくれ。おじさんの奢《おご》りだ」

2

私たちは部屋を出ると茗荷谷駅に行き、マクドナルドに入った。店内は狭く、席の半分が埋まっていた。学生だけでなく会社員の姿もある。ジーナはダブルチーズバーガーセットと追加でフィレオフィッシュ、私は単品のチーズバーガーとオレンジジュースを注文した。窓際の席で向かい合った。

「結城さんはどんなお仕事を？」

「簡単に言えば、モノを買ってきて売るだけだよ」

「最近では何を売買したんですか」

「レアアース」

「レアアースって恰好いい響きですね」

ジーナがダブルチーズバーガーにかぶりついた。

「聞こえはいいし、希少で、精密機器に不可欠でもある。元々はただの土さ」

「面白そうです。他に何を買ってきましたか」

「ボリビアでリチウム、コロンビアでニッケル、ブラジルで鉄鋼石。そんな感じかな。日常生活では意識する機会もない物質ばかりだよ」

「どんな人がいました？」

すぐには答えられなかった。初めて受けた質問だ。私が仕事でよく海外に行くと知ると、大抵の人間は羨ましがる。続く質問は決まっている。どこが一番楽しかった？　何がおいしかった？　住むならどこがいい？

私はオレンジジュースを口にした。薄い。それでもわずかに太陽の味がする。

「生活レベルは違っても、結局は人間なんてみんな同じさ。どこに住もうと頭の中身はたいして変わらない」

「お仕事、あまり楽しくないんですね」

「憶えておいた方がいい。仕事が楽しい必要なんてないんだ。楽しい方がいいに決まっているが、なかなかそうはいかない。『社会に貢献する』だの『人々の暮らしを豊かにする』だの『地球に優しい企業を目指す』だの、世の中の企業は綺麗事を身にまとっている。企業は勝つために綺麗事をアピールしているとも言える。世の中は綺麗事では動かないし、仕事なんて煎じ詰めれば、勝つか負けるかなんだ」

率直に答えた。ジーナは私が返答に込めた感情を見事に読み取った。そんな人間に誤魔化したり、嘘をついたりしたくない。相手の年齢は関係ない。

商社マンとなり、何度となく各国の有力者に袖の下を要求され、それに応じた。他国の企業を出し抜くため、虚偽の情報を流したケースもある。楽しめるはずがない。

「世の中って残酷なんですよね。こうして食べているお肉も、一年前は確実に生きていた牛ですし」

「何も、誰も傷つけない生き方なんて不可能なんだよ。そう踏まえた上で、どう生きるのかが重要なんだろう」私は頰をかいた。「偉そうに言ったものの、私も漫然と生きているだけさ。せめて残さずにおいしくいただこう」

ですね、とジーナが勢いよくハンバーガーにかぶりついた。私もチーズバーガーを口にする。ジーナが咀嚼《そしゃく》もそこそこに口を開いた。

「将来仕事で成功するために、今のうちからやっておいた方がいいことはありますか」

「中三でそんな先の、仕事のことを？　いささか早くないか」

高校や大学のことを考えるのが一般的だろう。

「早く準備しておけば、アドバンテージになるんじゃないかと」

「なるほどな。今やっていることが勝手に後で効いてくるよ」

「例えば？」

「社会人になりたての頃、ベトナムに行ったんだ。あの国では昼休み、若者はほぼ全員が本を読んでいた。店、会社、学校、どんな場所でも例外なくね。ベトナムの経済発展は目覚ましいだろ。同じ頃、別の東南アジアの某国に行った。某国は国民から教育の機会を奪うのに躍起だった。某国は今も貧しさに喘《あえ》いでいる」

ジーナが眉をひそめる。

「そのたとえ話、要するに勉強しとけってことですね」

「まさに」私は苦笑した。「学校の勉強は社会人になってからも意外と重宝するんだ」

「学校の勉強なんて、社会に出てから何の役にも立たないって意見もありますよね。SNSとかネットに溢《あふ》れてますよ。実際、学校で生徒が質問しても、先生たちもうまく説明してくれませんし」

「役に立てられるかどうかは本人次第だよ。学校の勉強は無益だと言ってる人は、自分が学んだ諸々を単に忘れているか、利用方法に気づいてないだけじゃないのかな。第一、学校の勉強を土台に専門知識を学んだ人たちが築いた社会で、我々は生活しているんだ。お金を稼ぐというだけなら、教養がなくても方法はあるけどね」

ジーナがポテトを口に運ぶ。

「英語と国語はまだ納得できますけど、歴史や数学も役に立つんですか」

「少なくとも、私の場合はね。海外で自国の歴史や政治を知らない人間は馬鹿にされる。相手にされないんだ。商社マンにとっては死活問題だよ」

「数学は?」

「社会人は様々な案件を抱える。しかも複雑で厄介な問題も多い。それらの解決に連立方程式や二次関数の考え方が応用できる。こちらと先方の利益に適《かな》う解決方法や落とし所を見つけ出すのは、xとyの解を導き出す作業と似ているんだ。結局、どんな職業に就こうと、自分の頭を使えるかどうかなんだよ。学校の勉強は、自分に合った物事の解決方法を身につけるための訓練だったと、今となっては実感できる。もっと勉強しておけばよかったよ。夏休みの宿題はやったのか」

「もちろん」ジーナは悪戯《いたずら》っぽく笑った。「まだに決まってるじゃないですか。結城さんは計画的にやってました？」

「もちろん」私も微笑んだ。「やってないに決まってるだろ。だから後悔してるんだ。あともう一つ、私の話からやっておくべきことが汲《く》み取れるよ。君はとっくにしているけどね」

「本を読んでおけ？」

「ああ。様々な人間や文化、考え方を知っておくんだ。日本ではバカがつくほど正直で実直で、清潔な生き方や思考が推奨されているだろ。近年、その傾向は強まっている。でも世界には嘘をつくより、騙《だま》された方が悪いっていう文化もある。騙し、騙されるのも人生の一つなんだ。彼らにとって日本人はいいカモさ。グローバリゼーションだのなんだのと騒ぐわりに、世界で戦うには日本人はうぶすぎる。君の時代で変えてくれ」

「荷が重いですけど、頑張ってみます」ジーナが食事の手を止める。「夏休みの宿題はいずれやりますし、勉強はします。成績もいいんです。本も読み続けます。だから結城さん個人のご経験も教えてください。勉強以外、何が仕事の役に立ちましたか」

転校を繰り返して身についた癖が仕事でも活きている、と話した。ジーナがハンバーガーをトレイに置いた。

「奇遇ですね。わたしも他人を見る目には自信があります。ずっとみんなを区別しなきゃいけなかったから。苗字《みょうじ》や名前が一般的じゃないってだけで、いじめてくる人がいるんです。どこが多様性の時代なんでしょうね」

そういえば彼女はリュウ・ジーナと名乗った。父親の苗字ではない。夫の死後、ニナが旧姓に戻したのだろう。

「いつの時代もくだらない連中がいる。ニナも苦労していた。もしかして、君はくだらない連中に負けたくないから泣かなくなったのか」

「はい。だって悔しいじゃないですか。だから将来の仕事についても色々検討しておきたいんです。絶対にくだらない連中に負けたくないので」

「だとしても、中学生最後の夏休みなんだろ。宿題はもとより、友だちと遊ぶ約束はないのか。神戸には私一人で行ってもいいんだ」

「みんな受験勉強ですよ。一応、遊園地に行こうって誘いはありましたけど、義理で声をかけてきた感じでしたし、親戚が危篤だからと断っちゃいました」

ジーナは素っ気ない口調だった。母親が行方不明だと明かせるほど、心を許せる友人はいないのだろう。

ニナは神戸に記憶を掘り起こしに行ったのか、まったくの別件か。現段階では判断できない。ニナもいい大人だ。ジーナの言う通り、一週間かそこら家を空けてもおかしくない。だが、ニナは娘の食事に気を遣っていた。連絡もないのは不自然だ。しかも困った時は私を頼るよう指示もしている。

私一人の方が身軽で、行動も楽だ。しかし、ジーナがきっかけを運んでくれた。一緒に行きたいと言う以上、彼女には神戸に向かう権利がある。ジーナがいれば、何か役立つ場面もあるだろう。

急に心が醒め、私は背もたれに寄りかかった。社会人生活でたまった垢だ。無意識につまらない打算をする自分への苛立《いらだ》ちを鎮めていく。

「手が止まってますよ。食べないんですか?」

「いや。最後までおいしくいただくよ。君は追加で何か要るか? 遠慮しなくていい」

「では、お言葉に甘えます」

ジーナは追加でチキンナゲットとてりやきバーガーを注文した。若さを目の当たりにし、羨ましくなった。

食事を終えて通りに出ると、腕時計を見た。昨日までなら、まだ仕事中だった。

「阿佐ヶ谷の家に連れていってくれ。別に君を信じてないいんじゃない。ただ自分の目でニナがいないのを確認したい。大人の目なら手がかりを見出せるかもしれない。ニナが帰宅している可能性だってある」

私の部屋にジーナのボストンバッグを取りに戻り、御茶ノ水駅で丸ノ内線からJRに乗り換えた。中央線は帰宅する会社員や学生で混雑していた。ジーナはすらりとした体を乗客の間に滑り込ませ、立ちながら器用に眠っている。本当にあの頃のニナに瓜二《うりふた》つだ。

阿佐ヶ谷駅から南に十数分歩き、大通りから一本入った閑静な住宅街にある、低層マンションの二階がニナたちの部屋だった。窓からはマンションに隣接する小さな公園が見える。かなりいい立地だ。公園は黒い木々の影の連なりと化している。部屋は2LDKで、整頓が行き届いていた。リビングの本棚には英語や中国語の原書が並んでいる。

「ニナの仕事は?」

「翻訳とか通訳をしてます。母は英語も中国語もペラペラなので。わたしが生まれる直前までは、大手家電メーカーにいたそうです」

冷蔵庫に見慣れた字が貼られていた。かつて私が送った年賀状だ。黄ばんでいる。

「部屋からなくなったものは?」

「特に気づいたものはありません。でも、母の持ち物すべてを知ってるわけじゃないので」

クレジットカード一枚あれば、どこでも生きていける世の中だ。荷物は必要ない。

「書き置きを見せてもらえるかな」

ジーナがリビングの奥の部屋から取ってきた便箋を受け取り、開いた。

神戸に行きます。困ったら、年賀状の人に相談してください。

帰宅の予定も具体的な行き先もない。

念のためしばらく待った。ニナへの書き置きを残そう。ボールペンを持ったまま、手が動かなかった。自分の携帯電話の番号を記す以外、どんな言葉も思いつかなかった。

私はジーナを部屋に残して、中央線の終電に飛び乗った。十五歳とはいえ、見ず知らずの男が同じ屋根の下で寝るわけにはいかない。

DAY 2

1

神戸の暑さは、質が東京と違った。時刻は正午前。まだ暑さの盛りではないのに、新神戸駅に降り立った瞬間、新幹線で冷えた体から汗が噴き出した。かつて私は神戸の夏を気に入っていた。日中の風は海の匂いがし、夜の風は山の香りがしたからだ。

蟬時雨《せみしぐれ》が聞こえる。新神戸駅の裏手はすぐ山だ。

今朝、私たちは東京駅で合流し、午前八時三分発の新幹線で東京を発った。ジーナが自分で切符を買うと言うので、それは大人の仕事だ、と私は半ば強引に二人分のチケットを購入した。

私のいる下り線ホームの窓から街が見える。二十八年ぶりに眺める街に目を奪われた。何棟もの高層マンションが建ち並び、現代的なビルも多い。十五歳の頃、空をもっと広く感じた。不自然な空き地など阪神・淡路大震災の傷跡もあった。反対の上り線ホームからでも、わずかながら海も見えた記憶がある。街が変われば、人も入れ替わる。私の知る神戸はもうない。ニナもこの光景を見たはずだ。何を感じたのだろう。

ホームに弱い風が吹き、海の匂いがした。突如、足元から震えが走った。四十四年生きてきて、初めての感覚だった。

出身はどこ？　地元は？　大学や会社での当たり障りない会話で出てくる質問に、私は返答を持たなかった。東京、大阪、名古屋、福岡、札幌、仙台。小学校の頃から色々な土地に住んだ。社会人となってから、それらの土地に国内出張する機会もあった。どの土地にも懐かしさを覚えることは一度もなかった。私に故郷はない、地元と呼べる土地はないとずっと思っていた。私にとっての地元は——。

ここ神戸だったのだ。神戸弁が話せなくても、住む人々が入れ替わっても、街の景観が変わっても。初めてそう身に染みた。

神戸の土を初めて踏んだのは十一歳の時だった。住んだのは五年間。東京の方が長く住んでいる。それにもかかわらず、風を浴びただけで体に刻まれた記憶が疼《うず》いている。

——土地には神秘的な力がある。大地の力を借りるんだよ。

南米のある集落を訪れた際、長老に教えられた。確かに土地には神秘的な力がある。神戸という土地は私の心を揺さぶってくる。私の人生は神戸以前と以後に分かれるのだ。

「母、見つかるでしょうか」

ジーナがぼそりと言い、私の心は現実に戻った。

新幹線でニナの近況を聞いた。中央線から見える西新宿の高層ビル群が好きで、麻婆豆腐作りに凝っていたなど、生活の細かな点ばかりで、神戸での行動を推測できる糸口はなかった。

「会いたい人間が二人いる。神戸に来たなら、ニナも二人に会ったはずだ」

二人とも連絡先を知らない。一人はそもそも本名すら知らない。もう一人は番号案内で照会しても、登録されていなかった。だが、あの二人は神戸を離れられない。

市営地下鉄で三宮駅に出てＪＲに乗り換え、元町駅で降りた。東西に改札がある。

「海っかわに行く」と私は答えた。「神戸では北側を山っかわ、南側を海っかわと呼ぶんだ」

「なんかロマンチックですね」

発想になかった。ロマンチックとはほど遠い人生を送ってきたのだろう。

改札口を出て海っかわに向かった。目の前の幹線道路で信号待ちしていると、高架下のパチンコ店からの騒音と車のエンジン音、電車の走行音が重なっていた。

額にハンカチをあてて汗を拭く会社員、真っ白な傘で陽射しを遮る女性、タンクトップ姿の若者。どこにもニナらしき姿はない。幸運は簡単には訪れない。

信号が変わると一気に人が動き出し、私たちも流れに混ざった。正面にゴシック調の建物が見えた。老舗百貨店の大丸だ。ジーナが人波に乗って、真っ直ぐ進もうとした。私は彼女の細い腕を軽く摑み、引っ張った。

「こっちだ」

右手の広いアーケード街に入った。明らかに人通りが減った。アーケード街――元町商店街には呉服店や洋菓子店など、古くからの店が並んでいる。

アーケード街から左に入った。

朱色の屋根や柱、龍の彫刻が施された壁など、派手な建造物が並ぶ一角に出た。横浜や長崎と並ぶ中華街の南京町だ。

南京町は香辛料の匂いが漂い、平日でも観光客で賑わっていた。東西約三百メートル、南北百メートルほどの狭いエリアに大小の店が百軒以上連なっている。『老祥記』の豚まんを買い求める行列や、パネルで記念写真を撮る家族連れなどの間を抜け、一本奥まった薄暗い小路を進む。人ひとりがやっと通れるほどの幅だ。左右には店なのか家なのか正体不明の小さな建物が連なり、足元は湿っている。

小路の中ほどに目当ての店があった。

端が擦り切れた、薄い灰色の暖簾《のれん》がかけられている。染められた文字は風雨でかすれ、解読不能だ。私が神戸にいた時と何も変わっていない。濁った磨《す》りガラス戸の向こうも見えない。一等地にありながらも建て替えられていないのは、主《あるじ》がまだ健在な証拠だ。

「控えめに言っても、おんぼろな建物だろ。普通なら素通りする場所だ。こう見えて、震災でも倒壊しなかったし、半壊すら免れたらしい」

「壁にはひびが入って、剝がれた部分もありますよ」

「だね。頑丈なのかそうじゃないのか。そういう得体の知れないところも建物の主を彷彿とさせる。昔の知り合いなんだ。ニナの知り合いでもある」

私はガラス戸に手をかけた。開けるのにはコツがある。一旦浮かせ、一気に横滑りさせないとならない。

体は憶えていた。古いガラスが揺れ、周囲にざらついた音が散った。冷えた空気が部屋から流れ出てくる。足を一歩踏み入れると、こもった空気特有の甘ったるいニオイに包まれた。足元もかつてと変わらず、踏み固められた土。目を凝らしても何も見えない。中の暗さと外の明るさの差に視神経がついていかない。昔もこうだった。

「ばあや、いるか」

返事はない。隣にジーナが並んできた。

「真っ暗ですね」

「じきに慣れるさ」

徐々に部屋の輪郭が見えてくる。正面の壁に青龍偃月刀《えんげつとう》が飾られていた。左右の壁沿いの棚には龍や猿の置物が並んでいる。金色の豚の貯金箱や首を振る辮髪《べんぱつ》人形もある。どれも見覚えがあった。あれから一体も売れていないのではないのか。

部屋の片隅で丸い影が動いた。新聞が畳まれる乾いた音が散る。

「誰だい」

影がしわがれた声を発した。

「隼だよ」

丸い人影が縦に伸びた。

「隼？　あの隼かい」

「そう。あの隼だよ」

ようやく目が慣れ、影が人になり、顔がはっきり見えた。ばあやは店と住居を区切る框《かまち》にちょこんと腰かけていた。

白髪を頭頂部で団子形にまとめ、細い眦《まなじり》には深い皺《しわ》が刻まれている。ばあやの見た目は何も変わっていない。出会った頃からおばあちゃんだった。一体、何歳なのだろう。紺色のサテン生地で仕立てられた服も記憶のままだ。長袖を着ているのに、まったく暑さを感じさせない。

ニナの両親は共働きで夜も遅かった。そのため小学校の頃から、電車を乗り継いでほぼ毎日、ばあやの店にやってきたそうだ。私も頻繁に訪れた。店の奥はばあやの住居になっており、ニナはたびたびここに泊まった。ばあやとニナの詳しい間柄は聞いていない。私が把握しているのは、二人が華僑という点だけだ。

「大人になってますますしゅっとしたねえ。何年ぶりや？」

「二十八年ぶり。もう俺も四十四だよ」

「どうりでアタシも商品たちと同様、アンティークになるわけやな」ばあやは細い目をさらに細めた。「隣の女の子は隼の娘かい」

「いや、ニナの娘だ」

ばあやの顔つきがかすかに翳った。見逃しそうなほど小さな顔の動きだった。

「何かあったのか、ばあや」

ばあやは溜め息をついた。

「相変わらず勘の鋭い子やな。まあ、座り」

私とジーナは、ばあやを挟む恰好で框に腰かけた。

「なんで隼がニナの娘を連れてるん？」

「なりゆきでね。この一週間のうち、ニナがここに来ただろ」

ばあやの目元が微妙に動いた。

「来てへん」

「ニナはばあやに世話になった。慕ってもいた。来ないはずない」

「事実は事実やで」

ばあやはジーナを一瞥《いちべつ》した。

「昔のニナにそっくりやなあ。メイにも似てる」

「俺も驚いたよ。まだ来てないにしても、いずれニナはここに来るはずだ」

「ニナは神戸に来てるんかい」

「そうらしい」

「母の書き置きがあったんです」

ジーナが事情を手短に説明した。

「ふうん、けど、ニナはここにはもう来んと思うで」

私はばあやと目を合わせた。暗い顔のわりに声はしっかりしている。ばあやは感情を取り繕っている。私が口を開こうとすると、ばあやの声が先に発せられた。

「他人の顔色を窺《うかが》い続けるんは、疲れるんとちゃうか」

「さあ。ずっとこうやって生きてきたんだ」

ばあやが急に話題を変えた意図は明確だ。私は黙った。訊くな。ばあやは言外にそう示している。ジーナの耳に入れたくないのか。私は心持ち頷いた。ばあやが口元だけで笑った。ばあやを知っていないとそれと察せられない笑い方だった。いまはこれ以上、何も訊けない。もう一人に会いに行く頃合いだろう。

「仕事は何をやってるんだい」

「商社勤めだよ」

「立派になったねえ」

「どうだかね」

表情や声《こわ》つきで相手が想定する妥協点を嗅ぎ取ったり、言葉の裏を読んだり、無意識に発せられた一言から本音を推し量ったり、なにげない言動から分析したりすることを立派というのだろうか。

「ニナがここに来たり、見つかったりしたら連絡をくれ」

私は鞄から手帳を取り出して一枚破き、携帯電話の番号を書いた。ばあやはメモを受け取った。

「見つかるもなんも、アタシは捜さんで」

「ばあやが捜さなくとも、耳に入ってくるだろ。力を貸してくれ。頼りにしてるんだ」

「まだアタシを慕ってくれてたんか」

「当たり前だろ。ばあやは誰のことも色眼鏡で見なかった」

「親がどんな連中だろうと、子どもに罪はない。そんだけの話や。こんな簡単な道理もわきまえてへん唐変木が多すぎんねん」ばあやがゆるゆると細い首を振る。「老いぼれにできるのは、耳を澄ます程度や。あんま期待せんといてな」

「ありがとう。助かるよ」

店を出ると、途端に熱風が吹きつけてきた。

神戸にいた頃、ばあやは色々なことを教えてくれた。

明日あそこの市長が逮捕される。西区に隠れていた強盗犯が明後日には捕まる。どこそこの誰があの娘と結婚する――。

華僑独自のネットワークがあるのだろう。ばあやがネットワークを使えば、案外、ニナを早く見つけられるのではないのか。少なくとも情報の断片は集まる。

私は、ばあやの店を振り返った。ばあやは私とニナが同級生の太田が死んだ現場にいたことを知っている。

私もニナも、太田と揉み合いになったことは話していない。窓から転落した太田の頭は砕け、血や脳が飛び散り、微塵も動いていなかった。即死だったのだろうか。落ちた直後に救急車を要請していれば、太田は一命を取り留めたのだろうか。

即死だったとしても、助からなかったとしても、私が救急車を要請しなかった過去は変えようがない。

2

新長田駅前は三宮駅近辺よりも変化していた。私が神戸を離れる直前、新長田駅周辺は空き地とシャッターが下りた商店街という印象だった。いまやきっちり区画整理され、鉄人28号の大きなモニュメントや、小綺麗な店まである。

道幅の広い通りを歩いていると、違う街に来た感覚になった。大正筋商店街に入ると、ようやく私の知る長田らしい景色になった。お好み焼き店、生花店、理髪店などが軒を連ね、人の暮らしの息吹や匂いがする。

大正筋から一本入った路地に目当ての店はあった。記憶にある店構えと違う。かつてはプレハブにトタン屋根で、赤提燈《あかちょうちん》を下げていた。

それが真っ白なコンクリート造の二階建てに変貌し、『明和苑』と彫られた立派なヒノキ製の看板も掲げられている。看板は分厚く、ニスで輝いていた。営業中。ガラスのドアにかけられたプラスチックの札は看板とは不釣り合いなほど古い。この札は私にも馴染み深い。ダクトから肉の焼けるいい匂いが漏れている。

隣でジーナの腹が鳴った。

「ちょうどいい、ここで昼飯を食べよう」

ジーナは嬉しそうに頷いた。

店内に客はいなかった。それでも肉が焼ける香ばしい匂いが満ちている。

ランチセットを頼み終えると、私は女性店員に言った。

「ジョンホさんを呼んでいただけますか。ソン・ジョンホです」

「申し訳ございません。この時間、社長は店におりません」

「では、連絡をとっていただけますか。結城隼が来たとお伝えください」

不躾《ぶしつけ》なお願いを低姿勢で押し切る。会社員生活で身についた交渉術の基本だ。女性店員は訝《いぶか》しそうに店の奥に消えた。

社長か。日本には一体何人の社長が存在するのだろう。ジョンホがその中でも異色であるのは間違いない。

しばらく待つと、女性店員が戻ってきた。

「社長から伝言です。『超特急で行く、ゆっくり食べててくれ』とのことでした」

「取り次いでくださりありがとうございます」私は女性店員に礼を述べ、ジーナに言った。「私とニナの友だちが来てくれる」

テーブルに運ばれてきた皿には肉が山盛りだった。二人が頼んだのはランチのロース定食だ。上質なカルビやハラミ、ミノまで皿に盛られている。

女性店員が微笑んだ。

「社長からのサービスです」

「ありがたく頂戴します」と私は一礼した。

「恐れ入ります」とジーナは大人びた口調で言った。

どの肉も絶品だった。漬けダレが染みた肉を嚙《か》むごとに、甘味と辛味が口に広がった。ジーナは次から次に肉を口に運んでいる。

「こんなおいしいお肉を食べるのは初めてです」

「二十八年ぶりに食べても、明和苑の焼肉に勝てる店はないと断言できるよ」

六本木や銀座の高級な有名焼肉店に何度か行ったが、どこも物足りなかった。明和苑の味を知っているからだろう。

突如ドアが乱暴に開き、固太りの体を黒いポロシャツで包んだ男が、坊主頭を撫でつつ、荒っぽい足取りで入ってきた。ジーナが少し身構えている。男は息を整えようともせず、店内を見回した。目が合った。私は笑いかけた。

「ジョンホ社長、肉の味つけは変わってないな。相変わらず最高だ」

明和苑の味同様、ジョンホの風貌も変わっていない。昔から体格が良く、坊主頭がトレードマークだった。丸くてかわいらしい目、長いまつげ、高い鼻、おちょぼ口は厳《いか》つい見かけを多少は和らげている。

「当たり前や。ウマイに決まっとるやん。なんせ明和苑伝統の味つけやで」ジョンホは声を弾ませた。「隼、いつ帰ってきた？」

「つい一時間くらい前」

「神戸もだいぶ変わったろ。今はどこにおるん」

「東京」

「住みにくそうやなあ。何度か行ったけど、ゴミゴミしてて好きになれんわ」

「そう言うな。誰かにとっては、東京が大切な場所なんだ」

「隼らしい言いっぷり、まるで変わらへんな」

苦笑したジョンホの視線がジーナで止まった。

「この子は？　隼の？」

「いや。ニナの娘、ジーナだ」

ジョンホが大袈裟なほど目を見開いた。

ジーナは箸を置き、立ち上がり、頭を下げた。

「リュウ・ジーナです」

臆せず、堂々とした自己紹介だった。

「どうりで」ジョンホが目元を緩める。「瓜二つやないか」

「ああ、最初は驚いたよ」

ジョンホは隣のテーブルから椅子を運んできて、向き合って座る私とジーナの横顔を見る位置に座った。いわゆるお誕生日席だ。

「ブレスレットもニナとお揃いやな」

「母からのお下がりです。わたしのお気に入りなんです」

へえ、とジョンホは私を見た。

「なんで隼がニナの娘と？」

「なりゆき」今日二回目の台詞《せりふ》だ。「今年が約束の年という点も大きい」

「十三年前じゃなかったんか。連絡がないから、てっきり流れたんかと思うてたで」

「途中で延期した。で、ジーナと出会った。何かの縁だろう」

「そうか。忘れてなかったんやな」

「ジョンホこそな」

「神戸も変わった。この店もこんな風や。時間は流れた。それでも忘れられへんことはある」

私は焼きあがった肉を頬張った。

「ここ一週間で、ニナと会わなかったか」

ジョンホはまたしても大袈裟なほど目を見開いた。

「ニナ？　神戸におるんか」

「正確に言うと、神戸に向かったらしい」

私は経緯を説明した。来週からロンドン勤務のため、自分に残された時間が少ない点も伝えた。

ジョンホが一つ唸《うな》り、首を傾げた。

「妙やな。神戸に戻ってきたのに、ばあやに会ってないんは」

「ジョンホに会わないのも妙だよ」

ニナは神戸を懐かしむ話をジーナにしていたのに、ばあやとジョンホに会っていない。どんな目的があるにせよ、神戸で二人ほど頼りになる人間はいない。

「オレに関してはそう不思議でもない。例の約束がある。隼に会ってないのに、オレにだけ会いにこんで」

それはそうか。あるいは私たちに会いたくないのか。もしくは会えないほど、時間に追われる用事か。

「ジーナ」ジョンホは神妙な面持ちだった。「夏休みの宿題はええんか」

彼女は私を見て、目を丸くした。

「大人になると、思考回路が単純化されるんですね」

「卓見だよ」

私は自分も同じことをジーナに尋ねたと伝えた。ジョンホが声をあげて笑った。

「オヤジの戯言《たわごと》だと馬鹿にしてくれればええ。だいたい、夏休み後半に一気に片付ける方が二学期の授業までに内容を忘れんで済むしな」

「そうですよ」ジーナが声を弾ませる。「母を捜すことが今年の自由研究になりそうです。発表はできないですけどね」

「ほう、たくましいのう」

肉の焼ける音と香ばしい香りが三人を包み込んだ。

「二十八年ぶりか」ジョンホがしみじみ言った。「長いお別れやったな。かのチャンドラーも真っ青の長さやで」

「え?」とジーナが箸を止める。

私はジーナに目配せした。

「ジョンホは読書家なんだ。小学生で『三国志』と『アラビアンナイト』に、中学生でチャンドラーにはまった口でね。君とは話が合うはずだ」

「あの頃、さすがにギムレットの味は知らんかった」ジョンホは冗談めかした。「せいぜいビール程度や」

「ジョンホはいつから社長に？　オヤジさんは？」

「隼はニュースをあんまり見ないんか」

「仕事で日本にいないことも多い。日本にいても夜中まで仕事だ」

「日本人は働きすぎる」

「中国人だってそうだ」

「オレたち韓国人だってな」ジョンホはにやりと口元を緩め、すぐに笑みを消した。「オヤジは十三年前に死んだよ。病気で。呆気《あっけ》ないもんやった」

「オヤジさんの件は知らなかった。世話になっておきながら、すまん」

ジョンホが顔の前で右手をぞんざいに振る。

「謝ることやない、気にせんでええ。隼はカタギやし、こっちでも小さく新聞記事になっただけや。東京じゃ報じられんかったんやろ。知らんのも無理ない」

ジョンホのオヤジさんは、その筋で有名だった。神戸には全国最大の広域指定暴力団の本部がある。いわば城下町だ。そんな彼らも手を出さない組織――孫《ソン》連合をオヤジさんは一代で築き、束ねた。孫連合には韓国、中国、日本、ベトナムなど様々な国の出身者がいた。事務所ビルをJR元町駅北側の一等地に構え、黒塗りのベンツが常に何台も停車していた。「はみ出し者だからこそ、人を喜ばせたい」とオヤジさんは神戸でも殊《こと》に庶民的な街、ここ長田で明和苑を経営した。時には自ら接客する日もあった。

私がこの店で食事した回数は数え切れない。トング片手のオヤジさんが発したしゃがれ声は今でも耳に残っている。

――隼、ニナ、もっと食わんかい。どや、ウマイか？　ウマイやろ。

オヤジさんは上等な肉をたっぷり食わせてくれた。帰り際の台詞も決まっていた。

――金なんかいらん、また顔を見せてくれればええ。

私にとってオヤジさんはヤクザの親分でもなんでもなく、ただ温かい人だった。何もかもに清廉潔白を求める現代では認められない感覚だろう。

オヤジさんは若い衆に事務所前の市道を、毎朝掃き清めさせた。震災時には私財を擲《なげう》ち、一ヵ月近く炊き出しもした。あれほど周辺住民に慕われた極道もいないはずだ。言い換えれば、善行で自分たちの存在を認めさせたのだ。

――オヤジさんたちは人に迷惑かけるのも仕事じゃないの？

――アホ。俺らが一般の他人様《ひとさま》に迷惑をかけたら、ちゃんと生きてる同胞や華僑、外国人が差別されかねんやん。俺らが迷惑をかけるんは、けったいな連中にだけや。

「あっちの道も継いだのか」

「いや。若造が頭を張れるヤワな世界とちゃうで。ご時世的に締めつけも厳しいしな」

ジョンホは一瞬だけ真顔になり、そや、と急に明るい声を発した。

「戻ってくんなら、電話くらいしてこんかい。そんくらいの時間はあるやろ。会えんかったら、どうするつもりやった」

「NTTの番号案内に登録してないくせによく言うな」私は箸の先をジョンホに向けた。「昨晩、ネットで明和苑が今も営業してると調べたんだ。なら、店でジョンホを呼べば会える。もし昨日閉店していたとしても、元町の事務所に出向くまでさ。素人には少し勇気がいるが、できないこともない」

「相変わらずやな。行き当たりばったりに見えて、次の手もちゃっかり用意しとる。オレに隼の頭があったら、あっちの道も継いだのに」

「見た目は充分通用してるぞ」

「自分でもそう思てる。で、オレに会った後はどう動くんや」

とっくに決めていた。

「一緒に祠《ほこら》に行かないか」

「おい」ジョンホの声が急に冷める。「ニナが一人で掘り返しにいったとでも?」

「ない話じゃない」

「そりゃ可能性はあるけど、ジーナに連絡しない理由にも、オレやばあやに会わん理由にもならんで」ジョンホは静かに続ける。「もしそうなら、ニナをそっとしておくべきや。オレたちを誘わなかったんなら、一人で見たかったことになる」

「一人で背負えるほど俺たちの……」

「ん？　なんや？　どうした」

「久しぶりに『俺』って言った。響きが唇に心地いいな」

現在の自身がどうであれ、古い友人とは自分を丸ごと過去に戻してくれる存在なのだろう。

「普段、自分のことを何て言うんや」

「私、かな」

「なんや、こそばゆいな」ジョンホが眉を大きく上下させる。「そんで、さっき言いかけたんは？」

「一人で背負えるほど俺たちの過去は軽いか？」

ジョンホは黙した。網の上から肉汁が炭に落ちた。一筋の煙が立ち昇り、すぐに消える。ジョンホが小さく咳払いする。

「車を出そう。食いながら待っててくれ」

ジョンホは確固たる足取りで店を出ていった。

ジーナが分厚いハラミを網に置いた。ジュッといい音がする。

「見た目は怖いけど、いい人そうですね」

「ああ。いい奴だよ」

「祠ってなんですか」

「思い出の場所の一つさ」

3

小学五年の四月、私は教室で月並みな転校の挨拶を終え、あてがわれた席に座った。廊下に面した列の一番前だった。好奇の眼差しを一身に浴びた。何度経験しても、居心地の悪い感覚だった。

一週間前、私は千葉県浦安市から神戸市中央区に引っ越してきた。

転校初日、各地で繰り返してきた儀式を粛々と実行した。周囲を見回し、好奇の眼差し、敵意の視線の選別をしていく。なぜか転校生に敵意を持つ人間がどこにでもいる。不思議だった。どうして会ったこともなく、存在も知らなかった人間に敵意を持てるのかと。

この時は単純に驚いた。敵意の視線がなかった。それでも気を引き締めた。敵味方なんて一瞬で入れ替わる。何度も味方が敵にひっくり返るのを目の当たりにした。

担任が手を叩くと、教室のざわめきが引いた。算数の授業が始まった。もう一度、なにげなくクラス全体に目をやった。

何人かが私を見ていた。何人かが黒板を見つめていた。何人かがお喋りに興じていた。窓際の一番前の席で目が止まった。他の児童と違い、私になんて目もくれず、黙々と鉛筆を動かす少女がいる。

私は授業中、少女を眺めた。左手の小指で鼻の頭を何度も掻いていた。それが少女の癖だった。

休み時間、私は男女問わず同級生に囲まれた。ディズニーランドに行ったことある？　東京も近いんやろ、どんなとこ？　芸能人に会ったことは？

できるだけ愛想よく答えた。都度、同級生は満足そうに大きな声をあげていた。自分の年齢はさておき、私は彼らを子どもだなと思った。いつのまにか隣のクラスの児童も私を囲む輪に加わっていた。昼休みも質問攻めにあった。

突然、輪の中の誰かが叫んだ。

「ちょっと、汚いから寄らんといて」

輪が乱れた。私を取り囲む集団の隙間から、左手の小指で小鼻を掻く癖の少女が見えた。少女は口を固く閉じ、真っ直ぐ前を向いている。

「オマエ、くさいんや。こっちくんなや」

太田という少年が声高に罵り、少女の頭を小突いた。それがきっかけになった。あっという間に少女を取り囲み、「くさい、くさい」と囃《はや》し立てる声が男女を問わずあがる。私に敵意を向ける児童がいないわけを悟った。すでにいじめの対象がいたのだ。

はよ中国に帰れや、餃子《ギョーザ》くさいんや、チャイナドレス着てこいよ――。

少女は毅然と前を向いていた。

「どいて」輪は崩れない。少女は叫んだ。「どいてえや」

児童たちは動かない。罵りは続いた。私はじっと見ていた。いじめの対象がいる限り、矛先は自分に向いてこない。神戸では平穏に暮らせそうだ。そんな打算をすでに働かせていた。

突如、輪が崩れた。ぴたりとざわめきが止んだ。

大柄で坊主頭の少年が立っていた。

「ニナ、アホはほっとけ」

少年は少女――ニナの手を取った。私と少年は目が合った。少年が何やら口を開きかけた時、罵声が飛んだ。

ジョンホもくさいんや、そやそや、ジョンホはキムチくさい――。

太田がジョンホに殴りかかる。他の児童もジョンホとニナを蹴ったり殴ったりした。ジョンホはニナを庇《かば》うように、彼女の背中から被さった。ジョンホはやり返すこともなく、ニナを連れて教室から消えた。

毎日、昼休みには同じ光景が続いた。ニナが囲まれ、ジョンホが助けにきた。

――隣のクラスのジョンホは、ヤクザの子どものくせに喧嘩もできひん根性なしなんや。デカい図体、見かけ倒しもええとこやで。

ある日、私は太田からジョンホの素性を聞いた。太田はにやけ顔だった。誰しもジョンホの親が子どもの世界に介入してこない、と見越していたのだ。

転校して二ヵ月が過ぎ、梅雨も間近となった六月初旬。その日の空は綺麗に晴れ渡っていた。私が下校しようとすると、ジョンホが校門前にいた。

「結城。ツラ、借りんで」

学校の裏手にある公園に連れていかれた。公園といっても周囲には廃屋しかなく、何年も利用者がいないような場所だった。ブランコや鉄棒は錆びつき、使用厳禁の看板が立てられており、周囲に張られたフェンスの針金も所々が切れていた。

ジョンホはランドセルを地面に落とした。

「オマエ、なんで助けんかった」

「何のことだ」

「転校してきた日や。オマエはニナを助けんかったな」

「俺にも事情がある」

「あの日は転校初日やから大目に見たってもええ。けど、ずっと知らんふりしてんな」

「何度も言わせるなよ。事情がある」

「なんやねん、事情って」

「言えない」

ジョンホの目が吊り上がった。

私もランドセルを地面に投げ落とした。十一歳の子どもにも、避けようのない事態が来たのだと察せられる。

ジョンホは私が落としたランドセルを一瞥した。

「場合によっちゃ、見逃したってもええんやで」

「言えない」

「ふうん。ほんとは事情なんてないんやろ。どうせ嘘や」

「嘘じゃない。言えないだけだ」

「ぬかせッ」

ジョンホに襟ぐりを摑まれた。強い力だった。私も力なら負けなかった。相手のTシャツの襟口を摑み返し、足をかけた。大外刈りが決まった。ジョンホは受け身をとれず、息を詰まらせ、私の襟ぐりからも手が離れた。ランドセルを拾って帰ろうとすると、ジョンホが背後から飛びかかってきた。振り返るなり顎を張られ、体がふらついた。みぞおちに拳を食らった。側頭部に回し蹴りまで食らった。堪えきれず、私はその場に倒れた。馬乗りになろうとするジョンホを、私は蹴り飛ばした。

しばらく揉み合いが続いた。殴り、殴られ、蹴られ、蹴り返した。気づけば陽が沈んでいた。薄闇の中、お互い動きを牽制しあっていた。

「なに、喧嘩してんねんッ」

遠くから甲高い声がした。

ニナが駆け込んできた。ニナはいきなりジョンホの頰を引っ叩《ぱた》いた。その音は薄闇にきれいに響いた。

ニナが振り返ってくる。大きな瞳が私を射貫いた。

「喧嘩なんてアンタも最低や」

頰に強烈な一撃を食らった。視界の端々に鮮やかな星がちらつき、目眩《めまい》がするほどだった。

これが終了の合図になった。ジョンホが私に背を向けた。私はランドセルを拾い、帰宅しようとした。歩き出すと、背中に声をかけられた。

「アンタ、そこに座り」

ニナの声には有無を言わせぬ迫力があった。

彼女はランドセルから脱脂綿と消毒液を取り出した。慣れた手つきで脱脂綿にたっぷり消毒液を染み込ませ、口元にあてがわれた。体が引き攣《つ》るほど染みた。消毒液が血の味と混ざり、舌先が痺れ、私は堪らず唾を吐いた。

「なんで結城からなんや」

「どうせジョンホがつっかかったんやろ」

ジョンホがばつの悪そうな顔をした。

ニナはジョンホにも私と同じ処置をした。傷口に脱脂綿が触れた途端、ジョンホの顔も引き攣っていた。

「二人ともなんで喧嘩したん」

「結城のせいやで。こいつが嘘つくから」

ジョンホがか細い声で言った。

私は二人を見た。もうどうでもよかった。私が何か隠している——明日、ジョンホは学校で誰かに言うだろう。嫌われ者でも、一言二言話す相手くらいはいるはずだ。何人かが興味本位で詮索してくる。私の過去を調べる人間も出てくる。子どもが調べなくても、親が調べる。その結果はこれまでと同じだ。

どうにでもなれ、と胸の内で呟いた。

「嘘じゃない」私は二人を真っ直ぐに見た。「俺のオヤジは犯罪者だ。新聞にも載った。横領って知ってるか」

ニナとジョンホは顔を見合わせ、私に向き直った。二人の顔には疑問符が浮かんでいた。

私は説明を続けた。父親は誰でも知っている財閥系の銀行に勤めていた。優しい父親だった。だが、会社の金を使い込んだ横領の疑いで逮捕された。父親の顔は新聞やテレビで毎日何度も報道された。

逮捕の翌日から、私は学校でいじめの対象になった。暴力ではなかった。私は幼い頃から柔道をやっていたので、喧嘩では誰にも負けなかったからだ。まず話し相手が消えた。授業中にプリントが回ってこなくなった。体育で一緒にペアを組んで体操をする相手がいなくなった。授業中、担任が私を指さなくなった。家にも無言電話がひっきりなしにかかり、剃刀《かみそり》の入った封筒が何通も送られてきた。周辺住民の冷ややかな目に晒《さら》された。悪人の家族になら、何をしても構うまいと思ったのだろう。

母親が精神的に崩れるまで、さほど時間はかからなかった。私は母親の実家がある名古屋市に越した。柔道も諦めた。名古屋でも素性はすぐにばれた。東京と変わらない生活がまた始まった。全国を転々とする日々が続いた。そして神戸に流れ着いた。いつ死んでもいいと、私は小学生にして人生を投げていた。ただし、自殺は微塵も頭をよぎらなかった、くだらない連中のせいで死ぬのは馬鹿らしい。

語り終えると、肩から力が抜けた。目の前でジョンホとニナがもう一度顔を見合わせていた。ニナが頷きかけると、ジョンホが右手を差し出してきた。

「オレらの隠れ家に連れてったる」

「いいのかよ。隠れ家ってのは大事なものを隠す場所だろ」

「四の五の言うな。来たかったら握手せえ。嫌やったら、このまま帰れ」

ジョンホの手を見た。泥と私たちの血で汚れた手が光って見えた。

私はジョンホの無骨な手を強く握り返した。手の平には砂の感触があった。ジョンホの面貌は強《こわ》張《ば》ったままだった。

「手を離すんなら今のうちやで。オレらと仲良くしたら、オマエもクラスの連中に何を言われるかわからへん。ワルモノになるんや。覚悟しいや」

「別にあいつらと仲良くなりたくないさ」

「ええ根性しとんな」

ジョンホは顔を綻ばせた。

オーケー、とニナが朗らかに両手を広げる。

「無事、三国同盟の成立やね」

柔らかな笑顔だった。私は初めて鼓動の高鳴りを知った。

「ん？　どうかした」

ニナが私の目を覗き込んだ。私は声が上ずらないよう、喉に力を入れた。

「いや。よく止めに入れたね。激しい喧嘩だったのに。普通なら男子だって止められない」

「ちょろいで」ニナがこともなげに言った。「いざとなれば二人とも張っ倒すつもりだったもん。わたしはやる時はやる女でいたいんや」

たくましいなあ、とジョンホが茶化した。

「いつも消毒液とかを持ち歩いてるの？」

「そ。ジョンホは普段から怪我しがちやし、無茶する時もあるから」

ニナがジョンホを肘でつつく。ジョンホがばつの悪そうな顔をした。

「ところで、ジョンホは喧嘩をしないんじゃないのか。なんで俺にはふっかけてきた？」

「東京もんの澄まし顔が気に入らんかった」

「澄まし顔なんかじゃない。周りを観察していただけだ」

「おう、信じんで」

「二人とも、名前はどうする？」とニナが言う。

「名前？　何の名前や？」

「決まってるやん。わたしたち三人組のグループ名」

「アルファベットでＷＷＤ」と私は言下に提案した。

ニナが首を傾げる。

「どういう意味なん」

「ワレワレハワルモノダ」私は喉を潰すように声を発し、典型的な宇宙人の真似っぽくしておどけた。「我々はワルモノだの略だよ。『我々は』『ワルモノ』『だ』をローマ字で書いて頭文字をとったんだ」

「へえ、結城君も冗談言うんやね」ニナが目を丸くした。そして喉を叩きながら言った。「ワレワレハワルモノダ」

「ワレワレハワルモノダ」ジョンホも負けじと喉を叩き、白い歯を見せる。「アルファベットなんて、ちょっとインテリっぽいな。オレたちにぴったりやないか」

「インテリ？　ジョンホが？」

私とニナは声をあげて笑った。

ワタシハワルモノダ。

いつか本物の友だちが自分にできたら、そう冗談を飛ばそうと決めていた。だから、ＷＷＤをすんなり思いついたのだろう。

*

熱い風が押し寄せてきた。店のドアが勢いよく開き、ジョンホが走って戻ってくる。ポロシャツが汗で滲《にじ》んでいた。

「ひどい暑さやな。地球はどうなってねん」

ジョンホは伝票を取り上げるなり、くしゃくしゃに丸めてゴミ箱に投げ捨てた。

「何してんだよ」

「久しぶりに会った友だちから金をもらえるかい」

ジョンホの顔つきも物言いも、オヤジさんを彷彿させた。

「なら、喜んで奢られる」

「ジーナ、腹一杯になったか」とジョンホが問う。

「はい。ごちそうさまでした」

ジーナが腹部を両手で軽く叩いた。ブレスレットが鳴った。

店を出ると、漆黒のベンツが停まっていた。フロントガラスだけでなく、すべての窓にスモークフィルムが貼られている。ジョンホが車体に手を置いた。

「こいつに乗ってれば、大抵どこでも融通が利く。悪戯もされへん。細い路地を通る時以外はいいことずくめやで」

ジョンホが運転席、私は助手席、ジーナは後部座席に乗った。

ベンツは右ハンドルだった。サスペンションが良く、まったく揺れない。エンジン音もほとんどしない。車の内と外で世界が分かれている。私はバックミラーを覗いた。ジーナは顔を窓に向けていた。私もつられて窓の外を見た。

国道二号線沿いはすっかり様変わりしていた。私が神戸を出る頃、古いマンションや雑居ビルだけでなく、空き地や半壊の建物もまだ多かった。現在では真新しいマンションやコンビニ、ファストフード店が並んでいる。

「本当に神戸も変わったな。俺の知らない景色だ」

「変わったんはこの辺りだけやない。五、六年前だったかな、俺たちの通った小学校も建て替え工事が始まってな」ジョンホは区切り、言い足した。「大丈夫、祠は残されとる。ああいうもんは動かさん方がええしな」

「そうか。ジョンホはニナと連絡を取り合ってなかったのか？」

「まったく。高校は別やったし、隼もおらんくなって、自然と会わなくなった。十何年か前、街でばったり会ったくらいや。そっちは？」

「十四年前……正確には十五年前の年末、年賀状を出した。それっきりだ」

「ああ、そやったな。でも、なんで年賀状なん。電話番号くらい調べられたろうに」

「電話は怖かった。お前なんか知らないと言われそうでな」

「取り越し苦労やろ。声を聞けば、喜んだんとちがうか」

私は首を傾げた。

「ぎこちない会話をしただけだったさ」

バックミラーを覗くと、ジーナは眠っている。

「ニナのお姉さん、メイは亡くなったんだってな」私は声を潜めた。「事件に巻き込まれたと聞いた。何があったのか知ってるか」

「ああ」ジョンホも声を低くした。「ひったくりに遭って転倒して、頭を打ったらしい。鞄ごと盗まれてる。指輪やらなんやらのアクセサリーも奪われたらしい。ひどい話や。ええ人やったのに」

「犯人は逮捕されたのか」

「どうだったかな。新聞にも続報はなかった気がする。人が亡くなったんやから、警察も本腰入れて調べたとは思うけどな」

「折を見て墓参りに行かないとな。ニナも行ってるかもしれない。オヤジさんの墓もだ」

「そやな」

「メイの件、警察に探りを入れられないかな」

オヤジさんは警察の監視対象だったはずだ。ジョンホを知っている警官も多い。顔見知りになっていれば、これくらいは教えてくれるだろう。

ジョンホが私を一瞥した。

「なんで?」

「未解決だとすれば、ニナが神戸に来る理由になる。犯人の目星がついた線もありうる」

「警察の捜査能力をみくびったらあかんで。あいつらが調べても突き止められんかったのに、素人に明らかにできるか?」

「可能性の話さ。ゼロじゃない」

「まあええ、ちょっと聞いてみる」

ジョンホは模範的な運転だった。もっとも、周囲の車も気を遣っている。車線変更でウインカーを出せば、先を譲られ、交差点を右折しようとすれば、対向車線は必ず停まってくれた。ベンツは快調に進んだ。三宮の繁華街を貫き、海と山を繋ぐフラワーロードを山側に向かう。路地に入ってしばらく進み、ベンツはゆっくり減速した。

「この先、車を停めるとこがない。こっから歩いていこう」

ジョンホがブレーキを静かに踏み、ハンドブレーキを引いた。ジーナは気持ちよさそうに眠っている。疲れているのは間違いない。体力面より、精神面での疲労が濃いのだろう。

「起こすのはかわいそうや。二人で行こか」

エアコンをつけたまま、私たちは静かに車を降りた。直後、ジーナも降りてきた。

「わたしも行きます」

「寝てていいんだぞ」

「神戸に来たのはわたしが言い出しっぺですし、母が青春を過ごした街を、できる限りこの目で見たいんです」

ジョンホがにっこりと笑った。

「ええ心がけやで。オレたちはいらんお節介をしたみたいやな。ほいじゃ、行こ」

かつての通学路には見覚えのある景色も残っていた。煙草店、色あせた郵便ポスト、木製の電柱。

蟬時雨の中、トンボが飛んでいた。

「前はもっと子どもの声がしたよな」

「あの頃とは暑さのレベルが違う。誰も外でよう遊ばんのやろ。ジーナ、小学生の頃に外で遊んだか？」

「いえ、あんまり。熱中症が怖いので」

ほらな、とジョンホは目を合わせてきた。

「子どもの動向に詳しいな」

「隼が世間知らずなんか、オレの性根がガキのままなんか」

「そういや結婚は？」

「してへん。隼は？」

「右に同じさ」

「ふうん。ほら、見えてきたで」

左手前方に見えたのは、私たちが通った頃とはまるで違う小学校だった。五階建てだった校舎は三階建てに縮小している。

黒ずみ、あちこちにひびが入った壁や風雨で曇った窓、錆びて崩れ落ちそうだったテラスの手すり。そういった私の記憶にある景色は影も形もない。

新校舎の壁は真っ白で、窓も陽射しを軽やかに反射している。テラスの手すりも銀色に輝いていた。校庭の隅に植えられた桜だけが、かろうじて当時の面影を残している。児童の姿はなく、静かなものだった。

「昔の体育館があったんはあっちやな」

ジョンホが指さした。指の先はイチョウやクヌギなどの植え込みを示している。

校門は開いていた。職員がいるのだろう。私たちは断りを入れぬまま、敷地に足を踏み入れた。

新神戸駅に近く、校舎の背後には六甲山系が連なっている。この季節、風が吹くと青々と茂った無数の葉が一斉に揺れ、山全体が揺れているようにも見える。

かつてと変わらぬ山の景色を頼りに校舎を右手にみて、グラウンドの端を歩いた。足の裏に土の懐かしい感触が走る。久しく土の上を歩いていない。

植え込みに古い祠があった。石台の上に木製の長方形の箱がちょこんと鎮座している。長い間、観音扉が開けられた形跡はない。風雨で屋根の塗装が剝げ、祠前のろうそく立てや白い皿は土埃にまみれている。私はゆっくり手を合わせてから、祠の裏を覗いた。

土を掘り返した跡はなかった。

4

ＷＷＤを結成してほどなく、なぜ同級生にやり返さないのかをジョンホに質問した。ジョンホならひとひねりにできるはずだ。

「オレが殴ったらオヤジに迷惑がかかるやん。きわどい稼業やからな。ちょっとした出来事が命取りになってまう」

ジョンホは真顔で即答した。

ニナにも尋ねた。神戸には華僑が多く、専用の小学校もある。なのに、どうして周囲の不快な態度に耐えてまで日本人の小学校にいるのかと。

「だってわたしは日本生まれの日本育ちやで」

二人に質問してからしばらく経った日、私は唐突に驚いた。ジョンホとニナ。二人の表情からは腹の底を読み取れないのだと。読み取る必要がないからかもしれない。疑問があれば、尋ねればいい。二人のおかげで、私は自分の居場所ができたと初めて感じられた。生きていてよかった、生きていればいいこともあると思えた。

私たちには学校で一人だけ味方がいた。メイだ。一つ年上で体は小さいものの、学年を仕切る秀才だった。校内外で私たち三人が他の児童に揶揄《やゆ》されているのを見ると、駆け寄ってきて、目を吊り上げた。

「あんたらええか。この三人に手を出すってことは、うちらの学年にも喧嘩を売ることやからな」

メイが啖呵《たんか》を切ると、私たちにちょっかいを出す連中は逃げていった。だが、大抵は三人で切り抜けるしかなかった。いつも都合よくメイが現れるわけもない。

私たちは六年生になり、メイは中学生になった。彼女は吹奏楽部の活動で忙しくなり、私たちが中学にあがるまで顔を合わせることはほぼなくなった。

六年生の五月、私の父親が犯罪者だと皆にばれた。同級生の母親が聞きつけ、ご丁寧にも、電話連絡網を使って学年全体に広めてくれた。

いつもなら転居を考える場面だった。今回は違った。母親が私の顔を見つめ、「もう少し神戸にいようね」と言った。ジョンホとニナの存在を、二人は手の平返しをしないことを伝えていたためだろう。

近所を歩いていると、保護者連中はあからさまなほど蔑む目で私を見てきた。背中には聞こえよがしな声も浴びせられた。

——なんや、いやな目つきやねえ。あの子もなんかするんとちがう。

一度だけ振り返ってみた。保護者連中は一様に、にやついていた。私は足早にその場を去った。

「オマエのオヤジ、犯罪者なんやろ」

同級生たちのにやけ顔は、保護者にそっくりだった。悪意は生まれた瞬間、周囲に伝染する。多くの場合、高い場所から低い場所に流れていく。私は子どもながら、もう慣れていた。

「犯罪者の息子だって頭にくる時がある。暴れたくなる時だってあるぞ」

連中は青ざめた顔で逃げていった。

私たち三人への異端視は中学校に進学しても続いた。教師たちも例外ではない。他の生徒と私たちを見る目は明らかに異なっていた。いくら教師だろうと、厄介事に進んで首を突っ込む人間はいない。

ある意味、平穏な日々だった。三年生の時、三人が同じクラスになった。教師陣も厄介者を一クラスにまとめたかったのだろう。教師も親も同級生も、誰も私たちの世界に入ってこなかった。

春は武庫川《むこがわ》の土手まで行って花見をし、初めて酒を飲んだ。夏は須磨海岸や六甲山に行った。秋には丹波の栗を買い込み、公園で焚き火をして焼いた。クリスマスには三宮を練り歩いてカップルを冷やかした。

正月を過ぎた、一月十七日午前五時四十六分。阪神・淡路大震災が起きた。私はまだ寝ていた。いきなり背中を突き上げる衝撃を食らい、轟音《ごうおん》を立てて世界が揺れた。どれくらい揺れていたのだろうか。記憶はまったくない。

揺れが収まると光が消え、音も消えた。幸い、私と母は無事だった。窓の外は真っ暗だった。夜の闇が薄らぐにつれ、崩れたビルやアスファルトが割れた道路が見えた。

人の心だけでなく、世界も一瞬で変化する。私はそんな現実を突きつけられた。

薄暗さの残る午前七時頃、ばあやの使いと、オヤジさんの使いが相次いで家にやってきた。『困ったことがあれば、何でもする』。ニナとジョンホは同じ伝言を使いに託していた。使者の二人は、いずれもジャンパーや靴が泥や埃まみれだった。

二人の使者は数時間おきにやってきた。都度、水や食料を運んでくれた。どこから調達したのかは定かでない。

「このマンションは頑丈や。外には出んと、中におってください」

ジョンホの使いの、強面《こわもて》の男は優しい声を発した。

同級生にも被害者が出た、誰それの父親が行方不明、高速道路が倒れた、長田区は火の海になった——。

テレビも観られず、電話も通じず、ラジオもない中、ばあやの使いとジョンホの使いがもたらす情報が頼りだった。

震災翌日から、通っていた中学校は避難所となった。三人でオヤジさんの炊き出しや瓦礫の片付けに参加した。一ヵ月後に中学校の授業が再開するまで、オヤジさんを手伝ったり、ニナとジョンホと受験勉強するために図書館に行ったりした。図書館では無駄話をし、私とニナが他の調べ物をし、ジョンホが小説を読みふけることもあった。

授業が再開しても、体育館には避難者たちがいた。震災の爪跡は街中にあった。瓦礫、ひび割れたビル、亀裂の入った道路。仮設住宅も市内各地で建てられていた。私たち三人は震災前と変わらずに冗談を飛ばし合ったり、揶揄い合ったりした。三人とも口には出さなかったものの、すでに別れを意識していた。震災後に一気に悪化した母親の体調面などを考慮し、すでに私は東京への進学を決めていた。東京にいい医者がいたのだ。ジョンホも成績面から、ニナとは別の高校への進学が決定的だった。私が神戸に残っても、三人の進学先は別々だっただろう。

二月下旬になんとか受験も終え、手持ち無沙汰な三月に入った。小学校の頃、石を投げてきたり、罵ってきたりした太田の噂を耳にした。ニナを好きだという噂だった。

ニナは周囲の女子生徒とは明らかに違った。ひとり際立って輝いていた。太田は不良を気取っていたが、私たちに手を出してくることはなくなった。腕っ節では、私とジョンホに敵《かな》わないと悟ったのだろう。

私は悪戯半分に提案した。放課後、体育館裏に太田を呼び出す。のこのこやってきたら、取り押さえて柱に括《くく》りつける。ジョンホは二つ返事で乗った。肝心のニナはあまり乗り気でなかった。

「可哀想やん」

「ああいう輩《やから》は、少しは痛い目に遭った方がいいんだよ」

私とジョンホが説得し、ニナは渋々手紙を書いた。

翌日の放課後、ニナの手紙を太田の机に入れた。あくる日の朝、教室で太田はそわそわと落ち着かない様子だった。私とジョンホは授業中も笑いを嚙み殺すのに必死だった。

結局、ぶうぶう言いながらもニナは体育館裏に来てくれた。

私とジョンホが大きな柱の陰に隠れていると、太田が緊張した面持ちで現れた。太田がニナに声をかけようとした瞬間、私とジョンホが躍り出た。太田は膝から崩れ落ちた。私とジョンホは体育館裏の柱に太田を括りつけた。

「オレたちがオマエを許すわけないやろ。ここで自分の行いを反省せいや」

ジョンホが吐き捨て、三人でその場を去った。どうせ叫んだり喚《わめ》いたり、助けを呼ぶだろう。

夜、失禁した太田が避難者の一人に見つかった。避難者は運動不足解消を兼ね、生徒の邪魔にならないよう、夜に体育館のまわりを一周するのが日課だったという。翌日から太田がいじめの対象になった。いい気味だと笑わなかったかと言えば、嘘になる。学校では太田を柱に括りつけた犯人捜しが行われた。不思議なことに、太田は私たちの仕業だと誰にも言わず、じきに教師も犯人捜しを諦めた。

一週間後、私とニナの目前で太田は校舎の窓から落下した。私はニナを胸に抱え込み、どれくらいその場にいたのかはわからない。

やがて教師の叫び声や慌てふためく声が窓の下から聞こえた。

「俺たちはジョンホに内緒で、最後の思い出作りに朝早くに登校した。俺たちとは別に太田も来ていた。太田は自殺すると言った。だから、二人で力ずくで止めようとした」

言い訳を喉の奥から吐き出した。何度もニナに語りかけた。自分に言い聞かせる意味もあった。

ニナは頷き続けた。それが震えなのかどうか、私には確かめられなかった。

頭の中で、太田が落ちていく様子が繰り返し流れた。自分の手を見つめた。触れた瞬間、太田の体は動いた。ニナが最後、突き飛ばした……？

「君たち、ちょっとええかな」

気づくと背後に人がいた。警察だった。隣の教師の顔は強張っている。

私とニナは別々に話を聞かれた。太田が転落した直後、ニナに言って聞かせた説明を私は彼らにもした。警察が信用したのかは定かでない。しかし、私もニナも聴取されたのはその一度きりだった。

昼休み、全校生徒が体育館に集められた。本校でとても悲しい出来事がありました。学校は……。校長が厳かに言っていた。

放課後、私たちは三人の隠れ家に集まった。文化住宅で、鍵はジョンホが壊し、新たに南京錠をつけた場所だ。この一画には誰も利用していない二階建ての文化住宅が並んでいる。どの建物も造りがシンプルゆえに震災での倒壊を免れたようだ。

私はジョンホに太田の告発状の存在を告げ、付け加えた。

「ここに三人の名前が書かれていれば、罪に問われかねない」

ニナと太田の揉み合いは口にしなかった。私の胸の内に止《とど》めておけば、警察の手も伸びてきようがない。

私は二人を交互に見た。

「燃やそう」

「あかん」

ニナが言下に切り返した。強張った声だった。

「燃やすべきだ」

「隼の言う通りや」

「だめ。きちんと向き合わんと。何が書かれてても、わたしたちは読まなあかん。でも正直、今は怖い。いつ向き合えるか見当もつかへん。だから期限を決めた。十五年後に太田君の告発状を三人で読む。その時、二人に話したいことがある」

ニナは私に小さく頷きかけた。

話したいこと。十五年後。やはりニナはあの時、太田を……。

「今は話せないんか」とジョンホが問いかける。

「そんな気分にはなれへん」

「にしても十五年後？　えらい先やな」

「わたしたちが十五歳やから……」

ニナは唇を閉じ、しばらく言葉が出てくる気配はなかった。

「いいんじゃないか」私は賛成した。「もう一度、おのおの十五年を過ごす。ちょうどいいさ」

ジョンホが肩を大きく上下させた。

「なら、それまで誰が持っておく？　オレが保管しとこか」

「そいつはまずい。何かの拍子に見つかれば、どうして隠してたのかを問い詰められる。誰の手元にも置いておくべきじゃない」

「どこに隠す？　ここか？」

「いや。ここはいつ再開発で取り壊されても不思議じゃない。俺たち三人だけが知る場所に埋めるんだ」

「例えばどこや」

「小学校。俺たちが出会った場所だ。忘れる心配もない」

　卒業式前夜、日付が変わる頃、小学校に三人で集まった。底冷えしていた。三人で体を震わせ、祠に向かった。ニナは別の理由で震えていたのかもしれない。

　祠の前に三人並んで立ち、手を合わせた。

　ニナが灯りを照らし、私とジョンホが祠の裏に穴を掘った。土は凍っていたのか、硬かった。小石にスコップの先がぶつかり、雑草の根にもからまる。春と呼ぶにはまだ早く、作業の間に手がかじかんだ。息は白く弾み、ぎこちないスコップの音が時間を刻んでいく。深さ三十センチ、直径七十センチほどの穴を掘るのに、一時間以上かかった。ニナは告発状をチョコレート菓子の缶に入れ、掘った穴の底に置いた。私とジョンホがスコップで土をかけた。三人で太田を埋葬している気分だった。私は十五歳の自分をも埋めている気分だった。

　ニナが深く息を吸った。

「わたしたちは十五年後、再会する。告発状を一緒に見んとあかん。これまでの人生と同じ時間を過ごして、噛み締めなあかん」

乾いた風が吹いた。蕾《つぼみ》の膨らんだ桜の枝は、冷たい夜気に負けず、頭上で揺れていた。

＊

「なに、ぼけっとしとんねん」

ジョンホが顔を覗き込んでくる。

「昔を思い出してた」

ふうん、とジョンホは鼻の頭を左手の小指で掻いた。そうだった。いつからかニナの癖がジョンホにもうつっていた。

「そちらの皆さん、すみません」

遠くから声がした。若い男性が手を振ってグラウンドを横切ってくる。私たちの姿を見つけた、小学校の職員だろう。適当な言い訳をこしらえているうちに若い男性が目の前に来た。

「本校に何かご用でしょうか」

私が口を開く前に、ジーナがすかさず応じた。

「新学期に転校してくる予定なので、お父さんと叔父さんに無理を言って連れてきてもらったんです。通うのはわたしじゃなく、妹ですけど」

まったく物怖じしない態度だった。

そうですか、と若い男性が言った。

「ご事情は理解できましたが、まずは職員室に来て断りを入れてください。ご存じの通り、何かと物騒なご時世なので」

「大変失礼しました。以後気をつけます」私は深く腰を折り、大きな声を発した。「どうかお許しいただけないでしょうか」

「え……あ……、ちょっと頭を上げてください」若い男性が戸惑った声を発した。「断りを受けたことにしますので、本当に頭を上げてもらえませんか」

私はゆっくりと姿勢を戻した。

「ご配慮恐れ入ります。もう少々見学していてもいいでしょうか」

「承知しました。では」

若い男性が校舎に戻っていく。

「ナイス、ジーナ」

私は親指を立てた。ジーナも親指を立てた。

「結城さんこそ。わざと深々と頭を下げて、大きな声で謝ったんですよね」

「よく見抜いたな」

「マジかよ」とジョンホが驚いている。

「相手は若かったろ。彼は社会経験が乏しい。ああすれば、どう対応していいのか戸惑うと踏んだんだ。予想通り、何のおとがめも受けずに済んだ」

「おぬしもワルよのう。そちらのジーナ姫もなかなか。あんなすらすらと言い抜けるとはおみそれしました」

「お任せあれ」

ジーナは右腕を頭上から斜めに振り下ろしながら頭を下げ、おどけた。

校庭を出てベンツに戻ると、車内に熱気が溜まっていた。

「ベンツだって走らなきゃ、熱を溜めるだけの鉄屑やな」

ジョンホは小さく舌打ちし、エンジンをかけてエアコンを二十度に設定した。送風音は静かで、すぐに車内が冷えだした。金がかかった車は、こんなところにも恩恵がある。

「次に行こか」

ジョンホが軽快にハンドブレーキを下ろした。ベンツがそろそろと発進する。

「どこに?」

「どこって、隠れ家に。ニナが立ち寄ってないか見にいくんやろ」

「以心伝心だな。隠れ家は残ってんのか」

「跡形もない。だいぶ前に取り壊された。あれはニナが神戸を出る前やった」

「なら、ニナもあそこがないことを知ってるな」

「けど、行くべきなんやろ」

ああ、と即答した。隠れ家がなくても、ニナは立ち寄ったかもしれない。足跡が残っていれば儲けものだ。ニナは神戸を懐かしがっていた。ばあやとジョンホに会わなくても、隠れ家があった場所に足を向けた可能性はある。隠れ家には三人の思い出が詰まっている。

　後部座席のジーナが窓の外をじっと見つめていた。

「面白いか」と私はバックミラー越しに話しかけた。

「はい。懐かしい気がします。ここで暮らした日々なんて記憶にないはずなのに」

「神戸ってのは、誰しもをノスタルジックにさせる街やからな」

　ジョンホが言った。

「なに渋い声でかっこつけてんだよ」

「ばれたか」ジョンホが豪快に笑った。「ジーナ、今後も気軽に遊びにおいで。色々案内したんで」

「楽しみにしておきます」

　十分ほど走り、車が停まった。ジョンホが顎を窓の外の方にしゃくる。

　立派なマンションが建っていた。十五階建てくらいでエントランスは大理石で彩られ、アーチ状の御影石がガラスドアを縁取っている。大理石にマンション名が彫られている。神戸ブライトピース。どの部屋もベランダの窓が大きい。各部屋が広い証拠だ。上層階なら三宮の街や、神戸港も一望できるだろう。

　かつてここには無人の二階建て文化住宅が並んでいた。玄関前は雑草で覆われ、窓は濁り、風が吹けば屋根の端が音を立てて揺れていたものだ。その一棟が三人の隠れ家だった。ジョンホと喧嘩した公園にも近かった。

「変わるもんだな」

私は呟き、ヘッドレストに力なく頭を預けた。ジョンホがおもむろに財布から千円札を抜き、後部座席に身を乗り出した。

「ジーナ、悪いけど、三人分のジュースを買ってきてくれへんか。油断すると車内でも熱中症になっちまう。正面にコンビニがあるやろ」

ジョンホはフロントガラスの正面を指さした。

ジーナは千円札を受け取り、小走りでコンビニに向かった。後ろ姿を眺めながら、私はジョンホに尋ねた。

「どうした？　何か言いたいんだろ」

「まいったね」ジョンホは両手を上げ、すぐに表情を引き締める。「まだニナを捜すんか」

「せっかく来たんだ。いまさら神戸観光って柄でもない。ジーナの頼みでもある」

「ニナの娘とはいえ、所詮は他人や。肩入れしすぎとちゃうか」

「ジーナはあの頃の俺たちと同じ歳だ。世間とも戦ってる。そんな少女を放っておけるほど、俺は人でなしじゃない」

ジョンホが目つきを硬くした。

「神戸に来たんは、ジーナのためでもあるんやろう。けど、もっと大きな目的として、約束を果たしに来たんとちゃうんか」

「ああ。三人で掘り起こすために」

「だったら、もう充分やないか。ニナは一人で神戸に来て、一人で行動しとる。オレらに連絡しようと思えばできる状況にもかかわらずな。仮にあの件とは別の用向きで神戸に来たとしても、オレやばあやに声をかけなかった理由にはならん。時間は作れたはずや。けど、連絡はない。どうしてかはオレたちには察せられる。そっとしておくべきやないんか。ニナは一人であれを確認したいんとちがうか」

私は人さし指を曲げ、窓を何度か叩いた。

「二十八年前、ニナは俺たちに話したいことがあると言った」

「もう話したくないんだよ」

「現段階では、ジーナを置いてニナが一人で神戸に来た理由はさっぱりわからない。本当に俺たちとの繋がりを断ちたいんなら、ジーナに俺を頼るよう言わないさ。三人で掘り返す約束を完全に放棄したとは思えない」

「なら、オレと隼の二人で掘り返すのはどや」

「無意味だろ」

しばらく視線をぶつけあった。先にジョンホが逸らした。私は横顔に声をかけた。

「俺たちは再会の場所も日時も決めなかった。連絡先だって知らなかった。でも、こうして再会できた。あとはニナを見つければいいいんだ」

「オレは隼ほどあの約束にこだわれん。なんでそこまでこだわるんや」

「嚙み締めたいだけだ。自分たちの過去を」

私は左の手の平を眺めた。あの時の感触は今でも残っている。いつまでも消えそうにない。私の手が太田をしっかり摑めていれば、もっと事態は簡単だった。太田が即死だったのかどうかはともかく、職員室に駆け込み、救急車を要請できたのに、私はしなかった。自分たちを守るためにしなかった。

ジョンホは左手の小指で鼻を掻いた。

「一つ教えてくれ。十五年って数字に意味はあったんか」

「提案したのはニナだ。俺に訊くな」

なあ、と言ったきり、ジョンホは口を閉じた。数秒後、再び口を開いた。

「前に、時効の制度が変わるニュースを見た。オレらが中三の頃、殺人の時効は十五年やった。ニナは間接的に殺人を犯したと悩んだ。太田の告発状はオレたちが人殺しである証拠だとも推察した。法律的には罪に問われなくても、太田の死を招いた事実は変わらん。だから時効が成立した時に告発状を掘り返し、三人だけで人殺しの重荷を背負いあう。ニナはそう望んだ。違うか」

ニナが突き落とした可能性については触れるべきではない。まだすべてを言うタイミングではない。ニナが告白すべきことでもある。告白しないのなら、それでいい。

「ジョンホの言う通りかもな。でも、真相は定かじゃない」

震災で授業が行われない間、図書館に行き、勉強のかたわら父親の罪を調べた。横領だけでなく、殺人の時効についても興味本位で読んだ。私の隣にはニナがいた。ニナは時効を知っていて、十五年という区切りを提案したのではないのか。キリが良い数字なら十年後でもいい。むしろそっちの方が自然だ。

現在、殺人罪の公訴時効はなくなった。施行時に公訴時効が完成していれば、改正法は適用されない。完成していなければ、改正法が適用される。容疑者は逮捕され、法で罰せられる。太田が自殺ではなく、ニナが故意に突き飛ばしたのだとすれば、改正法が適用される。

ジーナがコンビニを出てきた。レジ袋を手に提げている。

「話はそろそろ終わりだな。ジョンホが手を引いても、俺は続ける」

「しゃあない。付き合ったる。一人より二人の方が捜し出せる確率も高くなる」

「頼もしいよ。物わかりのいい友だちに恵まれた」

ジョンホが苦笑した。

「オレたちはオレたちで捜すとして、別のルートも使おう」

「ばあやには頼んだ」

「ばあやじゃない。人捜しが得意な奴がおんねん。そいつに会いにいこか」

「例の告発状を考慮すれば、他者を頼るべきじゃない」

「アホ。ただの道具として使うだけや。見つけてからはオレたちだけで会えばいい。神戸と一口に言っても広い。隼の制限時間は今日を入れて五日。効率的にいこう」

ジョンホの提案には一理ある。私の持ち時間は短い。

「確かにな。複線でいこう」

「ジーナは連れていかれへん。いくら大人扱いするべきといってもな。十五歳の女の子を会わせるべき奴やない」

「俺たちがそばにいてもか？　何者だ？」

「黒沢武史《くろさわたけし》。関西一円でソープからキャバクラまで手がけるやり手や。表向きは株式会社の社長。いわゆる共生者ってやつやな」

「孫連合とは良好な関係なのか」

「奴には貸しがある。快く調べてくれるさ」

ジョンホの口調はやけに冷めていた。

「風俗王が人捜しのプロなのか？」

「職業柄、女を捜すことにかけては超一流や。顔立ち、スタイル、それ以外の条件。見合った女を見つけ出すプロやで。商品の仕入れが売り上げを左右するって言うてたな」

ジーナの同行を嫌がる所以《ゆえん》か。黒沢のリストに入れたくないのだ。ジーナの意思に関係なく、リストアップされてしまう。必要とあらば、本物のプロならいかなる手段を使ってもジーナに接触してくる。弱みを握られ、将来黒沢の店でジーナが働かせられれば寝覚めが悪すぎる。

「ニナの写真はない。どうやって捜してもらうんだ」

「心配ご無用。奴なら大丈夫や」

ジョンホはさらりと言い切った。

「なら、ジーナはばあやに預けるか」

「いや、明和苑にいてもらえばええ。なんせメシも食い放題や」

「まだ腹は減ってないだろ」

「思春期をなめたらあかん」

私が返事をする前にジーナが車に乗り込んできた。ジーナが買ってきたのは、果汁百パーセントのオレンジジュースだった。

「どうぞ、太陽の味です」

「あんがと」ジョンホがプルタブを開ける。「オレの店に戻んで。ジーナは店におってくれ。小腹が空いたら、何でも食べてええからな」

「お二人はどちらに?」

「ちょっと人と会いに」

「わたしも行きます」

「あかん」ジョンホは険しい口調だった。「十五歳の女の子が会うべき人間やない」

「差別です」

「大人の分別や」

なあ、と私は二人に割って入り、ミラー越しにジーナを見た。

「その場にニナがいるわけじゃない。ジョンホの店にニナがひょっこり顔を出す望みもあるんだ。誰かがいた方がいい」

「誰かがお店にいるんですから、連絡を入れてもらえばいいだけです。元々、わたしが結城さんに母を捜してほしいと頼んだんですよ。こうしてジョンホさんも巻き込んで。言い出しっぺが楽をしてどうするんですか」

ジーナは冷静で、理路整然とした物言いだった。

私はジョンホを見た。

「俺はジーナを納得させられそうもない。行くだけ行って、車の中で待っていてもらう折衷案でどうだ。ジーナは同行でき、黒沢と顔を合わすこともない。ジーナもこれがぎりぎりの妥協案だぞ。ジョンホが合わすべきじゃないと言うのは、相応の仔細もあるんだ。ジョンホの顔も立てろ」

ジーナが華奢な肩を上下させた。

「わたしは構いません」

ふう、とジョンホが大きく息を吐く。

「オーケー。なんとかなるやろ」

5

ベンツは東灘区《ひがしなだ》の山側にある、高級住宅地を走っていた。どの家も背の高い鉄柵が敷地と市道とを隔てている。鉄柵の向こう側には高級車が鎮座し、小さな城や要塞を想起させる邸宅が並んでいた。ジョンホのベンツもこの地域では違和感がない。

「人捜しは儲かるみたいだな」

「転職する気なら、口利いたんで」

「俺は城になんて住みたくない。掃除は面倒だし、光熱費も相当かかるだろ」

ベンツが滑らかに右に曲がる。道路脇には立派な街路樹が等間隔に並んでいる。

やがてベンツが静かに停まった。高台を上りきった場所だった。周囲に家はない。正面には先端の尖《とが》った高い鉄柵の門扉がある。門柱には監視カメラが二台、設置されていた。鉄柵の向こうには石畳が続き、松や桜が植わっている。無数の松葉の向こうに赤い瓦屋根が見えた。

ジョンホが窓を開け、頭を少し出した。どちらさまでしょうか、と防犯カメラのすぐ下のインターホンから女性の声が聞こえてきた。

「明和苑のジョンホです。黒沢さんには先ほど電話をしております」

「ようこそお越しくださいました。少々お待ちください」

十数秒後、鉄柵は素直に内側に開いた。

夏の陽が松や桜の枝葉の間から射し込み、アプローチをまだら模様に染めていた。ベンツは進み、正面に三階建ての建物が見えた。二階のテラスからゴールデンレトリバーが三匹、珍しそうにこちらを見下ろしている。邸宅前の車寄せに、ジョンホがベンツを停めた。

「約束通り、ここで待っててくれ」

「はい」とジーナが殊勝に返事した。「いってらっしゃい」

ベンツを降りた途端、強烈な陽射しが出迎えてくれた。

「交渉はオレに任せてもらう」

「了解」

豪奢な建物から若い女性が出てきた。髪を結い、和服姿だ。女性は深々と頭を下げ、ご案内いたします、と言った。

建物の中はひんやりとしていた。エアコンの稼働音はしないのに、空調は効いている。見えない場所に金をかけられるのは真の金持ちだけだ。海外でこの手の金持ちは多い。長い廊下には深紅の絨毯《じゅうたん》が敷かれ、適度な踏み心地だった。

かなり広い部屋に通された。高い天井にはガラス製のシャンデリアが五台も吊り下がり、木製の大きなテーブルが中央に置かれ、それを年代物の椅子が取り囲んでいる。部屋の四隅には深い緑色のソファーも置かれている。家具はどれも、ひと目でアンティークの逸品だと類推できる。どうぞお座りください、と女性の手が示す椅子に私たちは腰を下ろした。部屋の出入り口を背に、正面の窓から庭が見える位置だった。青々とした芝生が敷かれ、大きな蝶がひらひら飛んでいる。

「黒沢を呼んで参ります」

女性がゆったりとした足取りで部屋を後にした。

隣に座るジョンホの顔を窺った。庭を眺めているが、目つきが先ほどまでとはまるで違う。鈍く尖っている。何も話しかけない方がよさそうだ。

ほどなく、背後でドアが開く音がした。私たちは振り返った。

「お久しぶりですね、ジョンホさん」

黒沢は夏でも黒のスーツを着ていて、口調に関西のイントネーションはない。黒沢は私たちの前方に回り込んできた。やや薄くなった髪を後ろに撫でつけ、細い目をさらに細めている。笑っているのではなく、相手に感情を読み取らせないためか。仏頂面の笑みとでも言おうか。昼なのに夜の気配を漂わせている。

ジョンホが腰を上げた。

「こちらこそご無沙汰してます、黒沢さん」

私も腰を上げ、一礼した。

「はじめまして。結城と申します」

「はじめまして。ジョンホさんとはどんなご関係で？」

「親友ですよ」とジョンホが答えた。

「そうですか」黒沢が微笑んだ。事務的な微笑みだった。「黒沢です。ジョンホさんの親友なら、私にとっても他人ではない。神戸で何かあれば、気軽にお声がけください。私が役立つ事柄なんて限られていますがね」

黒沢は私とジョンホの正面の席に座った。背中から木漏れ陽を浴びて、顔が薄い影に覆われている。

黒沢の顔には細かな皺が刻まれ、相応の苦労を物語っていた。口元を緩めていても、目が笑っていない。本音を言わない人間の特徴だ。耳が立ち、鼻の穴も大きい。意志の強さを示している。年齢は私たちより十歳くらい上か。五十代でこれだけの成功を収めたのだから、敵対すれば面倒な相手だ。目の奥は冷たく、どこか私を推し量っている。厄介事を運んできたのではないのかと勘ぐっているのだろう。

「お二人ともスコッチでもいかがですか。ちょうど上物が手に入ったんです、日中に飲む酒の味は格別です」

「せっかくのお誘いですが、遠慮しておきましょう。やるべきことが山積みでしてね」ジョンホが応じた。「早速、お願いを申し上げたい」

毅然とした態度だった。お願いという形をとりつつ、攻め込んでいる。

「おっしゃる通り、お互い時間は大切にした方がいい。して、ご用件はなんでしょう」

「女性を捜してもらいたい」

ジョンホは単刀直入だった。黒沢の眉がかすかに動いた。

「お安い御用です。どんなタイプの女性を？」

「特定の女性です」

「写真か何かお持ちでしょうか」

「いえ。一週間くらい前から神戸にいるらしい。手がかりはそれだけです」

黒沢が椅子の背もたれに寄りかかり、指を組んだ。

「なかなか難題ですね」

「黒沢さんなら可能でしょう」

黒沢は黙ったまま立ち上がり、部屋を出ていった。

「交渉決裂か？」

「本番はこっからや」

待ち時間は短かった。戻ってきた黒沢の手には、スケッチブックと鉛筆があった。上着も脱いでいる。

「始めましょう」黒沢はスケッチブックを開き、鉛筆を構えた。「どうぞ」

「顔は面長。髪型はミディアム」

ジョンホが簡潔に言った。髪型はジーナから聞いた。目は大きい、鼻筋も通っている、耳は寝ている、唇は薄いのにふくよか。肌は透き通るような白。ジョンホが淀みなく特徴を述べていく。黒沢は相槌《あいづち》を打ちながら、鉛筆を進めていた。

「仕上がるまで少々お待ちを」

黒沢は鉛筆を動かし続けた。手の動きは滑らかだった。ジョンホが私に囁いた。

「オレが最後に会ったニナの顔を思い浮かべたんや」

よほどしっかりとその時の顔が頭に刻まれているのだろう。

十五分後、黒沢がテーブルに身を乗り出し、スケッチブックを私たちに差し出した。私とジョンホは絵を覗き込んだ。

知っているニナに比べ、大人びた印象がある。当たり前だ。ジョンホが最後に会った時の姿だ。誰しも十五歳のままではない。

ジョンホが私に目配せし、顔を黒沢に向けた。

「さすがです、腕は錆びてませんね」

「ありがとうございます」

黒沢はスケッチブックを引っ込めようとした時、ジョンホがスケッチブックに手を置いた。

「本番はここからです。この顔に十数年分の年齢を重ねてください。オレと同じ歳です」

「難しい注文ですね」

「腕が鳴るのでは？」

ジョンホがスケッチブックから手をどかした。

「おっしゃる通り」黒沢は口元を緩めた。「やってみましょう」

今度は五分ほど待った。スケッチブックには、年相応のニナがいた。

「どうでしょう、ジョンホさん」

ジョンホは小さく頷いた。

「こんなところでしょう。こちらの女性をお願いします。期限は今日を入れて五日間。些細な材料でも構いません。手がかりが見つかれば、都度連絡してほしい。いかがです」

「他ならぬジョンホさんのご依頼ですので、最優先で取りかかりましょう」黒沢が不意に真顔になった。「これで貸し借りなし、と解釈していいですね」

ジョンホがゆっくりと身を乗り出した。

「黒沢さん。あなたへの貸しはこの程度のもんでしたか」

「抜け目ない人だ。少しは返したことにしてもらいますよ」

「その点には異論ありません。黒沢さんへの貸しを使うほど、オレにとっては意味があることなんです。よろしくお願いします」

6

私たちがベンツに乗り込むなり、ジーナが後部座席から運転席と助手席の間に身を乗り出した。

「どうでしたか」

「まだ何とも言えないな」と私は答えた。「こっちはこっちで捜そう」

黒沢邸の敷地を出て、しばらく走ると、ジョンホがベンツを停めた。

「ちょっと店に連絡してみよか」

「運転しながらかけないなんて、いつからそんなに法に従順になった?」

「金持ちを妬んで、高級住宅街に潜む白バイ野郎なんかわんさかおるで」

「俺がかけようか?」

「アホ。うちの従業員は教育が行き届いててな。いくら隼やジーナでも、オレ以外にはよう喋らんわ」

ジョンホがベンツの外に出た。スモークフィルム越しに電話を耳にあてる姿は見えるが、声は聞こえてこない。

「わたしに聞かせたくない話でもあるんでしょうか。なにせ十五歳の少女ですから」

「さあな」

私はバックミラー越しに肩をすくめた。午後四時を過ぎていた。どこを探りに行くべきか。

ジョンホが再び乗り込んできた。

「動きはないってよ。次、どこに向かう？」

「正直、お手上げだ」

「なら、オレが十数年前にニナを見かけたとこに行こか。十数年前も用があったんなら、今回あってもおかしくない」

「どこなんだ」

「舞子」

「舞子？　ニナは何をしてたんだ」

私が神戸にいた頃、ニナの口から舞子という地名が出てきた憶えはない。私が忘れているだけなのだろうか。

「さあな。オレはドライブがてら行ってたんや。もう閉鎖しちまったけど、当時、舞子にあったホテルの駐車場から海と明石海峡大橋が見えてな。ええ眺めやった」

「一人で？」

「いや。連れがいた」

「ジョンホの定番デートコースってわけか」

「デートコースの使い回しはどうかと思いますよ」とジーナが口を挟んだ。「母は一人だったんですか」

「ああ。駐車場でばったりさ。月日が経ってても、お互いひと目でわかった。ニナはタクシーから降りてきてな。まさかこんなとこで会うとは——ってやつさ」

「そのホテルはもうないんだよな」

「建物自体は残ってる。どっかの企業がいい使い途《みち》を探ってるんとちゃうか。今も駐車場までは入れんで」

ニナがホテルに用があったとすれば、完全な無駄足だ。しかし、ホテルの近くに用があり、タクシーを説明しやすい場所で降りた線も捨てきれない。

「とりあえず行ってみよ」

ベンツが再び動き出す。

「舞子ではどんな話をしたんだ」

「取るに足らん話や。『別嬪《べっぴん》さんを連れてるねえ』って揶揄われたんは、よう憶えてる。別嬪さんとは三ヵ月後に別れた」

「プレイボーイですね」とジーナが揶揄う。

「まあね」ジョンホがバックミラー越しにウインクする。「ジーナ、オヤジからの忠告を心に留めておけ。付き合うならモテる男はよせ。結婚するなら、モテた男にしろ。モテたい奴やないで」

「付き合う方のアドバイスは納得できますけど、結婚の方はどうしてですか」

「ある程度年齢を重ねれば、男なんてモテなくなる。けど、モテたってことは相応の長所があるって証明や。総じて、モテる男は優しい。結婚相手にも子どもにもペットにも優しさを注いでくれる。なあ、隼」

「だから俺は結婚できないのかって自覚できたよ」

「右に同じや」

ジョンホが豪快に笑った。

ベンツが高台を下っていく。正面から夏の終わりの陽射しを浴びた。強さの中に、わずかばかりの哀愁を帯びた陽射しだ。高級住宅街を抜けると、国道二号線に入り、三宮方面に向かった。道路は混んでいた。

そや、とジョンホが突然声を弾ませた。

「山麓バイパスから行こう。夕方にあっこから眺める神戸は最高なんや。少し遠回りになるけど、二人には味わってほしい。隼も初めて見る景色のはずや」

「ああ。でも、陽が落ちるのにはまだちょっと早いぞ」

「何のためにその立派な頭がついてんねん。想像せい、想像を。夕方じゃなくても、かなりの眺めやで」

「オーケー。せっかくだ、見よう」

「驚くなよ」

ジョンホは嬉しそうだった。

三宮辺りまで来ると、車は進行方向を北に変え、山麓バイパスに繋がる新神戸トンネルに向かった。

山麓バイパスは二号線と違い、空いていた。対向車線もたまにすれ違うだけだ。ベンツは青々とした木々が茂る山の間を進んでいき、何本かトンネルが続いた。バイパスでもジョンホは安全運転だった。時折、車が猛スピードで右車線から追い抜いていく。

バックミラーを覗くと、またジーナが眠っている。この一週間、気が休まる暇はなかっただろうし、今後の行く末を案じると夜もろくに眠れなかったはずだ。規則的な寝息が助手席にも聞こえてくる。乗用車が一台、後ろを走っていた。

「黒沢ってのは何者なんだ」私は小さな声で尋ねた。「ただの風俗王じゃないんだろ」

「似顔絵を描くんがうまいオッサンや」

「俺に話してないことがあるはずだ」

「そりゃわんさかある」

「煙《けむ》に巻くなよ」ジョンホの横顔を見据えた。「明和苑以外の稼業で貸しを作ったんだろ」

ジョンホの頬がかすかに強張った。

「そんなもん知らんでええ。オレがどんな仕事に就いてようと隼は隼で、オレはオレ。それじゃ不服か」

いや、と私は窓の外を眺めた。

「舞子の後はどうする？　あてはあんのか」

「ジョンホが裏を使うなら、俺は表を使ってみるかな」

「やめとけ。警察は何かが起こらんと動けん組織や。いや、何かが起きてても、知らなきゃ動けない」

「冗談だよ。俺たちの味方になるとは思えない」

カマをかけただけだった。ジョンホは警察といい仲ではないのだ。受け答えが現在の立場を雄弁に物語っている。

「交通量が少ないバイパスだな」

「西に行くには、少し遠回りになるからな。急ぐなら神明高速を使えばええし、急いでないなら二号線を使う。でも、世の中ってのは利便性や金だけやない。好きな道なんや」

「デートコースの一部として？」

「ドライブコースの一部として。須磨も一望できんで」

私は長い瞬きをした。

「須磨か、懐かしいな」

「三人で行ったなあ」

「あの時は驚いたよな」

「ああ、ええもん見られたで」

「ニナ？　夕陽？」

「両方」

神戸で少年少女時代を、あるいは青春を過ごした者なら、須磨海岸に思い出の一つや二つはあるものだ。

＊

中学三年の九月末だった。ニナが突然、須磨海岸に行きたいと言い出した。海水浴シーズンはとっくに終わっていたのに、絶対に行くと言って譲らなかった。仕方なく、放課後、三人で各駅停車の電車に乗って須磨海岸に行った。砂浜には流木やペットボトル、焚き火の跡など夏の残骸だらけで、海水浴客はおろか、散歩する人すらいなかった。

「付き合ってくれたお礼に、二人にサービスしたるわ」

ニナが突然、制服を脱ぎだした。

「おい、ちょっと……なにを……」

ジョンホと私は慌てたが、ニナは制服の下に水着を着ていた。

ニナは体をしなやかにくねらせると右手を頭の後ろに、左手を腰にあて、膝を少し曲げてポーズをとった。

「男子諸君、大いに喜べ」

私とジョンホは目を合わせ、ニナに向き直り、盛大に口笛を吹いた。

「いざ突撃」

ニナが海めがけて、砂浜を走っていく。私とジョンホは水着を用意しておらず、ニナを見守るしかなかった。

「冷たっ」

ニナの笑い声交じりの悲鳴があがった。

「当たり前やっ」ジョンホがヤジを飛ばす。

「クラゲに気をつけろっ」と私も声を張る。

ニナは一人で波の中を泳ぎ、十五分ほどで海からあがった。潮水のせいか、目は真っ赤に充血していた。体も冷えたのか、水着から伸びるニナの四肢は真っ白で、細かく震えていた。私とジョンホは急いで流木や雑誌を拾い集めて、ジョンホのライターで火を点けた。即席のキャンプファイアーだ。

小さなハンカチをニナに渡して水気を拭き取らせ、震える彼女をジョンホと挟み、海岸線に溶けていく夕陽を眺めた。

「なんでこんな時期に海に来たかったんや？」

「これ、新品でまだ一回しか着てないねん。新学期早々、プールの授業の後、わたしの水着が盗まれたやんか。気色悪い。あの後、雨ばっかでプールの授業は一回しかなかったし、この時期を逃したら、もう着られへん。で、海ってわけ。一人で入ったら溺れても誰も助けてくれないから、二人を巻き込んだった」ニナがにっと笑う。「ちゃんとお駄賃は払ったで」

「さすが、やる時はやる女」と私は言った。

ニナの水着を盗んだ犯人は捕まっていない。校内の者なのか侵入者なのかすら定かでない。

夕陽に染まった紅《くれない》の波が絶え間なく砂浜に打ち寄せていた。

「死ぬ時はこんな景色を見ながら死にたいな」

ジョンホがぼそりと呟き、足元の砂を摑み、手の平を空に向けた。指の間からさらさらと砂がこぼれ落ちていく。

「わお、陳腐やねえ。どうせ死ぬなら、その前にわたしの願いを叶えて。来るべき日に備えて二つ、三つ捻り出しとくわ」

「男ってのはこき使われるね」

ジョンホは冗談めかした。

三人でオレンジジュースを回し飲みした。いつにも増して甘酸っぱかった。

「オレンジジュースって太陽の味がするよな」とジョンホがまじまじと缶を眺める。

私とニナは目を合わせた。

「太陽の味？　ジョンホがそんな詩的な発言をするなんて、明日は季節外れの大雪やな」

ニナが心底おかしそうに笑った。私とジョンホも釣られて笑い声をあげた。

私たちは周辺の流木や雑誌を次々に燃やした。火は真っ赤に燃え上がり、ニナの水着も多少は乾いた。

「生乾きやけど、そろそろ上を着よっかな」

「残念」とジョンホが茶化す。

「男子諸君。お楽しみはまた次回」

ニナが水着の上から制服を着た。

熾火に変わってからも、三人で薄暗い海を眺め続けた。焚き火の枝が爆《は》ぜた。それが合図だと私は感じた。二人と過ごす中で、常に抱いていた思いがあった。

「俺が犯罪者の息子じゃなかったら、二人をいじめる側に回ったかもしれない」

あのさ、とニナが物柔らかな声を発した。

「仮定の話は無意味やで。隼は隼。わたしたちの友だち。それでええやん。わたしとジョンホは隼と会うまで二人で支えあった。わたしはジョンホのため、ジョンホはわたしのために生きた。そこに隼は加わった。この事実は変わらんで」

「どうして俺を仲間に入れてくれたんだ」

ニナとジョンホが私越しに目配せしあい、ニナが口を開いた。

「だって隼もわたしたちと同じやから。ずっと戦ってきたやん」

「オレのおかげや。オレの目に狂いはなかった」ジョンホが胸を張った。「小学校の時、隼に喧嘩をふっかけた本当の理由は、仲良くなるきっかけがほしかったからなんや。なんとなく仲良くなれそうだったし、根性を見てみたかった」

「初耳やで」とニナが目を丸くする。

「お眼鏡に適ってよかったよ。乱暴すぎる方法だったけどな」

私は肩をすくめた。

＊

「もうちょいで、お薦め絶景ポイントや」

トンネルを抜けた。左前方に広がる景色は確かに見晴らしが良かった。

「じゃあ、そろそろ起こそうか」

私はジーナに声をかけようとバックミラーを見た瞬間、首筋が強張った。

「ジョンホ、速度を上げてくれ」

「せっかくの絶景なのに？」

「じっくり見たいところだが、はっきりさせたいことがある。追い越し車線に移ってくれ」

ベンツが滑らかに加速し、走行車線から追い越し車線に移った。

「まだ加速できるか」

「お任せあれ」

ベンツはさらに加速した。私はバックミラーから一瞬も目を離さなかった。後ろを走るグレーのセダンも車線変更し、速度を上げている。

「尾《つ》けられてるな。後ろのセダン、トンネルに入る前からずっと後ろにいる。ジョンホは安全運転だ。普通ならとっとと追い抜いてるだろ。しかもジョンホが加速し、車線を移すと、同じ行動をとった。この車に煽《あお》り運転を仕掛けるバカはいない」

「だろうな。煽り運転をする連中は相手を見て、仕掛けてくる。オレのベンツはカタギが乗るもんやない。ひと目で察せられるはずや」ジョンホがハンドルを指先で叩いた。「誰だか知らんけど、オレの車を尾けるなんて、ええ根性やないか」

バックミラー越しに、セダンを見据える。相手もスモークガラスだ。運転席に人影があるが、顔までは見えない。

「よう気づいたな」

「海外での仕事で何度か危ない目に遭ってな。南米の某国では銃撃された経験もある。後ろを走る車には敏感になってるんだ」

横目でジョンホを窺った。顔色は一切変わっていない。さすがに度胸が据わっている。

「ジョンホ、心当たりは？」

「ないわけやない」

ジョンホはアクセルをさらに踏み込んだ。ベンツのエンジンが初めて唸った。背後でもセダンの速度が上がった。

「トヨタの新車か。性能は五分五分。相手にとって不足なし。あとは腕の勝負や」ジョンホが私を一瞥した。「悪いな。街中ならカーチェイスする羽目にはならんかったのに」

「シートベルトは締めてるし、せいぜい楽しませてもらう」

「なら、遠慮なくやらせてもらう。ジーナ、起きてくれ」

ジョンホが声をかけると、ジーナが眠たそうに瞼を上げた。

「お店から連絡があったんですか」

「いや。遊園地とかのアトラクションは好きか」

「絶叫系は苦手です。ゴーカートは好きでした」

ジョンホがにやりと笑う。

「そいつを聞いて安心した。シートベルトをしっかり締めて、アシストグリップを握っておけよ」

「アシストグ……？　なんですか」

「窓の上にバーがついてるやろ。電車でいえば、吊り革みたいなもんや」

ジーナがアシストグリップを握った。私も握った。

「方々、準備はよろしいな。いくで」

ジョンホが急ハンドルを切った。タイヤが甲高く鳴ったものの、車体はさほど揺れなかった。ベンツは足回りを少し改造しているらしい。私はバックミラーを覗いた。相変わらず、セダンはついてくる。

「何があったんですか」

「俺たちにもわからないんだ」

ジョンホが加速すれば、後続車両も追いすがってきた。ジョンホが車線変更するたび、向こうも変えた。後ろの車はつかず離れずの距離を保っている。

私は何度か後続車両のナンバーを読み取ろうと試みた。反射板が取り付けられており、なかなか読み取れない。

「もう鵯越《ひよどりごえ》か」ジョンホが呟く。「解せないな」

「ああ。不可解だ。向こうはついてくるだけで、何も仕掛けてこない」

「実験してみよか。もうちょいでバイパスも終わる」

ジョンホが速度を緩めた。まもなくひよどりインター。そう書かれた案内板脇を通り過ぎた。ジョンホは出入り口に続く左車線に入った。後続車両は速度を緩めず、垂水《たるみ》区や西区に向かう右車線に入った。

二台が並んだ。しばらく並走が続いた。

突然、衝撃がきた。私は体勢を崩し、頭を窓に打った。金属が潰れるような重たい音が響き、タイヤも甲高い悲鳴をあげる。

「くそったれめ」

ジョンホが悪態をつき、ハンドルを右に切った。もう一度、金属がひしゃげる音がした。ベンツが大きく揺れた。助手席側の窓からは車体から火花が散るのが見えた。法面《のりめん》の下部を固めるコンクリート壁に押し付けられている。

「弾き返せないのか」

「厳しいな。弾き返すには車体を一度、押されてる方向に振らなあかん。その一瞬で、一気に押し込まれんで」

バックミラーを見た。ジーナはアシストグリップを握り、歯を食い縛っている。

金属音がやんだ。ベンツに加わっていた力が抜け、私たちの体まで急に軽くなった気がした。ジヨンホがハンドルを右にやや切る。相手の車が速度を上げて、遠ざかっていく。ほどなく分岐地点だ。相手は加速を続け、直進していった。ベンツはゆるやかな左カーブを進んでいく。

私は眉間の辺りに力が入った。

「やろうと思えば、いつでもやれる。そんなメッセージを伝えたかったのか……」

「らしいな」ジョンホは舌打ちした。「ろくでもない奴やで」

「だとしても、何が理由なんだろう」

「オレへの個人的な恨みか」ジョンホは区切り、低い声で続けた。「いま首を突っ込んでることへの警告か」

「前者じゃないな」

「根拠は？」

「明和苑に出向き、ジョンホが一人でいるところを仕留める方が確実だ」

じゃあ、とジーナが会話に割って入ってきた。

「後者なら、母のことになりますよね」

「そやな」

ジョンホの声はますます低くなった。

私はヘッドレストに頭を預けた。

「ニナを巡っての警告だとしても、どうして俺たちの行動がどこかの誰かに筒抜けなんだ。ニナを捜してるのを知ってんのは、俺たち三人を除けば、今のところ二人だ。ばあやと黒沢」

どちらかを訪問した後から、さっきの何者かに尾行されていたのだろうか。

「黒沢は信用できるのか」

「ああ。間違いない。オレに借りがある」

「借りを返すのが面倒になった線は？」

「皆無やない。けど、黒沢とは友好的でも敵対的でもない。適度な距離を保ってる。オレを狙えば、ドンパチに発展しかねん。黒沢もアホやない。それにこっちの世界には、まだほんのちょっとだけ仁義が生きとる」

「こっちの世界、か。その筋に足を突っ込んだことを隠す気が失せたんだな」

「とっくに勘づいてたくせによう言うな」

「仁義ってのは、黒沢への貸しか？」

「そんなとこだ。握り潰そうとするだけでも、ドンパチの引き金になる。ばあやと黒沢以外にも知ってる奴がおるんや」

「他に？　誰だよ」

「さてな」ジョンホがかすかに首を左右に振る。「頭を使うんは隼の方が得意だったろ」

候補者を絞り出そうとするも、思考が空転する。

「念のため、お二人に伝えておきます」ジーナは強い調子だった。「危険なのでわたしを外したくなったでしょうが、ダメです。わたしは絶対に引き下がりません。さっきのカーチェイスが母に関わるとすれば、余計に退くわけにはいきません。母も危険に晒されているってことですから。何度も言うようですけど、母を捜すことの言い出しっぺはわたしなんです」

バックミラーを見る。ジーナは真っ直ぐな眼差しだった。背筋が伸びる思いだ。

「怖くなかったのか」

「怖いっていうか、腹が立ちました。見つけ出して、引っ叩いてやりたいです」

「血は争えないな」ジョンホが苦笑する。「ニナも似たようなことを言うはずや」

「だな。色んな意味で警察もなしにしよう」

警察に届け出れば、何者が襲ってきたのか、正体を突き止められる公算もある。だが、ジョンホにも立場がある。

「お気遣いどうも」

「ジョンホのためだけじゃないさ」

私たちの過去もある。なにより、ニナの身に危険が生じてしまいかねない。相手は暴力も厭《いと》わないのだ。その正体は漠としている。余計な刺激をしない方がいい。

ベンツは住宅街を海に向けて走った。私は時折、バックミラーで後ろをチェックした。ついてくる車はなかった。

7

廃業したホテルの敷地に入った。二十階建てくらいの建物は健在でも、駐車場のあちこちでコンクリートが割れ、雑草が生えている。

「どうせなら外に出よか」

私たちは車を降りた。

「ベンツ、結構傷ついたな」

「修理すればええだけや。かえって箔がついたわ」

旧ホテルは海面五メートルくらいの高台にあり、木製の欄干が設けられていた。かつては白く塗られていたのだろう。ペンキが風雨で剝げている。私たちは欄干に両腕を置き、海を眺めた。潮風が肌と鼻に心地よい。目の前に海が広がり、右手には明石海峡大橋が間近に望める。黄金《こがね》色が混ざった陽を浴びて海が輝き、船が何隻か航行していた。

「ニナはホテルに用があったんだろうか」

「さあ。ホテルに入るとこは見てない。駐車場で会って、タクシーに乗ってったから」

「近辺に足を向けるようなスポットは？」

「まさにここがそやった。ホテルを利用しない連中も、この景色を眺めに来てな。ホテル的には喫茶店やレストランの利用客もおるんで、追っ払えなかったんだろう」

赤トンボが飛んでいる。

「他に憶えてることはないか」

「そうやなあ……」

ジョンホが顎に手をあて、空を見上げる。

「お線香やお花の匂いがしませんでしたか」とジーナが訊く。

「ん？　どやったかな。なんで？」

「伯母さんのお墓に近いのかもって思ったんです。海の見えるところに眠っているって聞いた記憶があります。ついでに景色を見にホテルに来たのかも。タクシーを呼ぶにも伝えやすい場所なのかなって」

　私とジョンホは目を合わせた。

「ありえるで」

「ジーナは墓参りに来たことは？」

「ありません。母は神戸にいた頃は何度も参ったそうですけど、わたしが物心ついてからは一度もないんじゃないでしょうか。行くなら、わたしも連れていきますよね」

　私は再びジョンホと目を合わせた。

「ここでニナと鉢合わせしたのは、正確には何年前だ？　少なくともジーナが生まれる以前か以後か」

「さて。あん時、三十歳は過ぎてたかな。十五年は経ってへん」

　東京から神戸なら日帰りできる。ニナはジーナを保育園などに預け、来たのか。幼い子を新幹線に乗せるのを嫌った？　いや、違うか。ジーナが物心ついてからも、ニナは娘を神戸に連れてきていない。

「お父さんの墓参りにも行ってないんだよな」

「はい、一度も。母は嫌な気分になるからって。事故を思い出してしまうんでしょう。結城さんがご覧になった通り、部屋には仏壇すらないので」

メイも事件に巻き込まれて亡くなった。姉の死も、夫の死もニナにとってはかなり重たい過去なのだろう。

「ジーナにとっての祖父母の墓参りはしてるのか」

「わたしはした憶えがありません。物心ついてから神戸に来るのは初めてなので」

「そうか、そうだったな」

「父方の祖父母は健在なんか？」とジョンホが問う。

「どうなんでしょう。年賀状も来ませんし、母も何も話しませんし」

健在なのだ。夫が死んでいても、舅、姑の法事に参列しないほど不義理ではあるまい。となると、夫の三回忌や七回忌の法事はどうなった？　ジーナの記憶がないのなら開かれていない？　向こうの両親はよしとしているのか？　メイの法事は？　中国式のものがあるはずだ。自身の両親の法事や墓参りは？　長年墓参りしていないのに、このタイミングで赴いた？　ここで思案を巡らせても答えが出ない問いばかりだった。

「舞子に霊園はあるのか」

「日本全国、どこにだって墓はあんで。海の見えるところってヒントはあるな。グーグル様で検索してみよ」

「わたし、伯母さんのお墓があるなら行きたいです」

「オーケー」ジョンホがポケットから携帯を取り出した。指先が動く。「公営の舞子墓園があるな。舞子第二墓園ってのも近くにある。海も見えそうな場所だ。行ってみよか。あ、あかん、どっちも五時閉園だって。もう五時半や。メイの墓参りは明日以降にしよ」

はい、とジーナは殊勝な返事だった。

「隼、まだどこか捜すか」

「今日は終わりにしよう。あてもないし、疲れちまったよ」

「お互い、歳をとったな。十四、五の頃は無尽蔵にエネルギーがあった」

「そんな感覚、もう忘れたよ」

「ホテルは予約してあるんか」

「大丈夫だ」

「なら、ウチの店で飯を食っていけ。昼も夜も肉はきついやろうけど」

「かなりきついな。育ち盛りじゃないんだ。でも、チヂミやチャプチェがウマイのも知ってる」

「わたし、夜もあのお肉が食べられると思っただけでお腹が空いてきました」

ジーナが襲撃の余韻をかき消すような明るい声を発した。

私たちはベンツに戻った。国道二号線を通り、海沿いを走った。周囲の車は傷だらけのベンツを見て見ぬふりしているようだった。

明和苑では夜の営業が始まっていた。ジーナとジョンホが並んで座り、私は二人の向かい側に腰を下ろした。

若い女性店員が私たち三人に冷たいおしぼりをくれた。顔を拭くと人心地つけた。

「結城さん、オジサン丸出しですよ」

「もう立派なオジサンだよ」

「ジョンホさんも」

「オレもオヤジや」

「まったく」とジーナは肩を大きく上下させた。

「二人とも神戸にいる間は飯の心配はせんでええ。オレが全部面倒みたる」ジョンホは若い女性店員に声をかけた。「リン、特上セットを三人前。一つは超大盛りでな。あと、チヂミとチャプチェも」

私は心の根っこがわずかに緩んでいた。明和苑にいる限り、ジーナの安全を確保できる。誰もここには手を出せない。店を襲えば、ジョンホを、ひいては孫連合を敵に回してしまう。バイパスで襲ってきた連中も、店までは襲撃できまい。

ジョンホは冗談を言ってジーナを笑わせ、肉を焼いた。時折、二人して鼻先を左手の小指で掻いている。

ひとしきり食べ終わる頃には店も満席になり、笑い声で満ちていた。レジ脇から垣間見える厨房では慌《あわただ》しい声が飛び交っている。トイレに立つと、レジに立つリンと目が合った。

「社長のあんな楽しそうな姿、初めて見ました。結城さんみたいな友だちがいるのも初めて知りました」

「俺みたい？　どういう意味かな」

「てっきり、ご友人がいないのかと。久しぶりにお会いになったんですよね」

「そう。二十八年ぶり」

「本当の友人って何十年会っていなくても、連絡を取り合っていなくても、友人のままなんですね」

ジョンホとジーナのいるテーブルを眺めた。ジョンホが何かジーナに話しかけ、一瞬の間の後、二人の笑い声が爆発した。

「あと一人、ここにいれば完璧なんだ」

私はトイレに入り、時計を見た。七時半を回ったばかりだった。席に戻ると、ジーナが追加の肉を頼んだ。若者の胃袋は素晴らしい。食べっぷりを眺めているだけで気分がいい。

食事を終えると、ジョンホと連絡先を交換し、明和苑を出た。

「なんか久しぶりに腹から笑った気がすんで」

見送りに出てきたジョンホは、ジーナの頭をぽんぽんと二度軽く叩いた。

新神戸駅に隣接する大型ホテルにチェックインしたのは九時前だった。運よく、隣同士の部屋を予約できていた。

「また明日。ゆっくり眠るんだ」

「ジョンホさん、楽しい人ですね。母が羨ましいです。結城さんやジョンホさんのような友だちがいて」

「ああ、俺は恵まれているよ」

廊下でジーナと別れ、部屋に入る。カーテンの隙間から神戸の街が広がっていた。三宮の街は光で満ちている。何かの店、マンション、オフィス、塾、学校。人々のいとなみがあの光の向こうにある。目を転じる。夜空と同化した黒い海と街を繋ぐ神戸港。かつての隠れ家跡に建った高級マンションも見える。

ポケットで電話が震えた。非通知設定だった。

「今から一人でこっちに来られるかい」

ばあやだった。

「来た時に話そう。電話でする話やない」

「何か耳に入ったんだね」

「こっちにも話がある」

「気が合うね。待ってんで」

通話を終えると、私はジーナの部屋のドアをノックした。俺だ、と言うと、ドアが開いた。

「仕事の関係で少し外に出る。誰が来ても開けるなよ。何か困ったことがあったら、俺かジョンホに電話をくれ」

「わたしも行きます」

「だめだよ。仕事の関係だと言ったろ」

「二十四時間営業なんですね」

「海外が相手だと仕方ないんだ。コンビニと違って毎日じゃないのが救いさ」

私はジョンホの連絡先を記したメモを渡した。ジーナがドアをしっかり閉めるのを確認し、廊下を進んだ。

元町まで歩くことにした。人目につく大通り沿いを進めば、襲われる心配もない。頭上で風が舞っていた。山から吹き降ろす風と海風がぶつかっている。湿り気を帯びた風が肌に心地よい。かつても神戸の夏の夜にはこんな風が吹いていた。街の景観が変わっても、風は変わらない。

誰が襲ってきたのか。第三者の尾を踏むほど動いていない。黒沢、ばあやのどちらかしかない。ジョンホは黒沢を信用している。消去法で残るのは一人だ。

ばあやがカーチェイスで警告を発した。現時点では他に考えられない。体が急に軽くなった。ばあやがカーチェイスを仕掛けてきた張本人なら、ここで襲われる恐れはない。店で待ち受けていればいい。

南京町は静かだった。ほとんどの店は午後九時半前後に営業を終える。大半の店のシャッターが閉まり、通りにひと気もない。路上で売られた唐揚げや麺の匂いだけがほのかに漂っていた。提燈の灯りも消え、街灯だけが通りを照らしている。私は小路に入った。街灯の光すら届かず、左右の小さな建物は昼間以上にひっそりしている。

ばあやの土産物店の磨りガラスからは灯りが漏れていた。

かつて南京町に住居を構える者はいなかった。現在もそうだろう。ばあやは昔から独り、南京町で昼夜を過ごした。この一画の主のように。

私は体に染み込んだ要領でドアを開けた。ばあやは昼間同様、框に腰かけていた。

「いらっしゃい。ここに座り」

ばあやは自分の隣を軽く叩いた。

目を凝らした。背後の住居部分に人影は見えない。耳を澄ませた。物音もしない。ひと気もない。ばあや一人のようだ。ばあやの隣に腰かけた。

「さてさて」ばあやはのんびりした口調だ。「隼も話があるんだろ。どっちから始めるかね」

「レディーファースト。ばあやから」

「へえ。しゃれたことを言うねえ」

枯れた笑い声があがった。ばあやの細い目がわずかに見開かれる。

「一週間前の話だ。夜十時頃、四十前後の女が無理矢理、車に押し込まれたんが目撃されてる」

「場所は？」

「こっから近いで。南京町の海榮門《かいえいもん》を出てすぐに、わりと大きな道路がある。銀行や生命保険会社なんかのビルが連なる通りや。あの辺りはオフィス街だから、夜九時を過ぎると人通りはほぼない。車もね。少し先に二号線が走ってて、みなそっちを使う。南京町自体、夜九時を過ぎたら空っぽなんや。人をさらうにはおあつらえ向きやで」

「確実な話なのか」

「元町の『てっちゃん亭』って店を知ってるかね」

「高架下にある、昼間からやってる酒場だろ」

私が神戸にいた頃からあった。薄汚くて、近寄りがたい雰囲気しか記憶にない。一度、開けっぱなしのドアから店内を覗いた。競馬中継を流し、中高年の男が昼から群がって酎ハイやビールを飲み、もつの煮込みやどんぶり飯を食っていた。あの光景はさほど変わっていないのだろう。

「正確にはもう高架下にはない。一、二年前、高架下と平行に走る県道沿いに移転したんや。あっこからの話なら確度は高い。老舗の情報屋でね。県警御用達の。お上は私ら外国籍の人間を監視したいが、表立ってはできひん。なんせアタシらは清く正しく慎ましく生きてるだけなんや。なら、お上はどうする？　答えは簡単。エス——情報屋にさせればいい。あっこからなら南京町は目と鼻の先やろ」

「県警のエスなら、どうしてネタがばあやの耳にも入るんだ」

「あたしらもてっちゃん亭を使ってるからね。県警とあたしたちは持ちつ持たれつ、互いに情報を流し合ってるんや。てっちゃん亭を介して」

ばあやが昔から様々な物事について事情通だった理由の一端か。

「ばあやはどう分析する？　さらわれたのがニナだとみるか」

「時期、年齢からして五分五分」

さらわれたのがニナだとすれば、ジーナに連絡してこないのも腑に落ちる。携帯が通じない点にもだ。

「だとすると、警察はなんで動かないんだ。命に関わる話だ。てっちゃん亭は県警に通じているんだろ」

「情報があっても事件性は未知数やないか。該当する女の捜索願も出てない。これじゃ、県警は動けない」

「明日にでも店に行ってみる。もう少し詳しい話が聞ければ、儲けもんだ。元町のばあやの名前を出せば、邪険にはされないだろ」

「そやね。女の人着は隼が自分で店に訊き」

「さらったのは誰だ。噂はあるのか？」

「アタシ的にはどうでもええ」

ばあやは小さな肩をすぼめた。

「とっくにばあやは今の話を知ってたんじゃないのか。昼間の段階で俺に話せたんじゃ？」

「こんな細かな点まで入ってきてへんかった」

「信じがたいな。誰かの結婚まで把握してたのに」

「どう捉えようと、隼の勝手や」

「まあいい。ニナかどうか確かめないのか？　ばあやなら非公式に警察を動かせるだろ。それこそてっちゃん亭を介してね。かつてなら、即、洗ったはずだ」

私たちの邪魔をしている背景があるからではないのか。もしそうなら、拉致された女性の情報も虚偽の恐れがある。

「隼はニナが結婚した相手を知ってんのかい」

「いや。ばあやは調べたんだね」

「そりゃ、調べたさ。可愛いニナだ。いつの時代も、ひとは結婚相手で随分と人生が違ってきちまう」ばあやは口惜しそうに舌打ちした。「アンタたちの一コ上の学年にいた、桐原純之助《きりはらじゅんのすけ》って憶えてるかい」

懐かしい名前だった。メイとともに私たちを庇ってくれたこともある上級生だ。

「知る限り、まともな男だったよ」

「そうかい。ニナは苗字を元に戻した。愛想が尽きてたんだろう。娘の苗字も戻してる。向こうの家族とは色々やりあったろうね」

法学部時代のおぼろげな記憶を思い返した。夫と死別し、妻が苗字を戻す場合は復氏届を役所に出せばいい。婚姻関係終了届で、相手方親族との関係も切れる。しかし子どもは違う、復氏届はあくまで本人にしか効力がない。家庭裁判所に申請し、許可を得た後、入籍届を出さねばならない。面倒な手続きだ。相応の訳があったのだろう。

「桐原氏が事故で死んだ後、ニナには思うところがあったんだろ。夫婦の関係を外部が詮索するもんじゃない。一週間前にさらわれたのがニナかどうか洗わないのと何の関係がある？」

「さて。歳をとると、話があちこちに飛んじまってね」

ばあやがここで無関係な話をするだろうか。つうっと背筋が冷えた。

示唆？　桐原は交通事故で死んでいる。今日のカーチェイスを仕掛けてきたのが、ばあやだとすれば……。

「桐原氏は事故死だったんだよな」

「そう。記録上は事故死や」

「違うとでも？」

「さあね」

素っ気ない物言いだ。否定はしていない。ばあやは暗闇を睨みつけている。

「ばあやは桐原が嫌いだったのか」

「ああ。ニナは聞く耳持たんかったけどな」

いくらなんでも嫌いというだけでは、事故死に見せかけて殺すまでには至らない。むろん、ばあやだと決めつけることはできない。本当にただの事故かもしれない。

「どんなとこが嫌いだったんだ」

「死んだ人間を非難するほど、アタシは落ちぶれてないで」

一旦、話を逸らそう。

「ところで、メイの墓は舞子なのか。ジーナを連れて墓参りしたいんだ。墓の場所を教えてくれ」

「メイ……。ええコやった。隼が言う通り、舞子第二墓園にあんで。ご両親と一緒に眠ってる。場所は墓園の管理事務所に尋ねな」

「事件に巻き込まれたんだろ。ひったくりに遭って、頭を打ってしまったとか」

ばあやが目を瞑《つむ》り、おもむろに開けた。

「ああ。バカたれのせいで、なんであんなええコが死ななあかんねん」

「同感だよ」

「隼も夜道には気いつけや」

含みのある声音だった。私は顎を引いた。軽く拳を握り、体の軸を意識する。

「今日、俺を追いかけてきたな」

「何のことかね」

「惚《とぼ》けなくていい」ばあやの細い目を見据えた。「もう一度だけ聞く。今日、俺が乗った車を追いかけてきたな」

「身に覚えがないね」

ばあやはさらりと言った。

日中のカーチェイスの黒幕は、ばあやなのか、第三者なのか、黒沢なのか。ばあやが否定したからといって、頭から信じる気にもなれない。これ以上、攻め込む材料もない。

「今の質問は忘れてくれ」

ばあやは目元を緩めた。

「隼を追いかけてきた連中も調べておくかね」

「頼むよ」

襲撃されたおおよその時間と、相手の車種を伝えた。ばあやが首謀者なら、とうに知っているだろうが。

「ほう、一緒にいたんはジョンホか。懐かしいね。久しく会ってへん。ジョンホにも気いつけるよう言っとき。ジョンホは危険な世界におる。アタシは隼も好きだし、ジョンホも好きや。二人とも、ええオトコや。どっちかがニナと添い遂げてくれればよかった」

答えようがなく、私は腰を上げた。

「もう一つ教えてくれないか。ばあやなら知っているはずだ。さっき調べたと言ってたんだから」

私が質問を告げる前に、ばあやは手元にあった帳面を千切って、渡してきた。

「ここに書いてあんで」

桐原家の住所だった。

DAY 3

1

午前八時過ぎ、ホテルのレストランにジーナと向かった。かなり眠たそうだ。若者は概して朝に弱い。たっぷり眠れる体力があるからだろう。朝食はバイキング形式で、ジーナはバタートースト、クロワッサン、スクランブルエッグ、ベーコン、ハッシュドポテト、サラダを器用に一皿に盛り、席についた。

「さすが育ち盛りだ」

「結城さんは小食ですね」

「四十を過ぎると、朝はトーストとオレンジジュースで充分だよ。昨日は二食も焼肉だったし」

明和苑の肉は質がいいので、胃もたれはしていない。

「わたしは今日も焼肉三昧《ざんまい》、いけますよ」

ジーナが左手の親指を立て、ブレスレットが鳴る。

「頼もしいね。ジョンホもさぞかし喜ぶだろう」

「あ、そうだ、ドリンクも取ってこないと」

ジーナは再び席を立った。ほどなく、オレンジジュースとアップルジュースを両手に持って戻ってきた。

レストランはガラス張りで、朝の陽射しが注いでいる。いい天気だ。ジーナがクロワッサンをおいしそうに食べている。

「父方の祖父母と最後に会ったのは？」

「憶えていません」

「住所を手に入れた。会いに行こう」

ジーナの手が止まった。

「母が顔を見せていると？」

「過去の行動からすると、可能性は低い。でも、ジーナ個人の問題として捉えてみてくれ。メイ……君の伯母さんや母方の祖父母の墓参りに行くのに、父方の祖父母に顔を見せないのは不義理だろ。せっかく神戸にいるんだ」

桐原の両親から、ばあやが桐原を嫌った要因のヒントを得られれば、ニナが神戸に戻ったことや、ニナらしき女性がさらわれた件と結びつくやもしれない。どんなにか細い線でも潰すことに意義がある。決定的な手がかりは何もないのだ。

「そうですね、行くべきですね。でも、わたしを憶えているでしょうか」

「孫娘を忘れるじいちゃんばあちゃんなんていないよ。難しいだろうが、何か父親についてのエピソードはないか。何でもいい。そういう話をすると、喜んでくれる」

「難題ですね」

ジーナにとって父親の存在感はかなり薄いらしい。赤ん坊の頃に亡くなり、祖父母とも没交渉となれば無理もない。

「ニナはお父さんの思い出話を一回もしてないのか？　ジーナだって知りたいだろ」

「最初は。母は『死んだ人のことを知っても意味がない』って。言われてみれば、知ったところで会えるわけでもないですし」

本心かどうかは定かでない。ジーナが斜め上に視線をやり、数秒後、私を見た。

「うっすらとですけど、母が父と口論したって話をしたのは憶えてます。テレビを観てて父が発した一言に、母が反発したとか……。あんまり口にしない方がよさそうですね」

「そうだな。他には？」

「うーん、思い出せません」

「そうか。仕方ないな。何かの拍子にニナから聞いた話を思い出す望みもある。桐原家と舞子第二墓園、どっちから行く？」

「生きている方から。死者は逃げも隠れもしませんので」

「メシを食った後、ジョンホに言っておくよ」

朝食をとりつつ、ジーナに桐原家でしてほしい質問や振る舞い方などを伝えた。ジーナの食べっぷりは見事だった。かつてジョンホのオヤジさんが私たちに肉をたんまり食わせた心境が、今なら理解できる。

部屋に戻り、ジョンホに電話を入れた。

「桐原家はカタギだろ。オレは敷居をまたげへん」

「節度のある筋者なんて珍しいんじゃないのか。オレオレ詐欺やらなんやらで、カタギから金を巻き上げるのに必死な連中ばかりだ」

「ウチの稼業やない。金には不自由してへんし、他人は他人、オレはオレ。悪いが、タクシーかなんかで行ってもらえるか。昨日とはちゃう車で行動するつもりやけど、フィルムを貼ってなくてな。丸見えなんや。住宅街にオレが乗り込むのはちょっとな。向こうさんにも迷惑をかけてまう」

「なら、後で合流しよう。桐原家を出る時に連絡する」

「了解」とジョンホは言った。「例の件、まだ何の手がかりもない」

昨晩ばあやの家を出た後、ジョンホにもニナがさらわれたかもしれない一件を伝えた。

――てっちゃん亭なら信憑性は高いな。黒沢の耳も借りるべきや。他にも網を張っておく。

ジョンホなら神戸市内全域、近隣市に色々なネタ元を持っているだろう。

「もうジーナには伝えたんか」

「いや。少々刺激が強いだろ。どこかのタイミングで言わないといけないが」

「だな。なんかわかったら一報を入れる」

九時半過ぎにホテルを出た。陽射しは強い。肌が焼け焦げる音が聞こえてくるようだった。なるべく日陰を選んで大通りを歩いた。桐原家まではホテルからも歩ける距離だ。五分ほどで生田《いくた》川《がわ》沿いの住宅地に入った。こぢんまりした戸建てが並んでいる。私たちは一軒一軒の表札を見つつ進んだ。もう少し行くと、ジョンホの邸宅がある。外観からだけでは、筋者の幹部が住んでいるようには見えない。しかし、朝には住み込みの若い衆が掃き掃除をしたり、黒い車が停まっていたりする。防犯設備も完備されている。

桐原の実家は、低いブロック塀に囲まれていた。敷地と路地をブロック塀が隔て、二階建ての古い家屋とのわずかな隙間に紫陽花《あじさい》が植えられている。錆の浮いた門扉を開けた。排気ガスや風雨のせいか家屋の壁がくすんでいる。玄関上の電気メーターは勢いよく回っていた。私がインターホンを押した。

ドアが開き、初老の女性が出てきた。白髪で、化粧けはない。真っ白なTシャツに臙脂《えんじ》色のジャージをはいている。くつろいでいたのだろう。

「どちらさまでしょう」

「リュウ・ジーナです。おばあちゃんですか」

打ち合わせ通りに、まずジーナが応じた。

女性の目が見開かれた。彼女の両目には早くも涙が滲んでいる。

「ジーナちゃん……。ニナさんにそっくりや。まあ、大きくなって。よう来たねえ。暑いでしょ。はよ、入り」

「失礼します」

「そんな他人行儀な物言いせんといて。身内なんやから」女性が私を見た。「ジーナちゃん、こちらの方はどちらさま？」

　私は頭を下げた。

「突然の訪問、失礼します。結城と申します。かつて小、中学校で桐原さんにお世話になった者です。ニナさんとも友人でした。本日はジーナの付き添いで参りました」

「そうでしたか。純之助の母です」女性も頭を下げ返してきた。「ニナさんはお元気で？」

「いま、ちょっと病気で」とジーナが濁した返事をした。

　これも打ち合わせた通りだ。ニナが桐原家を訪問していないと判明すれば病気にする。訪問していれば、その時の様子を訊く。ニナが最近訪問していても、その時はジーナを連れていない。ニナの様子を訊くのは不自然ではない。

「ご主人もご在宅ですか」

「四年前、病気で亡くなりました」

　え、とジーナが呟いた。それすらも知らない様子だった。

　家の中は冷房が効いていた。畳敷きの居間の片隅に仏壇がある。

「お父さんの位牌はあの仏壇に置いてありますか」

　三度、打ち合わせ通りの発言だ。

「そう。ニナさんが『辛くなるから近くに置いておけません』と言うてはったから、ウチで」

　壁には高齢者の遺影が並び、スーツ姿の若い男のものもあった。桐原だろう。私は桐原の顔を憶えていない。

「あの写真が桐原さんですか」と私は確認した。

「ええ。なんかの折に撮った写真です」

きりっとした容貌だ。桐原の顔は薄く、ジーナには似ていない。ジーナはニナに似たのだ。女の子は父親に似るというのは迷信か。

「お父さんとおじいちゃんにお線香をあげてもいいですか」

「当たり前やん」

「私もあげさせていただきます」

「どうぞ、お願いします」

私とジーナは仏壇前に並んで正座した。まずジーナが線香に火を点け、香炉に挿す。細い煙がゆっくりと昇っていく。ホテルでの朝食中、ジーナが仏壇に手を合わせた経験がないと言ったので、手順を教えている。

ジーナは神妙な面持ちでおりんを鳴らした。甲高い音の余韻が漂い、目を瞑り、手を合わせた。私もジーナに続いて線香をあげた。背後で食器が鳴る音がした。手をといて振り返ると、桐原の母親が木製の低いテーブルに西瓜《すいか》を置いていた。

「ジーナちゃん、こっちに来て食べて。結城さんもどうぞ」

「ありがたくいただきます」

私たちはテーブルに移動した。

「何年ぶりやろか。純之助の葬式以来？　ジーナちゃんは生まれたばかりやったもんねえ」

桐原の母親は声を弾ませている。ジーナが曖昧に微笑んだ。会った記憶がないのだ。あらまあ、と桐原の母親はすぐに話題を変えた。さすが年の功だ。

「綺麗なブレスレットをつけてるやん」

「母にもらったんです」

「ところで、今日はどうしたん」

実は、と私は会話を引き取った。

「神戸に来る用事があったので、ニナさんに頼まれたんです。ジーナが桐原さんに線香をあげるのを手伝ってほしい、と。ニナさんは随分、ご無沙汰していることを詫びていました」

「そんなのかまいませんよ」

「ご結婚はいつでしたか」と私は惚けた。

「純之助が二十七の時です。結婚すると聞いた時は心底驚きました。学生時代、純之助はふらふらしてましたしね。まるで頼りなくて」

桐原の母親は懐かしそうに笑った。

「結婚式はされたんですか」

「家族だけで。派手なのはニナさんが嫌ったとか」

「写真はありますか」とジーナが訊いた。「見たことないんです」

「ちょっと待ってて」

桐原の母親は部屋を出ていき、数分後、一冊のアルバムを持ってきた。これこれ、と嬉しそうにページを開く。

和装のニナと桐原、親族が大判の一枚に収まっている。他にスナップ写真もある。なにゆえニナとジーナの家にはないのだろう。

「いい写真ですね。みな穏やかな顔つきだ」

「ニナさんはジーナちゃんに見せてないんか……。あ、辛さがこみ上げてくるもんね。わたしも若い頃、旦那と過ごした写真はよう見れんもん」

桐原の母親は一人納得している。まさか家に桐原の写真が一枚もないとは想像していないのだろう。

「お二人は東京で働いていらっしゃったんですよね」

「ニナさんは家電メーカーで、息子は通産省……経産省になったんでしたっけ？　官僚でした」

「どんな方だったんでしょうか」

「母親の目から見ると、さっきも申した通り、ふらふらしてて頼りないコでしたよ。子どもの頃からタクシーに乗ると、吐き気が止まらなくなる体質も頼りなくてねえ。お役人になって、他人様の役に立ってくれると思ったのに――」

「交通事故でお亡くなりになったんですよね」

桐原の母親は顔を仏壇に向け、しばらくして正面に戻した。

「ええ、交通事故を起こして。夏休みに東京から神戸に帰省した時でした。ニナさんとジーナちゃんと。ちょうど明後日が命日です」

遺族は事故だと納得しているらしい。昨晩のばあやの物言いは何だったのか。もう一つ訊きたいことがあった。私はジーナに目配せした。

「おばあちゃん、トイレを貸してくれませんか」

「ん？　ここを出て左に曲がって。廊下を進めばあるよ」

ジーナが席を外した。私は麦茶を一口飲み、間をとった。

「桐原さんが亡くなって、ニナさんは哀しんだでしょうね」

「搬送先の病院でも、お葬式でも黙りこんでました」

「不躾な質問をさせてください。それなのに、ニナさんはなぜ苗字を戻したのでしょう。経緯をご存じでしょうか」

「どうして結城さんが？」

「ジーナに『訊いておいてほしい』と頼まれたんです。ニナさんはジーナに何も話そうとしないそうで。ジーナは直接自分が訊いたら角が立つからと」

「大人やねえ。あの歳で気を遣えるなんて」

ええ、と私は応じた。真相は、むしろ逆だ。私が知りたかった。ジーナがいる前で問うても、適当に煙に巻かれかねない。ジーナは十五歳だ。子どもの前では話せないと言われればそれまでだ。

桐原の母親は目を伏せた。絞り出すような声だった。

「ニナさんは芯が強いんです。『こうなった以上、桐原家に頼らずにジーナを育てたい。苗字を元に戻して、ジーナもリュウの戸籍に入れたい』。そう言って聞かなかったんです。紙一枚で法律上の縁は切れました。ニナさんは一周忌、三回忌、七回忌も桐原家に来ていません。ただ、毎年お線香は送られてきます。ニナさんなりのけじめのつけ方なんでしょう」

理由になっているようでなっていない。桐原の母親の解釈は好意的すぎる。息子の嫁を悪く思いたくないのだろう。

「ニナさんから連絡があれば、何でもするつもりですよ。ニナさんに会ったら、そうお伝えください。困ったら、いつでも連絡してって」

「承知しました。桐原さんのお墓はどちらに？　ジーナを連れていきたいのですが」

「ご案内しますよ。近くなんで」

ジーナがトイレから戻ってきて、私たちは立ち上がった。

五分ほど歩いた寺の境内だった。墓石が三十基もない、狭い墓地だ。お盆の後という面もあってか、どの墓の周りも掃除され、雑草が生えていない。供えられた花は一様に枯れ始めている。

先頭の桐原の母親が突然、立ち止まった。

「どうかされましたか」

「変ねえ。新しい花が手向《たむ》けられてる」

桐原家之墓。墓石に手向けられた菊は、他の墓の花と違い、活き活きしている。ごく最近に供えられたのは明らかだ。

「ご家族や親戚の方がいらしたのでは？」

「親戚だったら、ウチに立ち寄るはずでしょ。連絡もありませんし」

神戸に来て初めて、ニナの息遣いが聞こえた気がした。私たちはここでも線香をあげ、冥福を祈った。

携帯電話がポケットで震えた。ジョンホからだった。私だけ墓から離れ、耳にあてた。

「てっちゃん亭の件、黒沢からも同じ情報が上がってきたで」

ジョンホは挨拶も抜きに言った。

「ニナなのか」と声を潜めた。

「何とも言えん。人着とかの情報はなくてな。噂があるんは確かや。目撃者も捕まらん」

「黒沢は人捜しのプロなんだろ」

「いくらプロでも昨晩頼んだばかりや。即解決って流れにはならんさ。黒沢に仔細を探らせ、ニナだけでなく目撃者も捜してもらってる。そっちは？」

「桐原の墓にニナの痕跡があった」

「そうか。次に繋がりそうか」

いや、と私は端的に答えた。

「じゃあ、次はどないする」

「舞子第二墓園だな」

「その前にてっちゃん亭を潰そう。そっからも近いしな」

「蛇の道は蛇って言うだろ。ばあやと黒沢に任せた方がいいんじゃないのか」

「昨日の襲撃を忘れたんか。どっちかが黒幕って疑ったのは隼やで。自分たちの耳でも仕入れておいた方がええ」

「ごもっとも。こっちはそろそろ墓参りが終わる」

「なら、十一時に元町駅の海っかわでどうや」

「了解。合流しよう」

「黒沢同様、てっちゃん亭はあんまり品のいい店やない。オレはリンと一緒に行く。ジーナと二人で買い物をしててもらう」

山麓バイパスで襲ってきた黒幕がばあやにしろ黒沢にしろ、日中の繁華街で面倒を起こす馬鹿ではないはずだ。

「ジーナが頷くかどうかだな」

「買い物が嫌いなティーンエージャーなんておらんで」

「時代は変わっているし、事情が事情だからな。口実を用意しておいた方がいいぞ。昨日もジーナは引き下がらなかっただろ」

通話を終えた。ジーナと桐原の母親が墓の周りの雑草を抜いている。私は一人で寺の本堂に向かった。

境内を竹箒《たけぼうき》で掃いている作務衣《さむえ》姿の住職がいた。念のため、ニナを目撃したかどうかを尋ねた。

「さて、見てませんねえ」

住職は首を捻《ひね》った。

2

元町駅前は午前中とあってか、人影はさほどなく、交番前では手持ち無沙汰そうに制服姿の若い警官が立っている。私たちは高架下の軒先で、ジョンホを待っていた。日陰でも体の底から汗が噴き出してくる。

「お父さんの命日が明後日だと知っていたのか」

「全然。わたし、父について何の知識もないんですね。一度も気にならなかったと言えば嘘になりますけど、日常の学校生活やらなんやらの方に気をとられてて。最初からいない人になっていたというか」

「この時期、決まり事は？　夜、決まった献立の日があるとか、ニナが西の空に手を合わせていたとか」

ニナが桐原氏の命日に合わせ、何かをしていたのなら、それが神戸行きと結びつく場合もありうる。

ジーナが左手首のブレスレットをさすった。

「いえ。特に」

ニナには、ジーナに桐原のことを話さなかった仔細があるのだろう。心情的に辛くなるにしても、母親として話す義務がある。ニナの真意は容易には推し量れない。長くて分厚い、月日の壁がある。

ニナが何を考え、どんな経験をしてきたのかを私は何も知らない。

改札からスーツ姿の会社員や半袖の家族連れが出てきた。白いシャツを着たジョンホも混ざっている。隣には真っ赤なキャミソール姿のリンがいた。ジョンホの注意は警官に向けられている。警官は前方を眺めていた。ジョンホが手を上げ、私たちのもとにきた。

「車に乗ってこなかったんだな」

「てっちゃん亭に行くのには要らんやろ」

ジョンホがジーナに目をやる。

「隼を少し借りんで。ちょっと人と会ってくる。リンと買い物をしててくれ」

「ばあやなら、わたしも一度会っていますよ」

「今日は男しか入れん店なんや」

「エッチな店?」

ジーナは半笑いだ。

「昼間っから行くかい。店主が変わり者なだけや」

「男性しか入れない店なんてあるんですね」

そやな、とジョンホが応じる。

「仕方ないですね」

ジーナはあっさりと言った。私はリンに軽く頭を下げた。

「よろしく頼みます」

リンは微笑み、ジーナの手をとった。

「ジーナさん、何を買いましょうか。社長が何でも買っていいって。社長の奢りですよ」

「ジョンホさんが後悔するくらい買ってやりましょう」

「おいおい」とジョンホがすかさず言う。「ほどほどにな」

三宮方面に向かう二人の背中を見送っていると、肩に手を置かれた。

「心配せんでいい。リンはテコンドーの達人や。オレたちの方が心細いで」

「勘の鋭い子だな」

「リンが？　ちゃうか、ジーナか。そやな」

「桐原家でもそつなく振る舞ったし、時には俺が訊きたかったことを質問してくれた。今だって、単に買い物がしたいわけじゃないさ」

「ええコに育ってんな。さすがニナや」ジョンホが親指を振った。「オレたちも行こか」

信号待ちする際、私は視線を振った。高架下への入り口が封鎖されていた。

「モトコーは潰されるのか」

「只今、絶賛耐震工事中らしい。もう終わったエリアもあったんとちゃうかな」

「何とも言えない味わいが消えないことを心底祈るよ」

元町高架通商店街――モトコーに入ると、どこか甘ったるいニオイと気だるさに体を包み込まれたのが懐かしい。三宮駅から元町駅にかけての高架下は、若者向けの洋服店やアクセサリー店が連なっている。観光客も入りやすい雰囲気がある。モトコーは違った。照明も薄暗く、店舗の種類もマニアックだった。爬虫類専門店、中古のラジカセやテレビ専門の店、ペットボトルのキャップを売る店、アジア各国からの輸入品を売る店。本物の手錠やガスマスクまで売られていて、驚いたものだ。

信号を渡ると、雑居ビルの一階にてっちゃん亭があった。暖簾はない。すでに十一時を回っている。ほどなく開店なのだろう。

「どこかで時間を潰すか」

「いや。ついてきてくれ」

ジョンホは店の前を通り過ぎ、西に進んだ。

「ばあやから店の素性を聞いたやろ」ジョンホが声を潜める。「元町駅前に交番があるんは、道案内をしたり、落とし物を届けてもらったりするためだけやない」

「監視ってわけか」

「そ。連中はてっちゃん亭に入る人間を抜かりなく監視してる。大抵は昼間っから酒を飲む連中だが、開店前に入ってみ。要注意人物にされて、下手すりゃ行確される」

行確。映画やドラマで聞く言葉だ。行動確認。警察が注意人物を追跡し、行動パターンを洗う作業だ。

「そいつはご免だな」

一区画入り、ウインズ前を東に戻り、小路に入った。幅は一メートルもない。左右に建物の壁が続いている。強烈な圧迫感だ。側溝には水が溜まり、虫の死骸が浮いていた。

「こんな小路があったんだな」

「普通に生きてれば、知らんでええ路地や」

小路の突き当たりに、アルミ製のドアがあった。壁に設置されたダクトからは、熱風が噴き出ている。壁は油汚れで黒ずんでいた。

「ここがてっちゃん亭の裏口や」

ジョンホは躊躇《ちゅうちょ》なくドアを開けた。

右にシンク、左に厨房機器が並び、その間に六十歳前後の細い男がいた。蓋をしたポリバケツに腰かけ、新聞に目を落としている。肌は浅黒くて目の周囲は窪み、顎だけでなく頬にも無精ひげが生え、薄汚れた白衣を着ている。

男が新聞から顔を上げた。

「大将自らお出ましなんて珍しいな。こりゃ、明日は雨やで。しかも大雨や」

「久しぶりだな、ワン。相変わらず方々に尻尾を振って生きてんのか」

「随分な言い方やな。どう思う、兄ちゃん」

ワンが私を見た。白目は濁り、血走っていた。腕まくりした肘窩《ちゅうか》も黒ずんでいる。東南アジアの繁華街裏やメキシコの裏町でこんな男をよく見かけた。

ワンは濁った目をわずかに輝かせた。

「大将が出陣ってことは、いよいよ黒沢討伐か？　応援するぜ。どんな情報がほしい？」

「アホ。オレは何もする気はない」

「そりゃないぜ。黒ビルの大将がここに来たってだけで、金になる情報なんや」

ジョンホはワンに歩み寄り、左肩に手を置いた。手の甲に血管が浮き上がってきた。ワンが苦痛に顔を歪《ゆが》める。

「減らず口はそこまでや」

ジョンホの右の拳がワンの顔面に入った。滑らかな動きだった。ワンの唇の端から血が流れる。

ジョンホが親指を振った。私に順番が回ってきたらしい。一歩、前に出た。

「元町のばあやの紹介だ。昨日、あなたがばあやに流した話を直に伺いたい」

「ああ……ええよ」

ワンは新聞をシンクに投げ入れ、口元を袖口で拭った。

ワンの説明は、昨晩ばあやに聞いた内容と同じだった。

「隠し事はなしやで」とジョンホが凄む。

ワンは慌てた様子で顔の前で手を振った。

「なんも隠してへん。大将もおるしな。俺かて、まだ死ぬ気はない」

私は横目でジョンホを一瞥した。表情は微塵も変わっていない。ジョンホが相当な力を持っていると、ワンの一言が雄弁に物語っている。

「連れ去られた女の顔立ちや服装は?」と私は質問を続けた。

「お手上げ」

「話の出所は?」

「雲を摑むような話で、ようわからんのや」

「そんなバカな話があるかい」ジョンホが荒っぽく吐き捨てる。「やっぱ何か隠してるんとちがうか」

「嘘やないっ」ワンが唾を飛ばす。「耳に入ってきたんは昨晩だ。話を持ってきた奴を仮にAとさせてくれ。Aは昨日、Bから話を聞いたと言った。俺は確度を確かめるため、Bにも聞いた。BはCから聞いた。CはD、DはE……。俺にも情報屋としてのプライドがある。ガセは売れん。裏取り作業を続けた」

「そうやって順々に辿っていけば、出所を突き止められるはずやないか」

「普通なら大将の言う通り。けど、十人目くらいで、そいつはAに聞いたと言った」

「結局、Aって奴が元なんやろ」

ワンは首を振った。

「それが違うんや。Aは間違いなくBに聞いてる」

「要するに」と私が会話を引き取った。「どこから煙が出たのか突き止められない仕掛けになってると？」

「そう。実は昨日、同じ話が別ルートからも入った。そっちの線も辿ったが、やっぱり同じ結果やった」

私は素直に感心した。

「うまいやり方だ。自分たちが流したい情報について、出所を隠す際に用いられる手法だよ。噂の出所があればあるだけ、事実に化けていく」

黒沢の耳にも入っているのだ。煙はあちこちで立ち上っていると踏んでいい。

「兄ちゃん、何者や?」

「仕事でマーケティング関係の男と話したことがある。口コミ戦略は、ワンさんが体験したような摑みどころのない雲を複数作れれば成功しやすいって話だ。ビジネス特有の金のニオイを消し、SNSやネットで口コミを広げるのが常套手段らしい」

「なら、誰かが意図的に流したんか。何のために?」とジョンホが言った。

「さあな」

本格的にきな臭さが漂い始めている。ニナは何に巻き込まれているのか。

「最初にワンさんに話を持ってきたAという人物について教えてくれ。なんでワンさんの耳に入れたんだ」

ワンは鼻で笑った。

「金のニオイがするからやろ。女が車に乗せられた噂を聞き、その後どうなったのかを推測した。女が何をされたのかは、まあ、誰だって想像がつく。女にとっても、さらった連中にとっても弱みになる」

「腐ってるな」

「甘いな、兄ちゃん。これが情報社会や。今後、もっと悪くなんで」

「ワンさんはネタ元に金を払ったのか」

「いや、金を払うには曖昧すぎる」

「だろうな。脇が甘すぎる。一般企業なら通用しない精度の低さだ。ワンさんに最初に話を持ってきたAを紹介してくれ。こっちであたる」

「あかん。俺から辿られたとバレたら、商売をやっていけなくなる」

私は眉間に力を込めた。

「いま、ワンさんの商売を終わらせたっていいんだ」

「どういう意味や」

「私の横にはジョンホがいる。ちょっと頭を捻れば、答えに行き着くはずだ」

ワンが大きな溜め息を吐《つ》いた。

「清水《しみず》って男や。平日は夕方から福原で客引きをしてる」

「店の名前は？」

「ピンキーピンキー」

「ありがとう。ワンさんの名前は出さない。それは守る」

「大将、この兄ちゃん、スカウトした方がええ。役に立つで」

「オレじゃ持て余すのがオチや」

ジョンホがワンに二万円を渡した。

小路を抜け、表の通りに戻るなり、ジョンホが肩を揺らして笑った。

「いい恫喝《どうかつ》やったな。いつあんなん身につけた？」

「社会人を二十年近くしてれば、色々な場面に出くわす。海外に行くと、日本人ってだけでなめられる場面がある。そんな時は利用できるものを利用し、命を削ってでも相手と対峙しなきゃいけない」

へえ、とジョンホが肩をすくめる。

「会社員ってのもなかなか大変やな」

「大変じゃない仕事なんて世の中にないさ。ワンに金を渡す必要があったのか」

「オレやワンのいる世界の常識ってだけや。クズみたいな情報でも金を介在させる。この積み重ねで、いつかアタリを呼び寄せられる」

「とりあえず拉致現場に行ってみよう。噂の震源地だ」

「福原にも行くんやろ?」

「ああ。夕方以降に。舞子第二墓園にも行かないとな」

「舞子第二墓園はともかく、福原にはジーナを連れていくわけにはいかんで」ジョンホは顎をさすった。「リンと明和苑にいてもらうか」

「世の中の親御さんってのは、こういう気苦労が絶えないんだろうな。テレビを観てたら急にラブシーンが始まったとか」

「クレームが怖くて最近はラブシーンもないんとちゃうか。ネットでエロ動画なんて溢れてんのにな」

私たちは信号を渡った。目玉だけで周囲を見回した。尾けられている気配はない。誰かの視線も感じない。

いつでもやれる――。昨日、カーチェイスを仕掛けてきた連中はそんなメッセージを送ってきた。街中で面倒を起こす馬鹿をしないにしても、解せない。いつでもやれるというなら、始終監視しているはずだ。どこかで私を見失ったのか？　いや、ばあやか黒沢なら神戸中にネットワークを張り巡らせ、私の宿泊先など簡単に割っているはず。海外で経験を積んだといっても私は素人だ。相手がプロゆえに察知できない？　違う。素人相手ならなおのこと、簡単に圧力だと察知できる行動をとった方が効果的だ。ここから何か導き出せる仔細はないのか。

おぼろげに見える像があった。

「どうした？　眉間に皺が寄ってんで」

「癖だよ。なんでもない」

なんでもない。私は自分に言い聞かせた。

3

元町商店街から南京町に入った。派手な色目のあずまやの脇を通り、広場を抜け、十字路に出た。石畳を海っかわに下ると、目的地に到着した。海榮門だ。南京町海っかわの出入り口にあたる。門をくぐると、広い道路が走っていた。ばあやの言った通り、道路沿いには生命保険会社や銀行、新聞社のオフィスが並んでいる。

「付近の連中に聞いて回るんか」

「いや。無駄だよ。目撃者が複数生まれる場所なのかを知りたかったんだ」

「なるほど。ワンの話やと、噂の煙は複数上がってるもんな。自然に上がった煙なら、何人も目撃者がおらんとおかしい」

私は夜十時過ぎのこの場所を想像した。結論は簡単に出た。夜、改めて足を運ぶまでもない。複数の目撃者が出そうもない。

「やっぱり、誰かが何らかの狙いを持って噂を流してるな」

「狙い、か。オレには読み切れんな。隼はどう読む？」

「上手な嘘には適度に事実がまぶされているもんだ」

ジョンホが真顔になった。

「誰かは定かやないけど、ここで四十前後の女がさらわれたってことか」

「多分な」

「なんで効果的な嘘のつき方まで知ってんねん」

「嘘はビジネスと不可分でね。見ず知らずの相手とモノの売買をするんだ。いかに相手を騙し、騙されないかの技術を競い合っているとも言える。海外との取引だと、嘘にまぶされた事実を見抜けるかが勝負だ」

「シビアやな」

「ジーナとリンの買い物額の方がシビアだろ。懐が寂しくなるぞ」

「くう。ジョンホ様の甲斐性の見せどころやな」

南京町に戻り、人の波を抜けた。私はハンカチで額の汗を拭った。

「どこかで二人と合流しないと」

「その前にやることがあんで。車の調達。こっちや」

ジョンホが背を向け、歩き出した。

元町駅の山っかわに出て、鯉川筋を上った。正面に六甲山系が見える。神戸に平地は少なく、すでに上り坂だ。ジョンホは歩く速度を緩めず、ラーメン店や若者向けの洋服店が続く鯉川筋を黙々と進んでいく。私はジョンホの後ろについた。

ジョンホは背筋を伸ばし、正面を見据えている。小学生の頃、同級生や上級生に罵られても真っ直ぐ前を見据えていたジョンホの姿と重なった。

ジョンホが不意に立ち止まり、振り返った。

「昨日のカーチェイスしかり、ニナの件には色々と厄介事が待ってそうや。まだ首を突っ込む気か」

「返事なんて聞くまでもないだろ」

「そやな」

ジョンホが鯉川筋から脇道に入った。

この脇道に足を踏み入れる者は昼間でも少ない。孫連合の事務所に続くためだ。

孫連合の事務所は記憶と違《たが》わず、五階建ての無機質なビルだった。周りを背の高い白壁がぐるりと囲み、二階まで見えない。辺りは戸建てばかりでマンションもないが、孫連合の事務所ビルの背後に、一棟の巨大なビルがそびえている。

兵庫県警の庁舎だ。上層階の巨大アンテナ群は異質だ。私たちが高校生の頃、あのビルが完成したという。

「あのバカデカいアンテナども、俺たちの会話まで聞き取ってそうに思えてくるな」

「ウンコ、ウンコ、ウンコ、ウンコ」ジョンホがにやりと笑う。「筒抜けだとしても、アホらしくて聞く気も失せるやろ」

「さすがだね」

事務所の敷地を取り囲む白壁は、私たちの身長より優に高く、上部には監視カメラが約五メートルおきに設置されていた。白壁にはめこまれた黒い鉄門は見るからに分厚く、かなりの衝撃に耐えられる設計だ。

「オヤジさんの跡目を継いだんだろ。重責だな」

「そういう声が多かったんは事実や。跡目は継いでへん。まだまだオレは力不足で、オヤジの代わりは務まらん。連合の頭は不在のままで、会長代行がおるんや。昔からオレの面倒をみてくれた人。オレは連合を構成する小さな組の組長。連合執行部だと、一人の若手幹部に過ぎない。軽蔑するだろ」

「どうして」

「親の稼業を継ぐしかない能なしやないか」

私はジョンホの肩を拳で軽く突いた。

「親の跡を継いで何が悪い？　俺には継ぐ稼業がなかった。孫連合は神戸の大組織に吸収されず、県警にも潰されてない。ジョンホの判断のおかげでもあるんだろ。どこが能なしだ？　だいたい、知り合った時、ジョンホは孫連合会長の一人息子だった。軽蔑するならとっくにしてる」

「あんがとよ。ニナの件についちゃ連合の力は使わない。オレ個人の問題や。きっちり線を引かせてもらう。中に入ったら、ニナの件は黙っててほしい」

「オーケー」

ジョンホが鉄門脇のインターホンを押した。はい、と低い声が漏れてきた。ジョンホが名前を告げると、鉄門が内側に開いていった。鉄門から事務所ビルまで十メートルほど舗装路がのび、広い車寄せがある。ビルの出入り口に黒いスーツ姿の男たちがずらりと並んだ。ざっと数えて二十人近くいる。背後で鉄門が閉まっていく。

「若、お疲れさんです」

先頭の男が頭を下げた。私とジョンホより二十歳は上に見える。坊主頭に薄いサングラスをかけ、笑みにも凄みが滲んでいた。他の連中も一斉に頭を下げた。

「若がお世話になっております」

男は私にも深々と頭を下げた。やはり他の連中も一斉に頭を下げた。

「シゲさん、車を使わせてもらいます」ジョンホは言うと、振り返ってきた。「車庫に行ってくる。ここにおってくれ」

ジョンホは一行を引き連れ、ビルの裏手に消えた。シゲさんと呼ばれた男だけがこの場に残った。

「人違いだったら申し訳ありません。結城隼さんですか」

「はい。私をご存じで？」

「ええ、お懐かしい。顔の雰囲気は昔のままだ。何度もお目にかかってますよ。私は明和苑の厨房で肉を切っていたこともありました」

「そうでしたか」記憶の底が疼いた。私もシゲさんに見覚えがある。「ひょっとして震災の時に来てくれたのは――」

「はい。都度、お宅に参ったのは私です」

「その節は大変お世話になりました」

「困った時はお互い様ですよ」

まだ二十歳くらいの若者がきびきびとした足取りで近づいてきた。

「どうぞ」

恭《うやうや》しく差し出されたのは、よく冷えた紅茶だった。礼を言い、一気に飲み干した。若者が速やかにグラスを回収してくれた。ほどなくビルの裏手からエンジン音がして、真っ赤な小型のプジョーが建物を回り込んできた。丸みを帯びた愛嬌のある車だ。クラクションが短く鳴らされ、運転席にはジョンホがいる。

助手席に乗り込むと、運転席側の窓にシゲさんが顔を見せた。

「お気をつけて、若」

「ただのドライブですよ」

敷地を出るまで、バックミラーには頭を深々と下げるシゲさんと若者の姿が映っていた。少し進むと、赤信号で止まった。

「若？　いつから殿様になった？」

「古い世界でね」

「やけにカワイイ車だな」

「国産車のセダンもあったが、こいつの方が小回りも利く」

ジョンホは突然ポロシャツをめくった。脇腹に二ヶ所、抉《えぐ》れた傷跡があった。刺し傷らしき跡もある。

「オヤジが死んだ直後、事務所にカチコミがあった。脇腹の二発はそん時に撃たれた。肩にも同じような傷跡がある。出先でやられた。都合三発。三年前には暗闇で腹を刺された。よう死なんかったと我ながら感心すんで。昨日はジーナがいたんで見せられへんかった」

「再会できてよかったよ」

ジョンホがポロシャツを戻した。

「相手に落とし前はつけさせてる。戦争にはせずにね。目下、休戦状態や」

「ジョンホを潰せば、孫連合は瓦解すると相手は睨んでんだな」

「そんなヤワな組織ちゃうのにな」

「傷を見せてもらった限り、やっぱり昨日のカーチェイスはジョンホを狙った奴じゃないな。車を横づけした時、銃を撃ちこんでくれれば終わりだった」

ジョンホがプジョーを加速させた。

「ご覧の通り、オレはいつ死んでもおかしない。明日死んでも哀しまんといてな。こうして友だちのために駆け回れてるんや。本望やで」

「バカ言うな。哀しむに決まってるだろ」

「友だち冥利に尽きんで」

ジョンホが照れくさそうに顔を歪めた。


墓園の管理事務所で、私が代表してメイたちの墓があるかどうかを尋ねた。元町でジーナを拾い、流れでリンもついてきた。かなり年配の職員はパソコンの画面に向かい、人さし指一本でキーボードをゆっくり叩いた。職員がこちらを向き、眼鏡の縁を上げる。

「ええ、ありますよ」

「使用料金はきちんと支払っていますよね」

「もちろんです。五年間連絡がとれないと、無縁整理の対象になりますので。直ちに対処するわけではないですけど」

「支払いの名義はリュウ・ニナですか」

「そういった仔細にはお答えできません」

「ニナは母なんです」とジーナが言う。

職員は申し訳なさそうに首を振った。

「こちらには確認するすべがないので」

私たちはメイが眠る区画を聞き、管理事務所を後にした。舞子第二墓園はかなり広く、場所を知っていないと、墓の場所を探すだけで日が暮れてしまう。

高台特有の肌に心地よい風が吹き、芝生や街路樹の葉が揺れている。遠くに海が見え、安らかに眠るにはいい土地だ。あちこちで花が咲き、蝶がその間を舞い、蟬があちこちで鳴いている。

「すごい数のお墓ですね。同じお墓に一族が何人も埋葬されているでしょうし。これだけの人たちが生き、死んでいったんだと考えると、なんだか厳粛な気持ちになります」

ジーナは言葉通り、神妙な面持ちだ。

「そうだな。それぞれ違う人生を歩んだのかと思うと、不思議になる」と私も辺りを見回した。

「お二人の目からみて、伯母はどんな人でしたか」

ジョンホが遠くを眺める眼差しになった。

「隼、ええ機会や。供養がてら、メイとの思い出深いエピソードを一人一つずつ披露しよか」

「いいアイデアだよ。まずは俺から話そう」私は深く息を吸った。「神戸に引っ越してきた年のことだ。体操着が俺だけ違った。体操着って学校指定だろ。赤白帽すら違ったんだ。親は『体育ができればいいんだから、買い換える必要はない。どうせ中学生になる』って言っててさ」

「子どもにとっては死活問題ですよね」

まあね、と私は応じた。

「俺の場合は慣れてた。周りも最初は珍しがっても、じきに飽きるとわかってたから」

「ありゃ、かなり目立ってたで。大抵の体操着は白地がベースだ。なのに、真っピンクやった」

「結城さんの話の腰を折らないでください」

ジーナがジョンホに注意し、リンがくすりと笑う。

「おお、こわ。オヤジは口にチャックしとこ」とジョンホが口にチャックをする真似をする。

「さあ、結城さん、続きをどうぞ」

ああ、と私はジョンホとジーナに微笑んだ。

「上級生が俺の体操着を揶揄ってきてさ。休み時間、小突かれたんだ。面倒だからやり過ごそうとしても、しつこく廊下をつきまとってきてね。教師に言ったって解決できないのは転校生活で身に染みてたから、一発やり返してやろうと振り返った瞬間、俺の前に背中が滑り込んできた」

——あんたら、この体操着のセンスの良さがわからんの？　致命的やな。頭おかしいんとちがうか。うちらのクソもっさい体操着の方がダサいんや。内輪だけのちんまい世界の常識で判断しとったら、痛い目に遭うで。

「メイだった。すごい剣幕でね。上級生はあっという間に逃げていったよ。メイはくるっと俺に向き直った」

——ピンクの体操着、ほんまはわたしもくそダサいと思てんのは秘密やで。あいつらむかつくやんか。追っ払う口実や。

「あの時のメイの悪戯っぽい笑みは、鮮明に思い出せるよ」

「伯母さん、やりますね。会ってみたかったな」

頭上でヒバリが鳴いた。私はジョンホの肩を叩いた。

「選手交代。口のチャックを開いてくれ」

おうよ、とジョンホが口に手をやり、チャックを開く真似をし、ジーナの顔を見る。

「オレたちが中二の時だ。ジーナの中学はどうだか知らんけど、オレたちの中学じゃ、年に一度、各学年の代表者一人ずつが全校生徒の前で作文を発表する催しがあった」

「うげ」とジーナが呻く。

「作文、嫌いなんか」

「得意ですけど、全校生徒の前で発表っていうのが……」

ジョンホがからからと笑う。

「やってみりゃ、案外なんでもないで」

「え？　ジョンホさんが発表を？」

「意外か？」

「かなり」とジーナがこくりと頷く。「リンさん、どう思います」

「超意外です」

「ジョンホは昔から読書家だったから、作文も上手だったんだ」

私が補足説明すると、ジョンホが得意げに胸を張った。

「オレは自分の作文に自信はあったけど、選ばれたのには驚いた。教師も触らぬ神に祟りなしって感じやったからな。授業じゃ、三年間一度も指されんかったし。公平に生徒の力量を評価する教師もいたってことや。かなり反対の声はあっただろうに」

「どんな作文を発表したんですか」

「忘れた。憶えてんのはあの日の天気と、メイの振る舞いだ。雨が降っていて、体育館での発表会だった」

そうだった。記憶がありありと蘇ってくる。

「オレが作文を読み終えると、拍手はほとんどなかった。同じ学年だと隼とニナ、上の学年ではメイだけ。一年生なんて一人もしてなかった。教師ですらね。オレは壇上にいたから、生徒の顔も教師の姿もよう見えた。普通なら拍手喝采となる場面やのに、雨の音がしっかり聞こえてた。まあ、しゃあないわ。そう割り切ってマイクの前から離れた時、三年生の列でメイが勢いよく立ち上がった。『ジョンホ、ええ作文やったで』って。慌ててオレはメイに向き直った。メイはにっと笑うと、真顔になって周囲を見回した」

——アンタら揃いも揃ってアホちゃう。頭ついてへんの？　ジョンホがアンタになんかしたん？大人から押しつけられた価値基準でしか物事を判断できひんの。

「ありゃ、体育館中に響き渡る大声やった。壇上で耳を塞ごうとしたくらいや」

「ああ」と私は口元が緩んだ。「教師陣もぐうの音も出ない面持ちだったよ。あの後、桐原氏がメイに続いて立ち上がり、拍手をした。二人に引きずられるように周りも拍手を始めた」

「へえ、知らんかった。オレはいたたまれなくなって、壇上からそそくさと舞台袖にはけたから」

私の記憶とはいささか異なる。ジョンホは戸惑い気味に立ち尽くした気がする。三十年近く前の記憶だ。微妙に違っていても不思議ではない。

「オレは心底メイに感謝してる。勘違いせんといてな。オレの側に立ってくれたからやない。それは前からそうやったから」

「じゃあ、何に?」とジーナが問う。

「あの一喝で、オレに発表の場を与えた教師の立場を救ってくれた。メイは生徒を批判しつつ、不甲斐ない教師陣をも叱り飛ばしたかったんや。本人は一言もそんなことを口にせんかったけどな」

「伯母は芯が強くて、いい人だったんですね」

「そや。その血はジーナにも流れとる」

「桐原氏の血もね」と私は付け足した。「公平に見て、勇気があったよ。明らかにメイに感化されての行動だけど、なかなかできるもんじゃない。ニナも桐原氏に好感を持ってただろ」

「そやったな」

——桐原君って、なかなかええオトコやん。顔も男前やし。

——どこがやねん。オレたちの方がええオトコやっちゅうの。なあ、隼。

——好みは人によりけりだよ。負けてる気はしないけど。

——男子諸君、ひょっとして嫉妬してるん? カワイイとこあるやん。

発表会後、教室に戻る途中、私たちは廊下で他愛ない会話を交わした。ニナの指摘に私もジョンホも言い返せなかったため、今でも印象に残っている。

ジーナはジョンホに微笑んだ。

「もう一つわかったことがあります。ジョンホさんは優しいんですね」

「ん？」とジョンホが眉を寄せる。

「作文の話です。教師の立場まで思いやれるなんて、普通はできません。周囲に気を遣ってきた証明です。生まれ育った境遇もあるんでしょうけど、元々の性格が優しいからですよ」

「面映《おもは》ゆいわ」

ジョンホが頭を掻いた。

メイが眠る墓に到着した。きちんと掃除がされ、桐原の墓同様、新しい菊が供えてある。私はジーナとジョンホに目配せした。

「ニナだな。ニナとジーナを除けば、メイにはもう係累がいないんだ」

「オレンジジュースも供えてありますね」

ああ、と私はジーナの指摘に頷いた。そういえば桐原の墓にはなかった。

私たちも買ってきた菊の花束を供え、メイの冥福を祈った。

夏も終わりに近づき、柔らかくなりつつある陽射しがジーナの左手首に巻かれたブレスレットに反射している。メイが生きていれば、ジーナにどんな言葉をかけたのだろう。いい伯母さんになったはずだ。

4

明和苑で遅い昼食をとった。私は参鶏湯《サムゲタン》、ジーナはカルビとハラミの大盛りセットだ。参鶏湯は滋味深いうまさで、ジョンホはエゴマの葉の漬物で白飯を黙々と食べている。

「次はどうしますか」

「ジーナは明和苑にいてくれ。社会勉強にしても、さすがにまだ早すぎる」

「今度こそエッチなお店ですね？」

ジーナはにたにたと頬を緩めている。

「興味津々だな」

「お年頃なので」

黒沢の邸宅を訪問した時のように車内にいてもらうか。ジョンホに提案しようとした時だった。

「あかん。リンと店におるんや」

ジョンホはにべもなかった。ジーナが箸の動きを止める。

「待っている間に何かできることはありませんか」

ジーナの顔つきは先ほどまでとは打って変わり、真剣そのものだ。眼差しにも強い光が宿っている。

「隼、なんかあるか」

「ああ。ネットで三つ検索しておいてほしい。一つは『南京町、女、連れ去り』のキーワードで引っかかるページだ」

「連れ去り？　母ですか」

「それを調べたい。検索期間はここ十日間」私はなるべく穏やかな口調で言った。ジーナの衝撃を和らげるためだ。「二つ目は君のお父さんの事故死について」

「そんな古い事故について、ネットに残ってますかね」

「残っているサイトがある」

「三つ目は伯母さんの事件について、ですね？」

「ご名答。ジョンホ、ノートパソコンはあるか」

「ああ。リン」

ジョンホが店の奥に呼びかけた。

ほどなくリンがノートパソコンを私たちの席に持ってきた。

「交通事故専門のサイトでもあるんか？」

「全国紙や地方紙の過去記事が検索できる、会員制のサイトだよ」

ホームページにアクセスした。隣からジーナが画面を覗き込んでくる。懐かしいニオイがした。中学時代、ニナや他の女子生徒がつけていた制汗剤のニオイだ。

新聞業界は斜陽産業と言われて久しいが、所有する情報はテレビやネットよりも格段に深い。図書館にある新聞全集は最終版しか集録されておらず、地方版にまでは手が届いていない。データベースは違う。地方版もきっちり拾える。有料ではあるが、元は充分にとれる。取引を始める企業や初めて赴く国について、登記所や調査会社、外務省で情報収集するとともに、新聞データベースでも必ず洗う。こういう愚直な行動を積み重ねるかどうかで、商談の成否は大きく左右される。

パスワードを入力し、ジーナの前に置いた。

「食事の後でいい。あとは頼むよ。検索期間は自分で設定できる。記事があれば、保存しておいてくれ」

食事を終えると、ジョンホと店を出た。いってらっしゃい。ジーナとリンの見送りを受けた。

ジョンホが運転するプジョーは国道二号線を東に向かった。

午後三時半過ぎだった。客引きがぼちぼち道路沿いに現れる頃合いだ。法律で禁止されているものの、警察も目くじら立てて取り締まらない。

「連れ去りの件、ごくあっさりと明かしとったな」

「重々しく打ち明けても事態は変わらない。さらっと言った方が衝撃も弱いだろ」

「冷静っていうか、合理的っていうか」

「世間ではビジネスライクって呼ぶんじゃないかな」

「そうか。オレはビジネスマンには到底なれそうもないわ。一番冷徹でないとあかん職業とちゃうか」

ジョンホがアクセルを軽快に踏み込んだ。昨日のベンツと違って、プジョーに道を譲る車はない。

ジョンホは安全運転に徹しているのに、クラクションを鳴らされた。

「厳ついベンツだったら、クラクションなんて鳴らされないんだろうな」

「ああ。誰しも見た目で判断し、中身なんて二の次や。クラクションを鳴らされたり、煽られたりすると、トラブルにしたろかって、うずうずする時もある。相手がオレを見て、どんな反応するか楽しみやん」

「いい性格だよ」私はバックミラーを一瞥した。「目下、後続車に不審な点はない」

「そりゃよかった」

右手、左手の順でジョンホがハンドルを握り直した。

「オレの人生、三分の一は蔑まれてきた。三分の一は陽が当たっちゃならない世界で過ごした。三分の一は隼やニナと過ごしたり、焼肉を焼いたりしてきた。最近考えるんや。オレがオレじゃなかったら、どんな人生を送ったんかって」

「世の中には考えたって仕方ないことがある」

「さすがミスター・ビジネスライク」

「その呼び名、全然嬉しくないな」

兵庫区に入った。新開地の人通りは少ない。この地域が神戸で最も栄えていた時期もあったという。往時の面影はない。

新開地界隈は震災で大きな被害を受けた。私が神戸にいた当時、瓦礫が至るところに積まれていた。現在では大型スーパーやボウリング場が建っている。ジョンホがコインパーキングにプジョーを入れ、私たちは車を降りた。

窓のない建物が道路の両側に並び、街路樹が等間隔に植えられている。黒いベストを着た呼び込みが所々に立っていた。時折、タクシーが通るものの、停まることはなかった。裏道として使われているだけだ。呼び込みの男たちは、どの顔も暇そうだ。

「おいおい、これが日本で名だたるソープ街かよ。寂しい光景やなあ」

ジョンホが嘆くように言った。私は看板に目をやり、ピンキーピンキーを探した。名前からして看板はピンクだろう。

「最初の交渉はオレに任せろ。質問は隼がすればええ」

「オーケー。ワンの時と一緒だな」

区画の中ほどまで進むと、看板だけでなく、外壁まですべてピンクの店があった。

「あれだな」

「誰かの体操着を思い出すで」

「勘弁してくれ」

店の前に、椅子に腰かける中年の男がいた。髪を後ろで束ね、目は虚《うつ》ろで濁っている。

私たちが近づくと、男が一瞬で表情を明るく変えた。

「お兄さん方、いらっしゃい。ええコ、揃ってますよ」

「清水さんかい」

ジョンホが尋ねた。男は否定せず、眉をひそめた。

「あんたら、誰?」

「ちょっと話を聞かせてくれ。昨日アンタが仕入れた件についてや」

清水が口元を緩めた。

「いくら払う？」

「中身次第やな」

「あいにく、先払い制でして」

「こういう世界じゃ、強欲な人間は早死にすんで」

ジョンホが凄んだ。清水はじっとジョンホを見ている。ジョンホも睨みつけたままだ。清水が肩をすくめた。

「しゃあない。何を訊きたいんで？」

ジョンホが顎を振り、私を促した。

「南京町近くで拉致された女の人着を教えてくれ」

「髪はミディアム。目鼻立ちはくっきり」

「服装は？」

清水は一瞬、言い淀み、再び口を開いた。

「赤いワンピース」

とってつけたような口調だった。

「連れ去った連中は何人だ」

「三人だったかな」

「どんなナリだった」

「三人ともスーツ姿だったらしい」

「悲鳴はあがらなかったのか」

「そりゃ、あがったんとちがうか」

清水はあっけらかんと言った。

「あんたが現認したわけじゃないんだよな」

「ああ。俺やない」

「目撃者を紹介してくれ」

「無理な相談やで。俺も知らん」

私は一歩、後ろに退いた。

「質問は以上だ」

「お兄さん方、五でどうだい？」

清水が顔の前で手の平を広げた。

なあ、とジョンホが進みでた。

「さっき言うたで。強欲な人間は早死にするって」

ジョンホは清水の髪の毛を素早く摑み、壁に押し当てた。私が止める間もなく、ジョンホは拳を清水の顔に叩き込んだ。

「アンタ、何しやがるッ」

清水は鼻をおさえた。ジョンホは清水の手の上から、もう一発拳を放った。

「何しやがる？　お礼に決まってるやん。足りひんかったら元町の黒ビルに来い。たっぷり支払ったんで」

清水の顔から血の気が引いた。体からも力が抜けていくのが見て取れる。元町の黒ビル。孫連合を表す隠語なのだろう。

「行こか」

ジョンホはすでに歩き出していた。私はジョンホの隣に並んだ。

「殴るほどじゃないだろ。警察に行かれたら面倒だぞ。ただでさえ、ジョンホの稼業にはあたりが厳しい社会なんだ」

「世の中がどう変わろうと、オレの世界には暴力が付き物でな。くだらん世界や」ジョンホの横顔は少し寂しそうだった。「清水にしたって曲がりなりにもこっちの社会で飯食ってんなら、恥ずかしくてサツに行けるわけない」

私たちはプジョーに乗り込んだ。ジョンホが不機嫌そうにシートベルトを締める。私もシートベルトに手を伸ばした。

「拳だけじゃなく、金は払わなくてよかったのか。ワンには払っていた」

「あのろくでなしにはワンから金が流れる。オレから渡す必要はない。第一、役に立たんかった。無駄足やったな」

「いや、少しは役立つさ」

「明らかに口から出任せやったのに？」

「だからこそ役立つんだよ」

「どういうことや」

「黒沢に電話を入れて、女の容姿と服装、連れ去った連中の人数と服装を問い合わせてほしい。清水から聞いた内容を伏せてな」

「了解」

ジョンホは携帯を取り出し、電話をかけた。

私はシートに体を預けた。ジョンホが話し出した。私の要求通りの質問をしている。

引き続きお願いします、と言ってジョンホが電話を切った。

「女の髪はミディアム、目鼻立ちははっきり、服は白いシャツにスカート。悲鳴については不明。男については四人。いずれも暗い色のジャージ姿」

「まず女についての髪型と人相は一致した。服装は違う。男については人数も服装も違っているな」

「そやな。で、何が導き出せるんや」

私はフロントガラスの向こうを見据えた。雲行きが怪しくなっている。一雨きそうだ。

「女の髪型と人相は信憑性《しんぴょうせい》が高まった。男に至っては数が異なるが、複数で女を拉致した点は間違いなさそうだ。つまり、ショートでもロングでもない髪型で目鼻立ちがはっきりした四十歳前後の女が、複数の男に車に押し込められた。噂を流したかった連中は、この部分だけは間違いなく流したかった」

ジョンホが腕を組んだ。

「ニナかどうかは不明のままやで」

「ああ。てんで見当違いの女を捜しているのかもしれない」

「隼の商売だと、いつもこんな風に精査すんのか」

「たまにな。ガセを摑まされることなんて、しょっちゅうだ。でも、なるべく摑みたくない」

そりゃそうや、とジョンホがエンジンをかけた。

ほどなくフロントガラスを大粒の雨が打ちつけた。あっという間に周囲が暗くなり、激しい雨になった。私はワイパーを眺めた。

ジョンホに言った通り、まるで無関係の女について探っているのだろうか。しかし偶然にしてはできすぎている。ニナは神戸に行くと姿を消したきり帰宅せず、ジーナに連絡すら入れてこない。山麓バイパスでのカーチェイスもある。


明和苑に戻ると、一番奥のテーブル席にジーナが陣取っていた。リンが店のレジ前で出迎えてくれた。

「お二方、何も異常ありません」

おう、とジョンホが応じ、私はリンに一礼した。

「三宮での買い物といい、随分世話になっています」

「滅相もない。妹ができたみたいで楽しいですよ。午前中は社長のお金でたんまり買い物もできましたし」

「そや。あとで領収証くれ」とジョンホが苦笑する。

はい、とリンはにっこりと笑った。

私はジーナの正面に座った。

「おかえりなさい。どうでしたか?」

「ニナの消息を摑むまでには至らなかったよ」

「お父さんと伯母さんの記事はありました。プリンターを借りて、印刷しておきました」

「気が利くな」

「わたしの問題ですから」

「一応、家に電話してくれないか」

ジーナは携帯電話を取り出し、かけた。

「相変わらず留守番電話です」

「そうか。ジーナの成果をみせてくれ」

「プリントアウトしたといっても、南京町の件は何にもヒットしませんでした。データベースにも該当記事はなくて。南京町というキーワードを神戸に変えたけど、結果は一緒です」

当然だろう。記事になっていれば警察も調べている。私たちだって動き回っているのだ。警察が動いていれば、彼らとどこかでかち合っている。少なくとも、彼らの気配くらいは感じる。私が察せられなくても、立場上、ジョンホなら気取れる。
まずはメイの事件についてだった。五つの全国紙と神戸新聞の記事で、二〇〇〇年の記事だ。全国紙では朝刊の地域面に、神戸新聞では社会面に掲載されたらしい。私は報日新聞の記事に目をやった。

十一日午前零時ごろ、神戸市中央区の市道で、若い女性が歩いていたところ、肩からかけていた鞄を後ろから来たミニバイクの男にひったくられた。女性は転倒して頭を強く打ち、近くの病院に運ばれ、意識不明の重体。
葺合署《ふきあい》によると、ミニバイクの男はフルフェースのヘルメットをかぶっていたという。同署は女性の身元を確認するとともに、強盗事件として詳しく捜査している。

続報もあった。こちらも全国紙は朝刊の地域面に、神戸新聞は社会面に載っていた。

十一日に神戸市中央区で起きたひったくり事件で十四日、意識不明の重体で入院していた、同区の大学生リュウ・メイさん（二一）が死亡した。葺合署によると、リュウさんは転倒した際、頭を強く打っていた。
同署では容疑を強盗致死傷に切り替え、捜査している。

「記事を読んで身に染みたんです。今日もどこかで誰かが大きく報じられることもなく、事件事故で亡くなっているんだろうなって。この記事を読むまで、そんなの考えたこともありませんでした。伯母の話なのに」

ジーナは神妙な声色だった。

「一人でもそう思ってもらえることが報道機関の存在意義なんだろう」

私は別の紙を手に取った。二〇〇八年の桐原純之助の交通事故死についてだった。こちらも各全国紙と神戸新聞の記事だ。いずれも朝刊の地方版で、続報はない。


二十六日午後十時ごろ、神戸市兵庫区烏原町《からすはらちょう》の山麓バイパスで、乗用車が横転、炎上した。車両からは東京都杉並区の公務員、桐原純之助さん（二九）の焼死体が発見された。同乗者はなく、この事故によるけが人も他にいなかった。

兵庫中央署によると、道路には二十メートルにわたってブレーキ痕が残っており、ガードレールにも衝突した跡があった。桐原さんがハンドル操作を誤った可能性が高いとみて捜査している。

桐原さんは経済産業省の若手官僚だった。


どの新聞も同じような記事だ。続報がない以上、事件性はないと警察も判断したのだろう。

明後日が桐原の命日。ニナは命日に合わせて神戸に来た線もありうる。だとしても疑問は残る。どうして夏休み中のジーナを連れてこなかった？　これまでだってそうだ。一度は連れてくるべきだ。娘なのだから。

私は再び記事に目を落とした。すぅっと意識が冷めていく。記事の一部分を凝視した。桐原が事故で死んだ現場付近は――。

昨日、カーチェイスを仕掛けられた場所と概《おおむ》ね一致する。東京で育ったジーナが読み飛ばしても無理はない。私だって一読しただけでは気づけなかった。

ばあやの言葉が脳裡をよぎる。記録上は事故死……。

「やけに難しい顔してんな」

ジョンホが隣に座り、私の顔を覗き込んだ。

「ジーナが印刷してくれた過去の記事だ。読んでくれ」

「どれどれ」ジョンホが紙に目を落とす。「横転だけじゃなく、炎上か。運がないな」

「桐原氏の事故現場に注目してくれ」

ジョンホの眉に皺が寄った。

「ほう。一緒やな」

「導かれる仮説がある」

「そやな」

私はジーナを見て、ジョンホに視線を戻した。ジョンホは険しい顔つきだった。

「ここで口に出すんか」

「ジーナには知る権利がある。ニナも気づいていたとすれば？」

「手がかりを摑んだとでも？」

「何がわかったんですか」

ジーナが私とジョンホとの会話に割って入った。私はもう一度ジョンホを見た。ジョンホは不承不承の面持ちで頷いた。私はジーナを見据えた。

「君を大人として扱う。心して聞いてくれ」

桐原の事故現場と昨日のカーチェイスの場所とが概ね一致したと告げた。ジーナの顔がたちまち曇った。

「整理すんで」ジョンホは落ち着いた声音だ。「桐原は殺された可能性がある。オレたちも桐原を殺した連中に襲われた可能性がある。ニナもそいつらに連れ去られた――」

「すべてはまだ仮定の話だ」

「でも、筋は通りますよね。母が何か糸口を見つけ、神戸に来た。危険もあるからわたしにも言わなかった」

私は長い瞬きをした。

「ジョンホ、黒沢を洗ってくれ。俺はばあやにあたる。前も話した通り、俺たちが襲われた時点でニナを捜しているのを知ってたのは、黒沢、ばあや、ジョンホ、ジーナ、俺。この五人だけだ。俺たち三人を除けば、必然的に黒沢とばあやが残る」

「何度も言うが、別の人間の線もあんで」

「それは黒沢とばあやがシロだと判断した段階で検討しよう」

「隼とオレ、二人揃ってぶつかった方がええんとちがうか。山麓バイパスの件を考慮すれば、そばに助け合える仲間がいた方がええ」

「できればそうしたい。だけど時間がない。桐原氏の事故からして、時間が経てば経つほど、ニナの身が危険に晒されると想定すべきた。警察を使うにしても、まだ連中が動けるほどの情報はない。推測の積み重ねだからな。俺たちが動く以外にない」

すでに最悪の事態となっている恐れもある。私はあえて口にしなかった。ジョンホとジーナの頭にもあるはずだ。少なくともジョンホは想定しているだろう。

「ジーナはリンと明和苑にいてくれ。ジョンホのおかげで、ここには誰も手出しできない」

「なに言ってるんですか」ジーナは言下にいった。「危険なんてクソ食らえです」

「そうはいかない。大人扱いするといっても、ジーナは女の子なんだ。時代錯誤だと非難されようと、俺たちは女の子を守らないといけない」

「お姫様扱いも、お気遣いも要りません。危険な目に遭ったとしても、原因は母なんです。結城さんやジョンホさんのせいじゃありません。わたしが巻き込んだせいでお二人が危険な目に遭うリスクがあるのに、黙って待っていられるわけないでしょう」

面持ちも声のトーンも落ち着いている。むしろその落ち着きが言葉に重みと迫力を与えていた。

「結城さんは、学校の勉強は自分に合った物事の解決方法を身につけるための訓練だと言いました。いきなり実習でそれを見つける人だっているはずです。わたしにしかできない役目があるはずです」

あるだろうか。あるかもしれない。おとなしく店にいるとも思えない。彼女にとって不慣れな土地で勝手に動かれるより、同行させる方がましか。

私とジョンホは顔を見合わせた。

「血は争えないどころか、ニナとメイを上回ってるな」

「同感。タフやで」

「俺に同行してもらうよ」

ジョンホが立派な肩を力なく上下させる。

「そいつが賢明な選択かな。九時に北野の『マサキ』ってバーに来てくれ。北野坂の中腹にある。小さい店だが、予約せんでも入れるはずや。馴染みの店でな。明和苑はいまから混雑する時間帯やし、事が事やろ。人がいるとこで話す内容じゃない。結果を持ち寄ろう。隼、気いつけや」

「ジョンホもな」

桐原が殺されたと仮定する。昨日、私たちはその現場とほぼ同じ場所で襲われた。二つの出来事に関連性を見出さない方がどうかしている。

かえってわかりやすくなった。糸を辿ればニナに辿り着ける望みがある。無駄足になっても、ただ時間を浪費するよりいい。可能性を潰していけば、一本の道筋が残るはずだ。警告を発した連中の気配を感じない理由も見えてくるだろう。

店を出た。空を見上げた。雨雲はまだ垂れ込めている。元町までジョンホの運転で向かった。私たちは無言だった。

5

南京町は午前中と変わらず、食べ歩きの観光客らで賑わっていた。

「昼間、リンと買い物に言った時、何を買ったんだ？」

「服とか帽子です。あ、店に置いたままでした」

「明日も行くから問題ないさ」

「南京町って母が……」

「ああ。これだけ人がいるなら平気だ」

ジーナが背筋を伸ばした。

「わたしなら大丈夫です。店でおとなしく待っていたのは、危険な目に遭うリスクが頭に全然なかったからです。リスクがあると知ったからには、じっとしていられません」

「肝が据わってるな。怖くないのか」

「怖いですよ。でも、わたしも『やる時はやる女』でいたいんです」

ニナの信念は見事、ジーナに受け継がれている。

「どうしてわたしを大人扱いしてくれたんですか」

「大人は歳を重ねたからってなれるもんじゃない。四十五歳の子どもも、八十歳過ぎの子どもだっている。誰しも覚悟を決めた時に大人になるんじゃないかな。覚悟の種類は人それぞれさ」

「そっか。武士の元服って十二歳でもしてましたもんね。戦場で命を落とす立場になるのなら、相当な覚悟が要ります。昔の人の写真と今の人の写真って、同じ歳でも全然顔つきが違いますし。昔の人はきりっとしてて、今の人はふやけてるというか」

「恵まれた境遇にいれば、甘ったれのままで生きていける時代なんだ。でも、ジーナは違った。俺の部屋に来た時点で腹をくくっていた。もう大人だ」

私、ニナ、ジョンホも十五歳で大人になった気がする。

「到底、わたしはまだ一人では生きていけませんけどね」

「社会の仕組みと大人になることとは別問題さ。大人同士、協力しあって生きていけばいいんだ。誰だって一人では生きていけない。俺はジーナに協力する。君のためにも、俺のためにも、ニナのためにも」

雨が降ってきた。雨脚は結構強い。私たちは急いで表通りから路地に入った。ばあやの店は世界から取り残されたかのように灯りも漏れておらず、薄闇にひっそりと佇《たたず》んでいた。私は体に染みついた要領で引き戸を開けた。

「ばあや、いるんだろ」

引き戸を閉めると、外の喧噪や雨音が薄闇に吸い込まれるように消えた。私は肩の雨粒をハンカチで拭き取り、いつものように目が慣れるのを待った。私の一歩後ろにジーナがいる。ジーナもハンカチで雨を拭き取っている。

「雨かい」

「ああ。降ってきた。あの降り方なら一時だろう」

「昼間、海榮門の近くをうろうろしてたそうやね」

声がした方に目を向けた。店と奥の部屋を区切る框の辺りに、うっすらと人影が見える。

「さすが。耳が早い」

「そんなアホな。歳をとると耳は遠くなるもんや」

「ばあやが若々しい証明だ」

「てっちゃん亭に行ったんだろ。いい話は聞けたかい」

「真相は霧の中ってとこかな」

目が慣れてきた。ばあやは今日も框に腰かけていた。

「ばあやの方はどう？　何かニナの情報は？」

「何も耳に届いてこない。囁き声すらもね」

「俺を追いかけてきた連中の素性は？」

「何も聞こえてこない」

「信じていいんだね」

ばあやの細い目を覗き込んだ。長年、人間の暗部を見つめてきた凄みが宿っている。

「アタシは隅から隅まで善人じゃない。嘘をつく時だってある。だけどニナに関しては、ニナのためになることだけを考えている。今でも孫同然なんや」

面つきにも声にも嘘特有の気配がなかった。ばあやはジーナを一瞥した。

「あたしにとってみりゃ、ジーナはひ孫さ」

「そう。悪かったよ。安心した。ニナはまだ死んでいないと確信できた」

「んん？」

「ニナが死んでいれば、さすがにばあやの情報網に引っかかるはずだ。そもそもニナが生きているからこそ、山麓バイパスで俺たちは襲われたんだと推測できる。死んでいれば、襲ってくる必要もない。死体が見つからない隠し方なんてごまんとある」

あの、とジーナが言った。

「そのカーチェイスの見立て、初耳です」

「確信できるまで口に出すべきじゃないだろ。人の生死に関わるんだ」

私はばあやに向き直った。

「次の質問だ。桐原氏について教えてくれ。誰に殺されたんだ？　昨晩、ばあやが示唆したんだ。知らないとは言わせない」

返事はなかった。

「ジーナに気を遣っているなら、それは無用だ」

私の隣にジーナが並んだ。

「結城さんのおっしゃる通りです。おばあさんのひ孫は肝が据わってます」

ばあやの細い目がかすかに動いた。私はすかさず切り込んだ。

「殺したのは誰なんだ」

「哀しそうな顔をしてるね」

「あいにく自分の顔は見えなくてね」

「本人が鏡を見たってわからんさ。鏡にも映らない類《たぐい》の面構えや。アタシは長く生きてきた。色々な人間の様々な面構えを見てきた」

「警告をしてきた連中がいる。その連中が再び俺たちを監視している気配はない。ばあやならどう分析する？」

「隼ならとっくに答えが出てるはずや」

「まだ出てないさ」

「だったら、答えを導き出しな」

私は人形や金豚の置物などを見回した。どれも薄い埃をまとっているはずだ。誰かの心の中と一緒で。

「まだ返答を聞いてないよ。桐原氏の件。誰に殺されたんだ」

ばあやがジーナを見た。

「父親との思い出は？」

「ありません。どんな人かも知りません。亡くなったのはわたしが赤ちゃんの頃です」

「なら、思い入れもないんだね」

はい、とジーナはきっぱりと言った。桐原には酷な返答だ。ジーナにしてみれば、嘘偽りない心情なのだろう。死んだ父親より、生きている母親を捜す方を優先すべきでもある。

ばあやは目元を引き締めた。

「桐原が殺されたかどうかは定かやない。だけど、殺されても仕方ない人間だった。殺されたんだとすれば、アタシは殺した人間に感謝しなきゃいけないね。桐原を殺した人間に何か頼まれれば、アタシは断れない」

「殺されても仕方ない？　父は何をしたんです。教えてください」

ジーナが食いつくように尋ねた。ばあやがゆるゆると首を振る。

「アタシにも言えないことはある」

ばあやは口を閉じた。この件に関しては終わり。ばあやの仕草はそう告げていた。

「オーケー。話を変えよう。神戸や大阪でだいぶ幅を利かせている黒沢って男、ばあやなら知ってるだろ。関西一円で店を経営してる男だ」

「女を売買している男だね」

「どんな人間なんだ」

「元々は生活安全部の警官で、だいぶ素行が悪かったらしい。警官時代、捜査対象者からクスリを奪って、横流ししたって噂もある」

「昭和ならともかく、平成にそんな真似ができたのか」

ばあやは右眉だけを器用に上下させた。

「あくまで噂や」

「力に頼る男？」

「社会で一番の力は金。隼も社会人なら身に染みてるだろ」

「黒沢はジョンホを襲うかな」

「そんな根性ないんとちゃうか。ジョンホを襲えば、孫連合への宣戦布告になる。ドン詰まってれば理解できなくもないけど、羽振りがええんや。そんな時にジョンホを襲う意味はない。何の得にもならへん」

ジーナ、と私は呼びかけた。

「まだ雨は降ってるかな」

「ちょっと見てみます」

ジーナが引き戸を開けた。私の開け方を見様見真似でマスターしたらしい。

「まだ降ってます。あと少しでやみそうです」

私は太股を二度、軽く叩いた。

「ばあや、雨宿りさせてくれ。四方山《よもやま》話をしよう」

「そりゃええ。人生の暇つぶしにもってこいや」

「いつから情報を扱ってるんだ。こういう話をしたことはなかった」

「そうだね」ばあやが喉の奥で笑った。「昔々。アタシもぴちぴちと若かった頃の話さ。ジーナ、よう憶えとき。時が経つのは本当に早いで。用心しい」

はい、とジーナが返事した。

「なにがきっかけだったんですか」

「若い女、しかも異国人が一人で生きていくのは大変な時代やった。今では想像もできひんくらいにな。まず元町の街角で靴を磨きながら、煙草や石鹸を売った。盗む輩もおった。でも総じて楽しかった。関西の人間は話し好きやろ。色々な話を耳にした。ある時、それが高く売れてな。政治家の恥部やった。個人的には反吐《へど》が出る話でも、誰かにとっちゃ価値があるって痛感してね」

「ばあやはいくつなんだ?」

隼、とばあやの声が険しくなる。

「男が女に年齢を訊く時は命を賭けなあかんで」

「じゃあ、わたしが伺います。おいくつですか」

私とばあやは目を合わせ、吹き出した。

「こりゃ参ったね。明かさざるを得ないじゃないか。八十五だよ」

「え? 若い」とジーナが声を弾ませた。

確かに若い。二十八年前、ばあやは還暦前だったのか。

ばあやが若い頃と言えば、戦後の混乱から朝鮮戦争の特需で景気が上向き、高度経済成長の初期にかかる時代だ。現代よりも女性差別は強く、外国人への偏見もきつかっただろう。

「アタシは靴磨きのかたわら耳を澄ませた。いつしか煙草を売る必要がなくなった」

「どうやって情報網を? 俺も商売柄、教えてほしいな」

「あほ。秘密や。その立派な頭を使い。誰だって自分の才覚で生きていかなあかん」

一刀両断され、不思議と気持ちが凪《な》いだ。

その後、私が南米で追い剝ぎを七味唐辛子で撃退した話をし、ばあやはガセを摑まされてコーヒー豆を二百キロ買い取る羽目になった話などをした。

「振り返れば苦労話も笑い話や。隼はどや」

「同感だね」

ジーナが外を確認すると、雨は上がっていた。

「ばあや、そろそろ行くよ。また来る」

「いつでも歓迎するさ。ジーナもいつでもおいで。おばあさんじゃなく、ばあやと呼んどくれ」

「はい、ばあや」ジーナが言い足す。「ジェンダーフリーの時代なので、男が女に歳を訊くうんぬんって言わない方がいいですよ」

「へえ。じきに男、女って単語も使えなくなるんやないか」

ばあやが目玉をぐるりと回した。

「引き続き、耳をそばだてておいてくれ」

「ああ。今度はジョンホも連れてくるといい。いいオトコはいつでも歓迎する主義や。久しぶりにジョンホとも話をしたい」

ばあやの店を出ると、薄暗いはずの路地ですら光で溢れているように感じ、眩《まぶ》しかった。午後七時過ぎだった。

「もうバーに行くんですか」

「いや。他にも寄りたい場所がある。とりあえず元町に行こう。桐原氏の件、衝撃的だったか」

「いえ。何をしたのかはっきりしませんでしたし。正直、父に関して感情はあんまり動きません。何を見聞きしても、『ふうん』って感じのままっていうか。ネットとかで見るニュースの登場人物に感情移入しないのと一緒ですよ。いえ、違いますね。ニュースの人たちになら、『かわいそうだな』とか『ひどいな』とか思うから。父についての方が体温は低いです。わたし、父にとても残酷な話をしていますね」

「無理もないさ。何の思い出もないんだろ」

ジーナが右手を左手首のブレスレットに添えた。

「ばあやが嘘をついたようには聞こえませんでした。父が何かをしたとして、母はそれも知っていたんでしょうか」

「ばあやは教えたはずだ。ニナは桐原氏を信じたんだろう」

南京町の賑わいに紛れた。足元には街灯や店の灯りが作った長い影が伸びている。私たちの影は観光客たちに踏まれ、私たちも大勢の影を踏んだ。

元町駅に出た。駅前交番では制服姿の警官が街を見守っていた。

「ジーナは交番前にいてくれ。誰かが俺たちを監視しているとしても、あそこなら安全だ。次に寄りたいのは裏社会の人間でね。さすがに連れていけない」

「正直に話してくれたので、おとなしくしています」

ジーナが小走りで交番前に走っていき、待ち人来たらずの顔でいる。塾やら習いごとやらで、繁華街近くの駅に中学生が一人でいても不自然ではない時間帯だ。私は駅前の横断歩道を渡り、小路からてっちゃん亭に続く裏口を開けた。

ワンは薄い新聞を読んでいた。夕刊だ。口元にまだ生々しい瘡蓋《かさぶた》がある。

「暇なのか」

「夜の定食屋なんてこんなもんやで」ワンが新聞から目を上げた。「まだ何か用か」

「仕事を頼みたいんだ」

「兄ちゃんが？　大将はどうした」

「どっかにいる。相談している暇がなくてね」

ワンは新聞を無造作に畳んだ。

「兄ちゃんが何者か知らんけど、嫌な種類の目をしてんな。俺や大将と同じや。若い頃に相当色々あったんやろ」

「自分の人生をここで総括する気はない。若い頃について思い出す気も」

「おもろい兄ちゃんやな」

ワンはにたりと笑い、煙草を咥《くわ》え、火を点けた。煙草の先が私に向いた。

「仕事を受けるかどうかは別として、とりあえず用件を言いな」

「十五年前に死んだ、桐原純之助って男について知りたい」

私は新聞のデータベースで仕入れた内容を続けて話した。殺された可能性は伏せた。

「そいつ、兄ちゃんとどんな関係があるんや」

「言う必要はない。違うか？」

ワンは煙を物憂げに吐き出した。

「ごもっとも。そいつについてなら何でもええんか」

「引き受けてくれるんだな」

「いいオトコといいオンナの仕事からは逃げない主義でね」

「俺がいいオトコ？」

「背骨があるって意味や」ワンが口元を緩めた。「料金は十五でどうや」

「五」

「十二。これ以上は譲れない」

「いや、五」

「十二」

私は溜め息をつき、不承不承口を開いた。

「八」

ワンが声をあげて笑い、歯を見せた。

「お互い大根芝居はやめにしよか。兄ちゃんは素人にしちゃ、情報の価値を心得てる。おまけに落とし所も作れる」

「ビジネスではどれだけ相手の足元を見られるかが勝負でね」

「なら、十で決まりでええな」

「その代わり、後払いにしてもらう」

「ええで。諸々を仕入れた後の連絡先はどうする」

「直接店に来るよ。ひとまず明日のこの時間にしよう。できる限りの情報を集めておいてほしい」

「へいへい」ワンが煙草を深く吸った。「せいぜい気張ってみるわ。けどな、そんな短い時間で集められることなんて、たかが知れてんで」

「プロなら全力を尽くしてくれるさ」

私は裏口から出て、元町駅の交番前でジーナと合流した。

「次に行こう」

「バーじゃなくて？」

そうだ、と頷いた。種は撒いた。しかし、実るのを待っているだけでは前に進まない。狩りもすべきだ。

大通りでタクシーを拾った。運転手に行き先を告げた。

「また祖母の家に？」

「写真や遺品を見せてもらうんだ。表向きの理由は思い出の品々を孫娘が見たがっているから。実際は桐原氏の事故と俺たちのカーチェイスの根っこが一緒なら、ニナの居場所に通じる手がかりがあってもおかしくないから」

私にはさらに別の目的もあった。ジーナに明かすつもりはない。

「午前中に見た写真も数枚ですもんね。さっきも言いましたけど、父親への関心が薄すぎますよね」

「むしろ思春期の少女らしい態度じゃないのか」

「おばあちゃんに呆れられてて、見せてくれないかも」

「心配するな。写真は小学校時代の分から見たい、とおばあちゃんに申し出てくれ」

「そんな昔のも？」

「世の中、なにげない知識やモノに救われる時がある。南米で拳銃を突きつけられた時、たまたまつけていた日本製の腕時計で助かった。日本では一万円もしない時計だけど、色々な機能がついていてね。頭の中身も含め、手ぶらというのは危険だ。どんな知識やモノでも持っていた方がいい。その時に身に染みた教訓だ」

「勉強になります」ジーナはしおらしく言い、ブレスレットを撫でた。「これもいつか役立つかも」

「もう役立っているよ。容姿に加え、君の身元を証明したんだ」

少し離れた場所でタクシーを降りた。前からも後ろからも風が吹いた。山と海からの、神戸らしい風だった。


桐原の母親はジーナを見るなり、パッと笑顔になった。

「写真と遺品？　もちろん、ええよ。ささ、入って入って」

私たちは居間に通された。エアコンはついていない。気持ちのいい風が吹き抜けていく。

「さてさて。写真、写真と」

桐原の母親が居間を出ていこうとした時、ジーナが声をかけた。

「できれば、小学校から亡くなるまでの写真を通して見たいんです」

「お安いご用やで」

桐原の母親は手を振って居間を後にすると、十分後、アルバムを何冊も抱えて戻ってきて、それらをテーブルに置いた。

ジーナが小学校の卒業アルバムを手に取った。ケースから抜き取ると、本体の表紙に懐かしい校章が印刷してあった。ページをめくる。校歌が印字された校舎の全景写真から始まり、教職員の写真、クラス写真、個人写真、授業風景と続いた。私たちの代と同じ構成だ。ここには私やジョンホ、ニナを蔑んできた連中もいる。他人を罵り、踏みつけた奴らも大人になっている。親になった者もいるだろう。現在どんな顔をして生きているのか、想像もつかなかった。

六年三組。桐原の笑顔があった。そうだ。当時こんな顔だった。声は思い出せない。

桐原は運動会など色々な場面の写真に登場した。桐原の母親も朗らかな顔で別のアルバムを手に取っていた。

私は中学時代の卒業アルバムをケースから取り出そうとした。隙間から何枚かスナップ写真が落ちた。桐原は東京タワーや雷門で笑顔を見せている。白い半袖シャツに黒いズボンという夏の制服だった。修学旅行のスナップか。私の実家にも似た写真がある。久しく見ていない。引っ越しで紛失したのか。

優等生だった桐原の隣に、髪を茶色に染め、カメラを睨む少年がいた。体格もいい。二人の他に少年が一人、少女が三人、笑顔を見せている。班行動中の写真か。こんな茶髪の上級生がいただろうか。目立ったはずなのに、記憶にない。

「こちらの方、名前をご存じですか」

桐原の母親は写真を覗き込み、眉をひそめた。

「中学の時に越してきて、姫路に行ったコですね。純之助とは仲良かったみたいで、よくウチに来ましたよ。名前はなんやったけ……そうだ、シンジって純之助が呼んでました」

シンジ。記憶に引っかかる名前ではない。アルバムにも該当者はいない。個人撮影をする前に越してしまったのだろう。アルバムを閉じた。

次は高校時代の卒業アルバムをめくった。桐原は県下でも有数の進学校に進んでいた。クラスの中心だったのか、常に写真の中央で笑顔をみせている。

ジーナは中学校の卒業アルバムで、メイの顔を見つめていた。メイはにっこり微笑んでいる。目元の辺りがジーナに似ている。

東大の卒業アルバムで桐原が登場するのは二ヶ所だけだった。みな、その程度だ。卒業アルバムを置き、スナップ写真のアルバムを手に取った。次々に目を通していく。特に気になる点はない。

最後のアルバムを開いた。

大学時代の桐原で、肩を組む相手に目が留まった。

シンジだ。顔の幼さは消えているが、尖った目つきは中学時代と変わっていない。肩まで伸びた金髪で、タンクトップから見える両肩には鷲の刺青《いれずみ》がある。

どこかで会っている？　しかも最近だ。私は直近の行動を振り返っていった。

そうか……。もう一度、写真を見直した。

黒沢だ。目鼻立ちがそっくりだ。本人ではない。年齢からして違う。弟？　親戚？

黒沢とシンジに血の繋がりがあるとする。桐原はシンジを通じ、黒沢と接点があった線も生まれる。その線の先に何が見えてくるのか。

首の裏がきつく張りつめた。

桐原が殺されたのだとしても、警察は事故だと判断した。殺した誰かは、事故に偽装できる知識を持っている。黒沢は元警官。捜査の盲点も知っている。裏社会で事故に偽装できる腕を持つ者を把握している線もある。ばあやも候補者の一人だし、他にも裏社会の人間がリストアップされているのか。

犯人が誰にせよ、公になっていない。黒沢が知っているとすれば、今まで黙っていた。公になることを望んでいないのだ。黒沢と接点がある人物かもしれない。そこに突然ニナが現れた。ニナを捜す人間まで神戸に来た。ニナも私たちも真相に突き当たりかねない。だから襲った……？

すべては仮定と仮定を結びつけたに過ぎないが、筋は通る。首根を揉んだ。ごりごりと音がするだけで、張りはほぐれない。

「結城さん、どうかしました？」

「いや。俺の大学時代の写真はどこに行ったのかなって」

私は手を下ろし、桐原の母親に目をやった。

「シンジさんと桐原さんは仲が良かったみたいですね。私たちの年代で、中学から大学まで友人関係が続くなんて稀《まれ》です。シンジさんの連絡先を教えていただけませんか」

「どうしてです？」

「母も知らない、父のエピソードを教えてくれるかもしれないので」

ジーナが会話を引き取った。本当にこの子は勘が鋭い。

「ああ、そうやね。でも、ウチに来てたんは中学の頃だけなんで、わからへん」

黒沢自身を問い質せれば手っ取り早い。

「ねえ」桐原の母親がジーナに声をかけた。「遺品も見たいんだよね？　純之助の部屋に案内する。ニナさんが送ってきた荷物も置いてる。捨てられなくてねえ」

私とジーナは何も言えず、写真を置いた。

二階にある、六畳の和室だった。空気はこもっていない。定期的に換気しているのだ。窓際に机が置かれ、受験用の参考書が並んでいる。背表紙の色は薄くなっていた。壁際の本棚の前には段ボール箱が重ねてあった。ニナが送った荷物だそうだ。かなりの量になる。桐原は物持ちが良かったらしい。

だが、スーツ類、会社用の鞄、サングラスやニット帽、手袋など雑多なものばかりで、ニナの行方に結びつく手がかりはなかった。

「このトートバッグ、古いけどいいですね。これぞヴィンテージって感じで」ジーナが声を弾ませた。「有名ブランドので、男女兼用で使えるデザインですよ」

「あげるよ」

桐原の母親が言うと、ジーナは私に判断を求める視線を向けた。

「もらっておけばいいさ。お父さんのだったんだから」

ジーナがトートバッグに目をやり、決まりね、と桐原の母親が手を叩いた。

「結城さん、お願いがあるんやけど」

「なんでしょう」

「今晩、ジーナちゃんに泊まってってほしいんや。あかんかな。何年も会ってなかったから。今回、結城さんが保護者代わりなんやろ。承諾を得んと」

望み通りの展開だった。桐原の母親が言い出さなければ、折を見て私から切り出そうと考えていた。

「私はジーナのためにも、こちらに一晩お世話になるのがいいと思います。ジーナ、おばあちゃん孝行できるぞ。もっとじっくり写真やら遺品やらも見られる」

ジーナはこくりと頷いた。

私は二人に見送られ、桐原家を出た。大通りに出て、ジョンホに電話した。おかけになった番号は——。留守電に繋がった。

約束の九時までには時間がある。せっかくだ。寄ってみるか。

生田川沿いの小路を山っかわに辿った。正面の六甲山系は黒い闇となっている。中学時代、よくこうして歩いた。ジョンホやニナとの会話を思い出しながら、自分は一人ではないと嚙み締めたものだ。

国体道路を渡ると、ラブホテル街のネオンが見えた。とんがり屋根の教会が目に入った。教会の脇から小路に進む。車一台がやっと通れるほどの道幅だ。郵便ポストがあった。

ここだ。建物を見上げた。

かつて母親と住んだマンションは跡形もない。古かったのに、震災では半壊認定も受けないほど頑丈だった。マンション脇にあった空き地もない。春にはタンポポが咲き、夏には瑞々しい草が生い茂った。秋には虫が鳴き、冬には霜柱が立った。時間が経てば、街は変わる。今では立派な新しい低層マンションが建っている。

低層マンションと隣の家の壁の間に、オレンジジジュースの缶が置かれていた。周囲には自動販売機もゴミ箱もない。缶のデザインは変わったが、須磨海岸でジョンホとニナと回し飲みしたオレンジジュースだ。

立ち去ろうとした時、引っかかりを覚えた。

私は空き缶を見つめた。転がっているわけでも、潰されているわけでもない。投げ捨てられたのではない。

メイの墓にもオレンジジュースが供えてあった。

私は歩き出した。気づくと走っていた。額や背中を汗が流れていく。

ラブホテル街に入った。ここはあまり変化していない。数棟のラブホテルと、その中央に公園がある。ひと気はない。猫が集まる公園で荒い息を整えた。目をやる。

ラブホテルに挟まれた、十階建てのマンション。あそこにニナとメイ一家は住んでいた。かつてのニナたちの部屋は暗く、窓も閉まっている。洗濯物も観葉植物もない。私はエントランスに向かった。

オレンジジュースの缶は見当たらなかった。壁際の郵便受けを見た。リュウという名前はない。現在もマンションはオートロックではなかった。二十八年前、私の生活範囲ではオートロックのマンションは数えるほどだった。

二〇一。部屋番号は憶えている。階段を上った。蛍光灯がちらつき、埃っぽい。外廊下に出て右に曲がる。突き当たりがニナとメイの部屋だった。

二〇一号室の玄関前には、オレンジジュースの缶が置かれていた。

表札はない。空き家か。住人がいれば、こんな缶は片付ける。念のため、インターホンを押した。ブザーは鳴りもしなかった。

残りはジョンホの家だ。行ったところでチェックできまい。缶があったとしても、毎朝若い衆が掃除をしている。

空き缶を拾い、マンションを出た。

6

北野坂の中腹に、ジョンホが指定したバー『マサキ』はあった。カウンター五席のみの小さな店だ。薄暗い店内に客はいない。カウンターを挟み、六十歳前後のバーテンダーが小気味よい手つきでグラスを拭いている。彼の背後の棚にある酒瓶やグラスも綺麗に磨きあげられていた。

「おかわりをお願いします」

三杯目を頼んだ。バーテンダーは布とグラスを置いた。

ジョンホと約束した九時を過ぎていた。黒沢とのやりとりが長引いているのか。桐原と仲が良かったというシンジについてもまだ伝えられていない。

どうぞ、とカウンターにグラスが置かれた。

「神戸ハイボールがお気に召したようで」

「最後の一滴まで味が変わらないのがいいですね」

「氷を使っていない利点です。ご自宅でもぜひ。冷えたグラス、冷やしてとろみが出たウイスキー、炭酸水があれば作れます。レモンピールはあってもなくても構いません。大きなグラスだけは御法度です。ぬるくなる前に飲みきるのがベストなので」

私はグラスを口にやった。ウイスキーの甘味とコク、炭酸の爽やかさが一気に口に広がる。

「神戸ではこの飲み方が一般的なんでしょうか」

「知らない方が多いでしょうね」

「家で作っても、同じ味にはならなそうです」

「卓見かと。私はプロですので」

バーテンダーが嬉しそうに微笑んだ。シンプルなものほど奥深く、腕が要る。

「店は何時までですか」

「午前二時までとなっています」

四杯目、五杯目を飲み、十時半を過ぎてもジョンホは現れなかった。一旦席を外し、店の外でジョンホに電話を入れた。また留守番電話だった。明和苑にもかけたが、やはりジョンホは不在だった。

午前零時を過ぎた。そろそろ頃合いか。バーテンダーに声をかけ、勘定を払った。

「私を捜す男が来店したら、『また明日と言っていた』と伝言をお願いできますか」

「かしこまりました」

店を出て、ジョンホの携帯に電話を入れた。留守番電話のままだった。

北野坂を下って大通りを渡り、東門街に入った。ピンクや黄色のネオン看板が目にうるさい。放置自転車が並ぶ脇道に入った。生田神社の境内が右手にある。少し行けば三宮の繁華街だ。いまの時間は人影がなく、うら寂しい。

背中に重たい衝撃があり、激痛が走った。

膝が折れそうになるものの、なんとか踏ん張って堪えた。荒っぽい足音が私を取り囲んだ。首を振り、相手の数を把握する。
一、二……五人。男たちは黒ずくめで、鉄パイプを持っている。いずれも大柄だ。この暑さで目出し帽をかぶっている。先ほどは鉄パイプの一撃を食らったのか。
正面の男が鉄パイプを振った。咄嗟に上体を逸らし、すんでのところでかわした。左からも鉄パイプがきた。背後に飛びのく。足元のコンクリートに鉄パイプがあたり、火花が飛び散った。素早く周囲を窺った。右手側が手薄だ。私は駆け出した。右手の男に肩から突っ込んで、弾き飛ばした。生田神社に繋がる駐車場に逃げ込んだ。背後から複数の足音が追ってくる。境内や生田の森に続く裏口も封鎖されている。

どうする。呼吸を整えようとした時、鉄パイプが目の前に飛んできた。屈み、腕で払い落とす。左から別の鉄パイプが振り下ろされる。避けきれず、肩にもらった。まともに頭に食らえば、意識が飛んでしまう。鉄パイプを拾う暇も、大声を出す暇もない。五人の動きに注意を払っておかねばならない。

五人は扇状に広がり、私は壁を背に右に右にと進んでいく。手ぶらの男が、先ほど投げた鉄パイプを拾い上げる。砂利がこすれる音だけがする。

右足が石段に触れた。素早く振り向き、背後をチェックする。本殿へ続く石段だ。シャッターが下りていて、本殿には抜けられない。正面に三宮の灯りが見える。私は唾を飲み下した。正面を突っ切れ――。

左肩を鉄パイプで殴られた。歯を食い縛り、男に体当たりした。相手がよろけた。右側の男にも摑みかかって、足をかけ、力任せにコンクリートに叩きつけた。男の悲鳴があがる。突破口が目の前にできた。そう思った矢先、右脛《みぎすね》に衝撃があった。鉄パイプだ。倒れかけたものの、すぐさま地面に手をつき、走り出そうとした。

左の脇腹に鉄パイプが食い込んできた。強烈な一撃だった。息が止まり、よろけた。蹴りをもらった。私は仰向けに倒れた。腹に鉄パイプをまともに食らった。革靴もめり込んできた。胃液が逆流して喉が焼け、むせ返る。私は腕で頭を抱え、体を丸めた。脳と内臓の損傷だけは防ぐべきだ。危機的な状況でも、きっちり計算する自分がいる。

体や足に鉄パイプを食らい、蹴りも続く。声をあげることすらできなかった。痛みはいつしか痺れになった。頭への攻撃はない。その気なら、とっくに殺されているだろう。

急に暴行がとまった。

「そろそろウチに帰りや。アンタの出る幕やない」

静かな声だった。

声の方に目を向けた。目出し帽の男たちの背後に人影があった。本殿に続く石段に腰を下ろしている。目を凝らしても、はっきりとは見えない。声に聞き覚えもない。

私は喉を押し広げ、声を絞り出した。

「何のことだ」

男の顔を見るため、体を起こそうとした。痛みが全身を駆け巡り、できなかった。

「アンタが首を突っ込んでることや。手を引け」

「嫌だと言ったら?」

脇腹に重たい蹴りをもらい、息が止まった。

「勘違いすんな。アンタに選択肢はない」

「警告ってわけか」

「いや。最後通牒《つうちょう》」

ていく。

「やけに陳腐なやり方じゃないか」

「シンプル・イズ・ベスト。おい、やれ」

一番大柄な男が私の腹を踵《かかと》で踏みつけた。徐々に体重がかかり、体の芯に痛みがじわじわと染みていく。

石段の男が立ち上がった。

「もう一度言う。手を引くんや」

「わかった」

「な？　シンプルな方法が一番」

引き上げんで、と石段の男が号令をかけた。

連中の足音が遠ざかっていく。誰かに殴られるなど、何年ぶりだろう。私は路上に這いつくばり、両肘をついて上体をなんとか起こした。顔を上げる。男たちの背中はすでにない。力が抜けた。再び地面に倒れこんだ。

砂利を嚙み締めた。遠くで笑い声があがった。もう一度、両肘で上半身を押し上げた。痛みが体の底で蠢《うごめ》く。目をきつく瞑り、痛みの蠢きが去るのを待つ。

顔はやられていない。痛めつけるのに慣れた連中か。不思議と口の中で血の味がした。唾を吐こうとするも力が入らない。唇の端から唾が垂れ下がった。腕で拭き取り、もう一度唾を吐く。かすかに血が混じっている。腹部をさすった。できる範囲で守ろうとはした。太股に手を置き、意を決し、立ち上がった。

鋭い痛みで目の前が真っ白になりかける。恐る恐る一歩を踏み出した。腹の鈍痛は消えないものの、平気だ。背筋を伸ばす。一歩一歩確かめるように進み、境内を出た。足を引きずり、ビルの壁や電柱に手をかけて進んだ。段差につまずき、放置自転車の並びに突っ込み、倒れた。派手な音がまき散らされる。

くそ。体は丈夫だったはずだ。少々暴行を受けただけでこのザマだ。起き上がろうとした。腕の力が抜けた。もう一度、放置自転車に体が突っ込んでいく。

サドルが鼻先に迫った瞬間、私の体を太い腕ががっちりと受け止めた。

「こんなとこで何してんねん」

ジョンホだった。

「そっちこそ。マサキで待ちぼうけを食らわせやがって」

「すまん、諸事情で遅れた。で、どないしたんや」

「やられたよ」

ジョンホの顔色が曇った。ジョンホは私の体をそっと起こしてくれた。

「近くに車がある。そこまで行こか」

「悪いな。面倒をかけちまって」

「なんぼでもかけてくれ」

ジョンホの肩を借り、私は三宮の繁華街に進んだ。目に眩しい光や人々の声、クラクションで人心地つけた。

路上駐車していたプジョーの助手席に乗り込んだ。車内の空気は冷えていた。

「やった連中の顔は見たんか」

「いや。クソ暑いのに目出し帽をかぶってたよ」

「とりあえず店に戻ろう。リンに手当てさせる」

ジョンホが車を発進させた。私はシートに体を預け、腹部をさすった。指先で肋骨、ヘソ周り、みぞおちなどを軽く押していく。

「折れてそうか」

「俺は医者じゃないが、折れてはなさそうだ」

「本人が言うんなら大丈夫だろう」

私はジョンホの顔を見た。鋭利な目つきでフロントガラスの向こうを見ている。

「ジョンホこそ大丈夫なのか」

「見ての通り、健康そのものやで」

「なんでマサキに来られなかった」

「黒沢がおらんくてな。家の近くで張ってたんや。近所迷惑にならんよう、携帯の電源も切ってな」

「随分とお行儀のいい筋者じゃないか」

「元来、筋者ってのはカタギさんに迷惑をかけへんもんや」

「結果はどうだった」

ジョンホは溜め息をついた。

「会えずじまい。大方、どっかで飲んでんだろ。夜中に出直そうとマサキに行ったら、ちょうど隼が出た後でな。『また明日』って伝言を聞いた。しゃあないから腹が減ったんで牛丼かラーメンでも食おうかと、車を停めて歩いてたら隼がいたってわけや」

「留守電に気づかなかったのか」

ジョンホがポケットから携帯を取り出した。

「そういや、まだ電源を入れてなかった。うっかりミスやな」

赤信号で停まった。アイドリングのごくわずかな揺れでも痛みが生じる。私は痛みの小波をどうにかやり過ごしていった。ジョンホが携帯を確認している。

「今晩のオレはえらい人気者みたいやんか。リンからも何度か着信が入っとる」

「リンはただの従業員じゃないんだろ」

「ああ。ボディーガードにうってつけだ。しかもあの容姿だ。連れて歩けば、いい気分にもなれる。時代錯誤な発言だとしても、偽りない本心やで」

目の前のブレーキランプが眩しい。

「どことなく、二十代のニナはあんな感じだったんだろうなと思えるよ」

「そうか」

先行車のブレーキランプが消え、車が流れ出した。私は目を瞑った。

「少し寝かせてくれないか」

「おやすみ。ぐっすり眠っとけ」

ジョンホの声が胸に染みた。私は思考を巡らせた。


明和苑は閉店していた。ジョンホの肩を借りて裏口から入った。従業員ももういない。灯りの消えた厨房を抜けると、分厚い鉄のドアがあった。カチコミに備えているのだろう。ジョンホがドアを開けた。絨毯敷きの休憩スペースになっており、壁際にはテレビと本棚が、中央には向き合う形で二人掛けのソファーがあった。そこにリンがいる。

私は床に仰向けに寝転がり、服を脱がされた。

「こりゃ、ひどい痣《あざ》やな。明日はきついで」ジョンホが低い声で唸る。「リン、頼む」

「かしこまりました。結城さん、歯を食い縛っておいてください」

返事をする前に激痛が走り、私は慌てて呻き声を喉の奥に閉じ込めた。

リンは慣れた手つきで、消毒液を染み込ませた綿で体を拭ってくれた。消毒を終えると、軟膏を塗りこんだ。

「韓国のクスリかな」

「はい。社長にも何度も塗っています」

「ジョンホの場合、消毒液や軟膏だけじゃ済まないだろ」

「手術後の処置です」

ジョンホの傷跡が脳裡をよぎる。

「隼、よう泣かんかったな」

「泣く暇もないくらい痛かったよ」

「そいつは災難だったな。リン、傷の具合はどんな感じやった？」

「この痣の感じだと、内臓は大丈夫そうですね」

「安心したよ」と私が答えた。

体が随分と軽くなった。私は体をゆっくりと起こした。腕を軽く回し、腹部を点検するように押してみる。

「ありがとう。かなり楽になった」

「どういたしまして。お茶でも淹《い》れてきます」

リンが休憩スペースを出ていき、ジョンホが煙草を咥えた。

「そんな体で明日もニナを捜すんか」

「できればな」

「ゆっくり休んだらどや。ここに泊まってくか？　ウチに来てもええ。昔のまま生田川沿いの。カチコミは心配せんでいい。住み込みの若い衆が何人かいる。そのうちの一人がリン。誰よりも頼りになんで」

「せっかくのご厚意だけど、遠慮しとく。ホテル代の元を取らないと。やりかけの仕事も抱えててな」

「働きすぎは日本人の欠点やで」

「仕事を二つ持ってる韓国人に言われたくないね」

ジョンホが笑った。

「ジーナはもうホテルか?」

私はジーナを桐原家に預けたなりゆきと、シンジという男についてジョンホに話した。

「ふうん。ジーナのためにも身内の温かさを知るにはいい機会やな」

「少しでもジーナが不安と罪悪感を忘れられる時間になればいい」

「不安はともかく、罪悪感ってのは?」

「ジーナにとっちゃ、中学生活最後の夏休みだ。本来なら友だちと遊園地に行く約束があったらしい。けど、友だちに親戚が危篤だと告げて、神戸に来た。ニナを捜すべく、友だちに嘘を言わざるを得なかったんだよ。すべてを話せるほど親しい友人がいないってこともあるがな」

「そやったんか」

ジョンホが口元を歪める。私はジョンホを見つめた。

「友だちに嘘をつくって、どんな気持ちなんだろうな」

「辛いのは間違いないで」

私たちはしばらく無言で、別々の方向に視線を据えた。ドアが静かに開き、リンが戻ってきた。

彼女が淹れたコーン茶を飲むと、体の奥底が温かくなった。ジョンホの車でホテルに向かった。

「シンジって奴について黒沢に訊けばええんやな」

「ああ。頼むよ」

「オーケー。任せとけ」

ジョンホが親指を立てた。

DAY 4

1

断片的な眠りが続いた。何度目かの眠りの裂け目に、目覚ましが鳴った。カーテンの隙間から伸びる光を顔に浴びた。

七時、神戸は今日もよく晴れている。私はゆっくりと体を起こした。ベッドから足を下ろして立ってみる。痛みは昨晩よりも軽い。行動に支障はなさそうだ。着替え、ホテルを出た。

山からの風は乾いていた。暑くても、季節は秋に向かっている。タクシーを拾い、目的地を告げた。

「短い距離で申し訳ないです」

とんでもない、と運転手は発車させた。

窓の外を見つめた。道路脇に生える草花の青々とした色が目に映える。タクシーはＪＲの高架沿いを進んだ。三宮に人は少ない。通勤客もまばらな時間帯だ。

ここでいいです。元町駅から鯉川筋に入った辺りで運転手に告げた。

坂道を上った。路地に入ると、予想通りの光景があった。孫連合の塀の前を一人の若い男が竹箒で掃除している。口笛を吹きたくなった。運がいい。昨日、冷たい紅茶を出してくれた若い衆だ。

「おはようございます」と声をかけた。

若い男が顔を上げ、私を見た。一瞬、男の目が冷たくなり、すぐさま緩んだ。昨日、ジョンホと来た人間だと思い出したのだろう。

若い男は深々と頭を下げた。

「おはようございます」

伸びやかでよく通る声だった。高校生なら野球部がよく似合うタイプだ。

「朝早くからお疲れさまですね」

「いいえ、自分の仕事ですので。雑用ですけど」

「仕事は何だって大変ですよ。楽な業務なんてない。雑用を満足にできない奴に大きな仕事を頼むバカもいません」

「励みになります」

若い男はにっと笑った。私も笑みを浮かべた。共感していると見せるには、同じ表情になればいい。親しみやすさは作り出せる。ビジネスを優位に進める常套手段だ。

「若なら、こちらにはいらっしゃいませんよ」

「知ってるよ」私は笑みを絶やさなかった。「車を借りにきたんだ。ジョンホに何でも使っていいと言われたからさ。昔からジョンホは友だち思いでね」

「ツレは大切にしろ。若の口癖です。自分もよく言われます」

「ここで車を借りないと、ジョンホの気遣いを無下にする恰好になる。本当は電車で充分なんだ。かといって、ベンツには乗りたくない。怖い人に絡まれたら困るだろ。ジョンホみたいなさ」

若い男が吹き出しそうになるのを堪えた。まだあどけなく、顔つきや仕草から少年っぽさが抜けていない。

「日本車もあるんだってね。目立ちたくないんだ。できれば、トヨタのセダンタイプに乗りたい。あると聞いたんだ」

「それなら、修理場に出してます」

「車検で?」

「いえ」若い男はここだけの話といった面持ちで、声を潜めた。「運転した人間が派手にこすっちまったんです」

「弱ったな。日本車は一台だけ? 日産の車は?」

「ウチには他の日本車はありません」

「どこの工場に出したのかな。ジョンホの顔を潰さないために車を借りたいんだ。でも外車は性に合わない。工場とかけあってくるよ。俺の気持ち、察してくれるだろ」

若い男は頷いた。

「二号線に出て、西に少し歩くと修理工場があります。まだ工場はやってないでしょうし、今から電話でせっつきますよ。若の顔、潰したくないんで。なんとしても午前中にあげるように言い聞かせます」

私は顔の前で手をふった。

「自分で行くよ。神戸は久しぶりなんだ。散歩がてら歩きたいし。歩いたらどれくらいかな」

「十五分くらいです」

「よかった。歩けそうだ。電話もしなくていい」

はあ、と若い男は気のない返事をした。

ビジネスでは引き際も肝心だ。交渉成立、情報交換、すべてが終わった段階が最後の勝負になる。相手の気が変わらないうちに引き上げないとならない。

「俺が工場に行くのをジョンホには内緒にしてくれないかな。手間をかけさせたと思わせたくない」

「承知しました」

「ありがとう。色々助かったよ」

ご苦労様です。若い男の声が野太くなった。

元町駅近くでマクドナルドに入り、コーヒーだけを頼んだ。マクドナルドは世界各地にあり、私にとっては落ち着ける場所だ。各国でポテトやオレンジジュースの味が異なるのも面白い。修理工場が九時開始なら、八時前後には誰かしら出勤しているだろう。日本の町工場の職人は概して勤勉だ。さすがにまだ早い。

ジーナは眠っているだろうか。祖母と朝食をとっているだろうか。私は適当に時間を潰し、マクドナルドを出た。

南京町では、朝の陽射しが朱の屋根や店の壁を照らし、発泡スチロールの箱を運ぶ台車があちこちを走っていた。軒先で肉をさばく姿や魚をおろす光景もあった。街の片隅では猫がおこぼれに与《あずか》ろうと目を光らせている。海棠門を抜け、一区画を海っかわに進み、国道二号線に出た。

朝から交通量は多い。二号線沿いを西に歩いた。

工場はもう開いていた。機械油のニオイが周囲に漂い、半袖シャツがすでに汗ばみ、頭にタオルを巻いた男性従業員がいる。私と同じ歳くらいか。従業員はスパナを持ち、屋根の下で車と向き合っている。敷地内には軽自動車からトラックまで様々な車種が並んでいた。隅に事務所らしき小さなプレハブ建ての小屋があるが、目当ての車はない。

失礼します、と私が声をかけると、スパナの従業員がこちらを向いた。

「いらっしゃいませ。何か?」

「黒ビルから来た者です。進捗状況を見てこいと」

従業員が腰からぶら下げたタオルで手を拭き、首を傾げる。

「急ぎやないと伺ってますが……」

「事情が変わったんでしょう。とりあえず現状を見せてください。私も上に報告しなきゃならないんです」

「一応、連合さんに連絡してもいいですか」

「どうぞご自由に。ただし、私はジョンホさん直々の命で来ています。何か仔細があるようでしたので、ジョンホさんに直に問い合わせてください。ジョンホさんの携帯番号はご存じで？」

「まさか」と従業員は目を丸くした。

この従業員もジョンホの名前——立場を知っているのか。私は彼に歩み寄り、耳元に顔を近づけた。

「どうやらあなたは実直な方で、信用もできそうだ。特別に教えましょう。ジョンホさん以外に確認する場合、色々と面倒が起きます。面倒の意味を理解できますよね。ジョンホさんの携帯番号を知らないのなら、下手に事務所に連絡しない方がいい。あなたの身のためです」

従業員の顔が強張った。

「どうぞ。ご案内します」

私は従業員の後に続いた。

敷地に並ぶ車両に目もくれず、従業員はプレハブ小屋に進んだ。中にはスチールデスクが三台と、電話、パソコンが一台ある。簡素な事務所だ。奥に扉があり、従業員が開けた。隣との敷地を隔てるコンクリート壁と事務所との間に人一人が通れる、わずかな隙間があった。

「こっちです。狭いので、お気をつけて」

従業員は隙間を進んでいく。広いスペースに出た。前方にはシャッターが下り、左右と頭上はレンガ積みの壁で覆われている。従業員が壁のスイッチを押すと、灯りが点いた。

「ここは？」

「特別なお客さんの車を収めておく場所です」

存在感のある車が目に飛び込んだ。

グレーのセダンだ。ナンバーは反射板で隠されている。ボディの左側は塗装が剝がれ、地金がむき出しになった箇所もあった。私は顎を引いた。

「派手にやらかしましたね。修理はどの程度進んでいますか」

「まだ三割ほど。へこみはさほどじゃないですが、傷がかなり深くにまで達してますんで」

「最短、どれくらいで仕上がります？」

「あと三日はほしいですね。そもそもゆっくりでいいと言われてましたし」

「三日か。なんとかなるでしょう。上にはうまく伝えておきます」

従業員の顔から緊張が抜けていく。

「最後にもう一つ。ベンツの修理依頼はどうなりました」

「ベンツ？　ウチでは預かってませんが……」

「そうでしたか。こちらの勘違いですね。忘れてください」

工場を出た。来た道を戻り、潮風に誘われて港に足が向いた。

観光船が着岸し、海鳥が飛びかかっている。私は港のベンチに腰を下ろした。右手にはショッピングモール、左手にはポートタワーが見える。神戸と聞いて大抵の人が想像する光景だろう。波は穏やかで、遠くで汽笛が鳴った。

先ほどの車。一昨日、ジョンホのベンツを襲ってきたのは孫連合だ。組の意向という線はない。ジョンホの影響力を削ぎたいのなら、もっと手っ取り早い方法がある。消すという方法も含めて。

黒沢とばあや以外、ニナを捜していることを知るのはジョンホだけだった。カーチェイスではいつでも襲えると示唆してきたのに、尾行の気配もなかった。私はジョンホの自作自演という可能性も捨てていなかった。ばあやは私の心中を見抜いていた。

――哀しそうな顔をしてるね。

昨日ジョンホと別れた後、ワンのもとに出向く時にも、桐原家に行く時にもジーナがいた。ジーナを桐原家に預けたのは、私自身をエサにするためだった。ジョンホの性格上、自分がいない時ではジーナにも累が及ぶ懸念があるため、それを避けるべく、私が一人になった時を狙ってくるはずだった。狙い通り、食いついてきた。

昨晩、私が何者かに襲われた後、ジョンホが都合よく現れた。マサキに行ったというわりに車内は冷えていた。夜とはいえ、車内が熱せられるのにさほど時間はかからない。ラーメン店に向かっていたうんぬんと言っていたが、偶然、出会う場所でもない。マサキの店主に、私が一人だと確めたのだろう。私が帰った後、即座に連絡するよう言い含めていたのかもしれない。

ジョンホは私とジーナがニナを捜すことをやめさせたいのか？　荒っぽい真似などせず、そう話せばいいだけだ。なぜ言えない？　ニナの居場所を知っている？　隠れ家跡地のマンションを見にいった際、まだニナを捜すのかと尋ねてもきたが……。

――友だちに嘘をつくって、どんな気持ちなんだろうな。

――辛いのは間違いないで。

昨晩の会話が胸に蘇ってくる。携帯電話を耳にあて、明和苑にかけた。リンが出た。

「早いね」

「仕事は毎日山積みです。社長ならこっちにいませんよ」

「ジョンホに用があるんじゃないんだ。朝飯を食わせてくれないかな。ホテルの朝食はなんだか胃に重たくてね」

「いいですよ。用意しておきます」

「頼むよ」

通話を終えると、しばらく動けなかった。体が痛むせいではない。ジーナのためには検証すべきだが、したくない自分もいる。

「兄ちゃん、大丈夫か」

初老の男性に声をかけられた。通りすがりの人に声をかけられるのは久しぶりだった。東京ではまずない。

「ええ、ご心配なく」

「ほんとか？　顔色悪いで。無理したらあかん」

男性が去っていく。私は随分と遠くに来た気がした。


明和苑ではリンが笑顔で迎えてくれた。

「特製粥を作ってあります。暑い時はこれが一番です。お好きな席でお待ちを」

私は奥の席に座った。一分も経たないうちに粥が出てきた。礼を言い、粥を口に含んだ。韓国海苔の風味と鶏の出汁《だし》が胃に染みる。リンは厨房と客席を行き来し、掃除や箸の補充などで動き回っている。

最後の一口を食べ終え、スプーンを置いた。リンがお茶を淹れてくれた。

「お疲れのようですね。お怪我もありますし、ゆっくりしていってください」

「そうもしてられないんだ。残りの持ち時間は少なくてね」

「ジーナさんのお母さん捜しですね」

「南京町で連れ去られたのはリンなんだろ」

リンは表情を硬くした。返答はない。それが明確な答えだった。

噂では、さらわれたのは四十前後の女性だった。あの時間の南京町は暗い。一瞬の出来事を目撃した程度で、女性の年齢まで見極められるはずがない。そもそも目撃者がいたのかどうかも怪しい。女性が男たちに車に乗せられた——という外形だけを整え、リンを四十代の女性と見立てた噂を恣意的に流しておく。目撃者がいればより確度が増した痕跡に仕立てられる。目撃者がいなくとも、ばあやと黒沢ならどこからか耳にする。言葉だけで噂を撒くよりも、より真実に近づけるため、ジヨンホはリンに演技させたのだ。

ジヨンホがそんな真似をしたのは、私を攪乱《かくらん》するためではないのか。

「ジョンホはニナの居場所を知っている。だからこんな真似をした。違うか」

「わかりません」

私は瞬きもせず、リンを見据えた。

「君がジョンホを慕う気持ちは尊重する。ただ、君はジーナを妹のように感じたと言った。彼女の望みも叶えてやるべきじゃないのか。十五歳なんだぞ。大人がなんとかしてやるべき年齢だ。ニナの行方を突き止めることは最たる例さ。せめてニナが何をやっていて、それがいつ終わるのかくらいは伝えるべきだ。ジーナは不安を抱えたまま夏休みを終え、進路に重要な二学期を迎える。彼女の将来を大きく左右しかねない」

高校進学が人生に与える影響など些細なものだ。しかし、ここは大きく構えてリンを揺さぶった方がいい。

リンが居住まいを正した。

「何も知らないんです」

はっきりとした口調で、嘘の気配はない。

「ジョンホに命じられ、何だかよくわからずに南京町で連れ去られた真似をした——と？」

はい、とリンは言った。主従関係だけでできることではない。下手をすれば、警察に通報されかねない。誰だって面倒事を避けたい。

「ジョンホを強く信頼してるんだね」

「中学の頃、何度も助けられたんです。小学校の頃から登下校時でも国籍や出自を揶揄われ……いえ、そんな甘い言葉じゃないですね。『国に帰れ』とか『キムチくさい』とか『日本人の敵』とか罵られてたんです」

「そいつらは人間のクズだな」

いつの時代もクソ野郎はいる。ジョンホはリンとかつての自分を重ねたのか。

「君はテコンドーの達人なんだろ。子どもの頃から習っていたはずだ」

「自分を汚したくなかったので」

「立派だよ。ジョンホは君をどうやって助けたんだ」

「最初は偶然通りかかったんだと思います。黙ってわたしの前に立ち、同級生を睨みつけました。次の日から、朝も夕方も通学路にいてくれたんです」

見たわけでもないのに、その光景が目に浮かぶようだった。

「変わってないな。ジョンホは昔から友だち思いで、誰かのために生きられる奴だった。話を戻そう。連れ去った男たちを演じたのも孫連合の人なのか」

「ええ、社長を慕う人間です」

「ジョンホも登場人物？」

「いえ、社長は同行していません。わたしたちは言われた通りの時間と場所で、言われた通りに演じました」

「噂はジョンホが流した？」

「知りません。演じた者でもありません」

私は背もたれに寄りかかった。椅子が軋《きし》んだ。噂の震源、首謀者は突き止められた。直接問い質すべきだろう。

「一つだけ言わせてください」

リンは真顔だった。

「どうぞ」

「昨晩、結城さんを襲った連中の件。わたしたちは何も命じられていません。社長が孫連合関係者に命じたのなら、わたしの耳にも必ず入ります。手駒を差配する役目ですので」

ジョンホじゃない？　タイミングが良すぎるし、車も冷えていた。他に誰がいると？

「リンは誰の仕業なのか知っているのか」

「いえ。多分、社長は今日中に捜し出すつもりでしょう」

リンの言う通りだとすれば、一体私は何に巻き込まれているのか。集まったピースが一枚の絵になろうとしない。携帯を取り出し、ジョンホにかけた。いきなり留守番電話に繋がった。私は席を立った。

「ジョンホが店に来たら、連絡がほしいと伝えてくれ」

店を出た。途端に汗が噴き出した。同時に寒気が走った。周囲に注意しながら、新長田駅に向かい、コンビニに入った。雑誌を引き抜いて立ち読みするふりをし、窓の外を観察した。それらしき人影はない。

コンビニを出て、人通りの多い道を選び、早足で歩いた。

襲ってきた連中はジョンホの差し金だと確信していた。だから、もう襲ってくるはずはないと安心もできた。前提が崩れた。用心しなければならない。

改札を抜け、ホームの一番奥側で上り電車を待った。階段を上がってくる乗客の顔を頭に叩き込んでいく。高槻《たかつき》行きの普通電車に乗った。発車を告げるベルが鳴った。ドアが閉まりかけると、私は飛び降りた。

ホームに人影はない。ベンチに腰を下ろした。

ホームには再び乗客が増え始めた。もう一度、彼らの顔を頭に叩き込んだ。次の普通電車が来た。ドアが開く。私は立ち上がらなかった。発車を告げるベルが鳴り、急いで閉まりかけたドアに体を捻《ね》じ込んだ。

私の後に乗り込む人間はいなかった。車内では乗客の非難の視線を浴びた。

兵庫駅で下車し、逆方面の西明石行きの快速電車に乗り換えた。ドア前に立ち、車内を見回した。新長田駅で叩き込んだ乗客の顔はない。明石駅で米原行きの新快速電車に乗り換えた。

プロに尾行されれば、素人が小手先であがいても無駄だろうが、最善は尽くしたい。

三ノ宮駅で降りた。大勢の利用客に紛れ、改札を足早に抜けた。駅構内の銀行で金を引き出して高架下に入り、買い物客に紛れ、元町方面に進んだ。

2

ワンは今日もポリバケツに腰かけ、新聞を読んでいた。新聞から目を上げずにその口が開く。

「約束の時間より、かなり早いな。せっかちなんか」

「色々あってな」

「昨晩、大変だったんやて？」

「あいつらは何者だ」

「いくら払う」とワンが顔を上げた。

私は眉を寄せた。

「ワンさんの息がかかってるのか」

「あほ。腕力は俺の領域やないし、人を痛めつけんのも趣味やない。俺だとしても『はい、そうです』とは言わんで。兄ちゃんも冷静さを失う時があるんやな。いつも落ち着き払った嫌な奴かと思うてた」

「ご覧の通り、ごく普通の人間だよ」

ワンは乾いた笑みを浮かべた。

「金を払ってもらうほどの情報はない。兄ちゃんを襲った連中は正体不明で、目撃者もおらん。一人の男が生田神社で襲われたって噂の段階でね」

「それだけで、なんで俺だと推測できたんだ」

「自分じゃ隠してるつもりやろうけど、動きがぎこちない。だいぶ体を痛めてなきゃ、そんな歩き方にはならへん。そのくせ顔は綺麗なまま。痛めつけるプロの手口やんか。しかも、さっき兄ちゃんが自分で言うたんや。色々あったって」

降参だ、と私は両手を上げた。

「見事な名推理だよ」

「何のトラブルに巻き込まれてる？」

「一番知りたいのは俺だ。見当がついていれば、いま、ここに来てない。昨日、俺を襲った奴の噂があるのか、あるのなら誰の仕業かを知りたかった」

「残念ながら、さっき言うた通りや」ワンは新聞を畳んだ。「例の男の件は聞きたないんか」

「もう仕入れられたのか。一日で集められることはたかが知れてると言ってたのに」

「敏腕でね。どうする？　夜までのお楽しみにしとこか」

桐原は殺されたと思しい。事故現場と私たちが襲われた地点はおおよそ一致する。犯人を突き止めれば、私が巻き込まれたカーチェイスの襲撃犯に行き着く。襲撃犯を割り出せれば、ニナに辿り着く。頭にあったいくつかの見立ての一つだった。そこで、ワンに桐原を調べるよう頼んでいたのだ。

カーチェイスはジョンホの自作自演だと判明した。ジョンホは桐原の事故に絡んでいるのだろうか。桐原は他ならぬニナの夫だった。相応の理由があった……？　ワンの情報にヒントがあるかもしれないし、別の人間が浮かび上がるかもしれない。

「いや、聞いておくよ」

「じゃ、先払いや」

私は十万円が入った封筒をワンに投げた。ワンは新聞を床に落として、封筒を慌ててキャッチした。

「金を粗末に扱うな」

「体が痛むんでな。勘弁してくれ」

「しゃあない、大目に見たる。もう俺の金やしな。兄ちゃんの分も大切に扱ったるわ」

ワンは十万円を封筒から抜き出すと、腰を上げた。座っていたポリバケツの蓋を開け、中に金を落とし、また蓋をし、腰かけた。

「金の隠し場所を部外者に見せていいのか」

「穴が開いとってな、入れた瞬間に地下金庫行きや」ワンはにっと歯を見せた。「冗談やで」

ワンの顔から表情が消えた。

「桐原ってのは一言でまとめると、嫌な奴やな」

ばあやと同じ見解だ。

「エリートそのもの。神戸で一番の進学校から東大、キャリア官僚へ。ケチのつけようがない経歴や。な？　ろくでもないやろ」

「俺たち凡人の僻《ひが》みにも聞こえる」

「焦んな」ワンは手を顔の前で振った。「ぼちぼちいく」

「先を頼むよ」

「親友がワルでな。ようつるんでたらしい。大人になっても、定期的に会う仲だった。そのツレは前科持ちや」

「だからって、桐原本人がろくでなしとは限らない。親友にしても、更生したかもしれない。むしろ桐原が偏見を抱かない男って証明じゃないのか」

実際、桐原は私たちを虐げなかった。

「甘いで。性根が腐りきった奴は、死ぬまで腐ったままなんや。まともな奴が腐った奴とずっとつるむかい。ツレは高校卒業後もふらふらし、二十歳の時、窃盗で捕まった。他にも余罪が疑われたが、県警は立証できなかった。妙やろ」

「何がだ」

「よくつるむツレは筋金入りのワル。桐原はアホやない。ツレの行動や振る舞いに疑問を持ち、犯罪に手を染めたことも感じ取ったはず。ツレが止まらんかったってことは、桐原は黙認したか、本人もちょっとは関わったのか。それが知らん顔でエリート様や。反吐が出んで」

「注意しても、親友が止まらなかっただけじゃないのか」

「心底お人好しやな。兄ちゃんが桐原だったらどうする？　付き合いを続けるか？　他人事じゃなく、自分事として捉えてみ」

私は束の間思案を巡らせた。

「相手の事情によるな」

「時代にそぐわん回答やな。目の前でツレが犯罪を起こしても、見て見ぬふりをする場合もあると？」

「ご時世なんて知ったこっちゃないさ。現に昨日、ジョンホはワンさんを殴ってる。俺は目を瞑った」

ワンにだけではない。福原でもジョンホは客引きに暴力をふるった。見逃した私も、立派な共犯者だ。商社マンとして犯罪すれすれの行為もした。各国の権力者に渡した袖の下は総額いくらになるだろう。必要経費だと割り切っている。

「今後ますます兄ちゃんには住みづらい世の中になるな」

「楽しみだよ。桐原の親友ってのはシンジって名前じゃないのか」

「ほう。よう知ってんな。ならこっちはどうや。桐原が東大を卒業した三月、ツレは死んどる。大吉の吉に沢ガニの沢、慎ましいの慎に数字の二で吉沢慎二《よしざわしんじ》」ワンが上体を乗り出した。「吉沢の死体は海に浮かんでた。目玉や内臓なんかは魚に食われてたらしい。頭部から外傷が見つかった。傷は生きてた時についたもんと、死んでからついたもんとはまるで違う」

「どっちの外傷だったんだ?」

「生きてる時。体内から微量の睡眠薬の成分が見つかってる。睡眠薬を飲み、意識朦朧《もうろう》とした時についた傷やろな。だとすれば、自業自得やで」

「どういう意味だ」

「余罪の話をしたやろ。吉沢慎二には女に悪さをした疑いもあった。酒と睡眠薬を飲ませ、意識朦朧とした時にやっちまう手口やな。今度こそ反吐が出るだろ」

「それには同感だ」

ワンは手を軽く叩いた。

「ようやく見解が一致したな」

「吉沢の件、警察の判断は?」

「警察はほとんど動かなかった。本人の不注意による事故死って結論になった。さて問題です。この話に奇妙な点はあるでしょうか」

「ある」即答した。「事故で死んだとすると、腑に落ちない。誰が海の近くで睡眠薬を飲むんだ」

正解、とワンが指を鳴らす。

「警察の見解は、吉沢が海の近くで何らかの理由で睡眠薬を飲んだ。その後、何か硬いもんで頭を強く打って海に転落した。もしくは睡眠薬を飲み、眠った後で海へ行き、頭を打って転落した」

「無理があるな。ワンさんの話だと、吉沢は睡眠薬を使った手口で散々悪さをしたんだ。自分で使う時に分量を間違えないだろう」

「兄ちゃん、よう憶えとき。日本の警察は優秀やけど、そいつは相手による。死んだのは札付きや。かなり無理筋やけど、事故や自殺の可能性もある。殺しの確固たる証拠もない。だったら、さっさと蓋をするんが人情とちがうか」

私に警察の知り合いはいない。ワンは警察に近いところに身を置いてきた。信憑性の高い分析なのだろう。

「吉沢が事件に巻き込まれたんだとしても、桐原と何の関係がある?」

「さっきの問題には他にも正解があるんや」

「別の答えが桐原にまつわるんだったら、さっさと教えてくれ。金は払ったんだ」

「やっぱせっかちやな。まあええ。吉沢が死んだタイミングが不可解やないか。桐原は順風満帆の人生を歩む直前だった。臭いもんに蓋をせなあかん頃合いや」

「桐原が殺したと言いたいのか？　確証はないんだろ」

「あったらとっくに警察が動いて、桐原を逮捕しとるわ」

ワンが十万円と引き換えにガセネタを話すだろうか。おそらくしない。私の背後にはジョンホとばあやがいる。いい加減な奴だと二人に軽んじられたら、情報屋としての未来が閉ざされる。二人がワンに嘘を言わせていない限り。

「どこから仕入れたんだ？」

「明かせん。情報屋の尊厳にかけてもな」

「昨日は簡単に口を割ったじゃないか」

「痛いとこ突いてくんな」ワンは舌打ちした。「清水を情報源と明かしても、デメリットはない。奴がネタを運んでこなくなっても痛くもかゆくもない。清水が俺を襲うリスクもない」

翻訳すると、今回の情報源を失うのは痛い。おまけに命の危険もある――。

「ワンさんの耳にそれだけの内容が一日で集まるんだ。警察は何をしてたんだ」

「さっきも言うた通り、物証がなかったんやろう。参考人として桐原を呼ぶくらいはしたんとちゃうか。でも、相手が何も言わなきゃどうしようもない」

依頼通り、ワンは桐原の素性を探ってはいる。しかし、シンジの話がほとんどだ。私は一本の筋道が見えた。

「兄ちゃん、桐原が事故で死んだんは知ってんのか」

「ああ。ただし、妙な噂も耳にした。桐原は本当に事故で死んだのか？」

「そう考えてへん人間もおる。その疑問がさっきの問題の最後の答えに繫がる。ツレも本人も不審な死に方をする確率なんてどんくらいや？　大半の人間が病気になって、病院で死ぬ時代に」

「桐原は、吉沢を殺した報復で消された可能性を言いたいのか？　もしくは二人が組んで悪さをし、それを恨んでいた何者かが両者を始末したって見立てか」

「想像力と理解力があんな」

ワンは否定しなかった。

前者なら吉沢の身内か濃い人間関係にある者。後者なら被害者かその関係者か。ジョンホは当てはまるだろうか。前者だとすれば、吉沢との接点は現時点では見出せない。桐原に報復する動機も想像できない。後者なら私の知らない人間関係などによってありうる……。より当てはまる人間がどこかにいるのか。

「可能性について、はっきり言葉にしないんだな」

「俺は事実だけやなく、噂も売る。けど、憶測は売らん。線引きをはっきりせんとな。憶測を売る情報屋は三流やで」

「ワンさんは一流なんだな」

「そうありたいわ。誰だって三流を目指さへんやろ」

「海外ならともかく、日本でそんな構図の犯罪がありえるのか」

ワンは両手を広げた。

「神戸は国際色豊かな街やで」

ジョンホ本人にぶつけても、「知らん」の一言で一蹴されるのがオチだろう。桐原と吉沢の過去を洗うのは無駄ではない。カーチェイスはジョンホの仕業だとわかったが、昨晩私を襲ったのがジョンホでないなら、桐原の件と同一犯であっても不思議ではない。私は桐原家に二度行った。墓参りもした。私の動き方が、何者かの網に引っかかった線もある。何者かはジーナも見ているはずだ。ジーナをじっとさせておくのは難しい。ニナの捜索とジーナの安全確保を両立できる最適解を、適宜選択していくしかない。

「南京町で連れ去られた女を捜してるんやろ。そっちに専念したらどうや。世の中、大事なもんを手に入れようとすれば、何かを捨てる必要がある。どんなにウマイ飯も一日で糞になる。気取った料理も行き着く先は糞だ。糞になって排出されるから新しい飯も食える」

「シンプルな人生訓だな」

「世界の真理を述べたまでや」

ワンが眉毛を上下させる。

「誰でもいい。桐原の事故を調べた警官を突き止めてくれ」

「ほう、兄ちゃんは止まらんか」ワンが口元を緩めた。「一人だけわかる。兵庫中央署の交通課におる、久松《ひさまつ》って男だ。桐原の事故捜査を仕切ってた」

「さすが一流の敏腕、仕事が速い」

「十五年前の事故について教えてくださいって正面からぶつかる気なら、あかんで。連中は毎日事故と向き合ってる。賭けてもいいが、憶えちゃいない。しかも捜査の仔細を外部に漏らすこともない」

「ご忠告どうも」

「追加サービスの一つや」

「サービスついでに、桐原の事故死の件をもう少し洗えないか。追加料金は払う」

ワンは顔をしかめた。

「悪いな、これ以上はご免や。金の問題やない。事故じゃないんなら、俺は命が惜しい。兄ちゃんも気いつけ」

「優しいな」

「一瞬でもかかずりおうた奴が死んだら、寝覚めが悪いやんか」

元町駅まで戻り、まずジョンホに電話を入れた。まだ留守電だった。次にジーナにかけた。

「おばあちゃんの家はどうだ」

「すごく快適に過ごせました。おばあちゃんは優しいですし」

「そんな時に悪い。力を借りたいんだ。いいかな」

「もちろんですよ」

「迎えにいく。話は後で」

私はタクシーを拾った。

桐原家前の路地に、ジーナは立っていた。立ち姿は本当にニナによく似ている。ニナを捜すうちに、まったく別の迷宮にはまりこんでしまった。もはや他人事ではない。昨晩暴力をふるわれたのは、私だ。顔を殴られていないのは不幸中の幸いだ。ジーナを怖がらせたり、心配させたりせずに済む。

ジーナがタクシーに乗り込んだ。

「警察、兵庫中央署に行く。適当に話を合わせてくれ」

「兵庫中央署？　母に何か？」

「いや、違う。君のお父さん――桐原氏の事故を調べた人がそこにいるんだ。ちょっと訊きたいことがあってね」

「了解です。遺族の顔をして座ってます。事実、遺族ですし」

兵庫中央署は兵庫区の中ほどにあり、桐原家から二十分ほどで到着した。

自動ドアの両脇に観葉植物が置かれ、ドアをくぐるとチャイムが鳴った。カウンターには市民がちらほらいた。免許証の住所変更などだろう。天井から地域課、警務課という二種類の看板が吊り下がっている。私はカウンターに近づいた。地域課の看板が下がる辺りだ。書類作業中の、ごま塩頭の男性警官に声をかけた。

「交通課の久松さんにお会いしたいのですが」

「約束はありますか？」

「ございません」

「ご用件はなんでしょう」

警官の声が急に鋭さを帯びた。

私はジーナに視線をやり、警官に向き直った。

「彼女の父親が十五年前、交通事故で亡くなりました。当時のことを伺いたいんです。久松さんがご担当だったそうで」

警官がジーナを見た。眼差しが少々和らいでいる。子どもで釣る。作戦は成功だ。ジーナは神妙な面持ちを変えていない。

「ちょっと待ってくださいよ」

警官は電話の受話器に手を伸ばし、小声で何か話し始めた。

いいじゃねえか、少しくらい。え？　フクチョウ？　何とでもなる。そういうこった。警官が受話器を置いた。

「二階へ。階段はあっちです」

階段で二階に上がると、交通課のドアは閉まっていた。ドアをノックすると、男が出てきた。男の目が私、ジーナの順に向けられた。

「久松です。向かいの応接室にどうぞ」

廊下を挟んで、応接室という札が下がった部屋があった。

ソファーに腰を下ろすと、膝が胸につきそうなほど体が沈んだ。応接室というわりに、長居できる場所ではない。

久松は私たちの前に座った。五十を越えた辺りだろう。日に焼け、顔の皮膚が厚くなり、刻み込まれた皺が濃い。顔つきが真っ当に職務についてきた年月を物語っている。

互いに名乗りあうと、久松から切り出してきた。

「十五年前の事故についてだとか」

「ええ。山麓バイパスで起きた事故です」と私が応じた。

「確かに十五年前も、私は本署にいました。ですが、なにゆえ事故の担当が私だとご存じなんです？　お嬢さんが私を憶えていたはずもない」

「彼女の母親が久松さんの名前を記憶してました。久松さんが捜査を仕切っていたそうですね」

「なるほど。憶えていればいいですが、どんな事故でしょう」

久松はまだ警戒を解いていない。無理もない。警察は不祥事を嫌う、減点法の組織だ。過去を探られるのを歓迎する者はいない。逆に警察の事なかれ主義を利用すればいい。

「鴨越付近で起きた事故です。亡くなったのは、桐原純之助さん」

私は桐原の経歴などを簡潔に告げた。久松は腕を組み、目を瞑った。

十五年前の単独事故。記憶している警官の方が少ないはずだ。警察が捜査資料を見せてくれる望みも薄い。ワンに否定されようとも、携わった人間の記憶から引き出すしかない。久松の記憶になければ、当時の警察の判断の根拠を突き止めるのは絶望的だ。

久松の目が開いた。

「何をお知りになりたいので？」

「警察が事故と判断した根拠です」

「捜査ミスがあったとでも？」

「そんなんじゃありません。ただ、そういう話をしてくる連中がいた。遺族としては心中が穏やかじゃない。だから改めてお尋ねしたいと、久松さんを訪ねたんです」

「失礼、結城さんは桐原さんのご遺族とどのようなご関係で？」

「この娘の母親と幼馴染です。彼女は変な噂を耳にして寝込んでしまった。だから私と娘さんで真相を伺いに東京から参りました」

「お母さんに早く教えてあげたいんです」

ジーナが声を発した。懇願口調だった。私は口笛を吹きたかった。絶妙のタイミングだ。

「お嬢さんが遺族だという証拠はありますか？　疑うわけではありませんが、我々警察は部外者に捜査について漏らせません」

ジーナが居住まいを正し、鞄から手帳を取り出した。

「生徒手帳です。ご覧ください。父の死後、母は苗字を元に戻したので、わたしは桐原ではありません。父の死が事故かどうかを訊きたいだけなのに、戸籍謄本《とうほん》を取り寄せなきゃいけなかったですか？　警察なら簡単に取り寄せられますよね。すぐそうしてください。杉並区にぜひ」

久松はかすかに目を見開いている。無理もない。ジーナの口調は穏やかでも、相手を呑み込んでしまう勢いがある。商社にスカウトしたい。明日からでも交渉の現場に立てる。戸籍謄本についてもよく知っていたものだ。自身の境遇から身につけた知識なのだろう。

久松の肩から力が抜けた。

「失礼しました。お二人を信じましょう」

「ありがとうございます。我々は事故だったことがはっきりすればいいんです」

私が言うと、久松の目の奥が緩んだ。偽りのメッセージは確実に伝わった。久松が膝の上で指を組んだ。

「あの事故はよく憶えています。印象的でしたので」

「というと？」と私は促した。

「まず被害者がかなりのエリートだったこと。二点目にブレーキ痕が随分と長かったこと。最後に外野からの問い合わせが多かったこと」

「外野とは一般市民ですか」

「いえ、警察OBです。やたら口を出してくる人がいて。事故に決まっていると」

久松は口を閉じた。喋りすぎたと思ったに違いない。私はあえて深追いしなかった。久松はたった今、失言に歯嚙みしたばかりだ。失敗をかき消すために別の事実を話すしかない状況に追い込むのが最善手だ。ここで警察OBの話を持ち出せば、失敗を取り繕う方向に久松の頭はいく。それでは肝心の点が聞き出せなくなる。私は黙した。相手に話をさせ、いい条件を引き出す。商談における駆け引きの一つだ。

「結論から申し上げると」久松が再び口を開いた。「間違いなく事故でした。ブレーキやハンドルに不具合はなかった。長いブレーキ痕もハンドル操作を誤ったためのもの。挙げ句、ガードレールに接触して横転、炎上した。私は交通畑一筋です。あの時点でも十年を超える経験があった。経験則からも事故と判断すべきケースでした。平均して交通量が少なく、誰しも速度を出しすぎてしまう現場でした。あれ以前も以降も、何度も似たような事故が同じ場所で起きています。世間にはあまり知られていませんが、自損事故による車両火災はたびたび起こっております」

「車体に他車の塗料は付着していなかったのでしょうか」

体当たりの痕跡があったかもしれない。

「車両が炎上してしまい、検出できる状況じゃありませんでした。あれだけの事故です。他の車が関わっていれば、名乗り出ていますよ。修理に出せば一目瞭然です。本人が警察に来なくても、修理工場から通報があったでしょう」

なるほど、と私は相槌を挟んだ。

「申し上げた通り、あれは完全に事故です」久松はジーナに頷きかけた。「お母さんにもそう伝えてください」

「ご説明ありがとうございました」

ジーナが一礼した。

兵庫中央署を出ると、ジーナが私の前に回り込み、目を合わせてきた。

「やっぱり父は事故で死んだんじゃないんですね」

「説明を聞いたばかりだろ。警察は事故だと判断している」

「結城さんは事故じゃないとみてますよね。改めてそう認識したというか」

「なんでそう思うんだ」

「全然、説明に納得した顔じゃありませんよ」

「ご明察だ。腑に落ちない。警察はプロとして、やるべき捜査をやったはずだ。久松氏には経験もある。そこに落とし穴があったんじゃないかな」

ジーナが首を傾げた。

「というと？」

「実際、ブレーキやハンドルに不具合はなかっただろう。けど、ハンドル操作を誤った根拠にはならない。現場の状況、車体の破損具合などから事故以外にありえない、と彼らは経験から判断したに過ぎない。いや、判断するしかなかったんだ。目撃者がいない上、あまりにも典型的な事故現場だったために」

プロほど典型例の穴に陥りやすい。昨今の煽り運転のニュースを見れば、体当たりしなくても車を追い詰められる。

「一つ気になる発言もあった。警察ＯＢの反応だ。全国的なニュースになる大きな事件事故なら、口を出したくもなるだろう。桐原氏の場合、単独の交通死亡事故だ。いくら死んだのがエリートでも、外部が口を出すほどじゃない。桐原氏はそこまで地位も高くなかった」

「ＯＢは事故に決まっていると口を挟んできたんですよね。事故じゃないと知っていたけど、どうしても事故にしたかったとか？」

「さあな」

桐原が殺されたのなら、警察を欺ける頭脳と腕、度胸がある者の仕業だ。私は唾を飲み下した。

「父の死に方は、母の行方に結びつくんでしょうか」

「何とも言えない。それより、よく生徒手帳があったな。いつも持ち歩いているのか」

「まさか。結城さんのマンションに行った時、わたしの身元を証明するために持っていったんですけど、それがそのまま鞄に入ってました」

携帯電話がポケットで震えた。液晶を見て、即座に耳にあてた。

「今から会えないか。どこにおる？」

ジョンホは単刀直入な物言いだった。私が吹き込んだ留守電にも言及しない。

「兵庫区だ。ジーナといる」

「そうか。ジーナには聞かせたくない。隼一人と会われへんか」

「なら、一旦ホテルに戻る。一時間後、元町駅の北口集合でどうだ」

ジーナはホテルにいる方がベターだ。明和苑にいると、ジョンホがまたリンに何か言い含めているかもしれない。

「オーケー」

電話は素っ気なく切れた。

「ジョンホだった。男同士の話があるってさ。ジーナはホテルにいてくれ。それとも桐原家に戻るか？」

どちらも安全を確保できるだろう。

「おばあちゃん孝行は一晩かけてたっぷりしました。ちょっと休みたいのが本音です。結城さんについていっても、ジョンホさんは何も話さないでしょうし」

「道具みたいに使って悪いな」

「お互い様ですよ。元々、わたしは結城さんを使って、母を捜してるんですよ」

「聞き分けも良くなった」

「お二人の扱い方が上手になったんじゃないですか」

「俺とジョンホが――というよりも、ジーナが俺たちの扱い方を心得たって感じだよ」

「よく言いますね」

私たちは大通りでタクシーを拾った。走り出すと、ジーナが声を潜めた。

「ずっと顔色が冴えないですね」

「うちの会社に入らないか？　前途有望だよ」

「検討しておきます。まだ中学生なので、今後熱烈にやりたいことが見つかるかも。結城さんが商社マンになった動機は？」

「給与が高かったからさ。理想も信念もない」

ジーナが微笑んだ。

「お金も立派な選択肢の一つですよ」

「そうだな。金はどんなにあっても困らない。たんまり稼ぎたいよ。願わくは、誰かの役に立つのと同時にね」

私はジーナをホテルに送り届け、部屋を出た。再びタクシーに乗った。元町駅から鯉川筋を上り、途中で降りた。

黒ビルはひっそりとしていた。監視カメラは無音で動き続けている。インターホンを押した。

「どちらさんでしょう」

ぶっきらぼうな声だ。

「結城と申します。シゲさんにお会いしたい」

「ご用件は？」

「お礼を述べたいんです。結城の名前を出せば、シゲさんには伝わりますので」

インターホンが切れた。しばらくすると、鉄門が内側に開いていった。門をくぐり、進んだ。芝生にパラソルを立て、その下でティーカップを持つシゲさんがいた。

坊主頭に薄いサングラスをかけ、凄みが滲む笑みを浮かべている。背後には黒ずくめのスーツ姿の男たちがずらりと並んでいた。

私はシゲさんに会釈した。

「突然の訪問、失礼します」

「若のご友人なら、いつでも歓迎します。どうぞ、こちらに」

シゲさんは自分の対面にあるシートを手で示した。私はそこに座った。シゲさんの声音は柔らかい。見かけとは正反対だ。拳よりも銃、銃よりも頭のキレが極道でも重視される時代になって久しい。そんな時代にのし上がり、孫連合を仕切っている一端が窺える。

シゲさんが小首を傾げた。

「私に礼を——とおっしゃったとか。身に覚えがありませんが」

「ジョンホの件です。私にとって、ジョンホは数少ない友人でして。面倒をみてくれる方に直接お礼を申し上げたかった」

サングラスの底からシゲさんの眼光を感じた。圧倒的な圧力があった。

「わざわざ恐れ入ります。あなたは古い日本人の血を受け継いでいるようだ。いや違うな、古い日本人じゃなく、人間としての礼儀を重んじる方と言い直しましょう。もうそんな人は珍しい。若はいいご友人を持っている」

「十五年前もお世話になったようで」

蟬時雨が遠く近くに聞こえていた。

「何のことでしょう」

「車を修理に出した件、憶えていらっしゃいませんか」

「いえ。ウチのもんはカタギさんに迷惑をかけないよう、運転には細心の注意を払っています。若もご多分に漏れませんよ」

シゲさんの声音はなおも柔らかく、表情も穏やかだ。

「ジョンホは一度も事故を起こしたことはないんですね」

「ええ。私の知る限りは」

なるほど、と応じた、なるほど、ともう一度心の内で呟いた。

シゲさんは長年しかるべき立場にいるはずだ。震災時、オヤジさんが私のマンションに派遣するほど信頼を寄せていた人物でもある。安全運転を心がけさせている構成員、殊にジョンホの事故が耳に入らないはずがない。

「一般論として、孫連合の方が事故を起こした場合、車を修理に出しますよね」

「でしょうね。廃車にするケースもあるでしょうが」

「これまでにも何度か？」

「どうでしたかね。最近は記憶力が怪しくなってきてましてね。人やモノの名前が出てこない時も多々ある。歳をとったもんです」

「私も若手のアイドルの顔が全員同じに見えます」

「じきに流行りの音楽が全部一緒に聞こえますよ」

シゲさんは苦笑した。

ジョンホやシゲさんのいる世界は、記憶力の鈍い人間が上に立てるほど甘くない。特にここ神戸においては。一つのミスが命取りになり、大組織に呑み込まれてしまう。

手応えを感じていいはずなのに、むなしさを覚えた。蚊帳《かや》の外にいる気分だった。

「特異な世界に身を置いていても、こんなに痺れるやりとりは久しぶりです。結城さんのおかげで楽しい時間が過ごせました」

シゲさんがおもむろにサングラスを外した。左目の下に深い傷跡があった。

「結城さんは他人の立場を十二分に慮《おもんぱか》れる上、余計なことを口に出さない分別もちゃんとお持ちのようだ」

「貫禄負けしただけでしょう」

「まさか。仮におっしゃる通りだとしても、対峙する相手の貫目をはかれる器量がおありってことです。並大抵じゃありません。なにより、結城さんは若に似た面もある。荒削りで、好感が持てます」

「そう言ってもらえて、光栄です」

シゲさんが居住まいを正し、深々と頭を下げた。

「若は腹に何か抱いているようです。くれぐれもどうぞよろしくお願いします」

だから示唆してくれたのか。

背後にいる男たちも一斉に頭を下げた。頭上で鳥がどこかに羽ばたいていった。

3

元町駅北口に着くと、錆の浮いた柱に寄りかかり、行き交う人々を眺めた。笑顔、顰《しか》め面、仏頂面。いくつもの顔が通り過ぎていく。私はどんな顔をしているのだろう。

目の前でプジョーが静かに停まった。窓ガラスがゆっくり下りていく。ジョンホは険しい顔つきだ。

「乗ってくれ」

私は助手席に乗り込んだ。ジョンホが前を見たまま口を開く。

「リンから聞いた。気づいたんだってな」

「何のためだ」

「後で話す」

「カーチェイスもジョンホなんだろ」

「後で話す」

ジョンホはなおも前を見つめたままだった。

「ニナの居場所を知っているよな」

「後で話す」

「なぜ隠していた」

「後で話す。ついでに言っとく。隼を襲った連中の見当も――」

「後で話す、だろ」

「ああ。いまから戻る場所でな」

戻る場所……。

「跡形もなかったはずだ」

「行けばわかるさ」

「アントニオ猪木《いのき》の名言かよ」

「あれ、いい言葉やなあ」ジョンホが口元を緩めた。「やっぱ、隼を敵に回したないな」

「俺からジョンホの敵になることはない」

私たちは押し黙った。プジョーは進んでいく。

やがてマンションの地下駐車場に入った。三人の隠れ家だった跡地に建つマンションだった。ジョンホは駐車場の一角にプジョーを停めた。

車を降り、私たちの足音だけが響いた。エレベーターの到着を待つ間、小さなプレートに彫られたマンション名が目に入った。神戸ブライトピース。やはりマンションにしては不思議な名前だ。名前を何度か目でなぞった。

BRIGHT PEACE。

そういうことか。

「このマンション、ジョンホの持ち物なんだろ。ブライトピース。明和。明和苑の明和の翻訳だ」

「直接はタッチしてへん。ヤクザのマンションに誰も住みたないやろ」

エレベーターに乗り込むと、ジョンホは最上階である十五階のボタンを押した。

十五階には一部屋しかなかった。ジョンホはズボンのポケットから鍵を取り出し、迷いもなく鍵穴に差し込む。ドアが開くなり、部屋から風が流れてきた。海の匂いがする。私とジョンホが並んで入っても余裕があるほど、玄関は広い。私が後ろ手でドアを閉めると、正面からの風が止まった。真っ白な壁に挟まれた廊下を進んだ。突き当たりのフローリングが光っている。光の池にも見える。ジョンホが廊下の端に避けた。私は先に部屋に入った。

大きな窓があり、レースカーテンに手をかけ、神戸の街を見下ろす女性がいた。たっぷりの陽射しを浴びた女性が振り返って、その顔がゆっくり笑顔に変わった。

「おかえり」

ニナだった。化粧が薄いためなのか、真っ白なシャツに黒いパンツというシンプルな装いが優雅に見えた。大きな瞳、通った鼻筋、細い唇。ジーナによく似ている。首の皺が、私たちが歩んだ年月を示していた。ジョンホが黒沢に描かせた似顔絵にもそっくりだ。ジョンホがかつてのニナの特徴をすらすら述べられたのも当たり前なのだ。こうして会っていたのだから。

懐かしさはなかった。つい昨日、別れたばかりに思える。

「ただいま」と私は言った。「神戸が相変わらずいい街でよかったよ。東京の都心部は再開発ばかりで、情緒や面白さがどんどん失われている」

「同感。阿佐ヶ谷の辺りは面白いまんまだけどね」

ジョンホが私の隣にきた。

「むかし、隼が言っとったやろ。隠れ家ってのは、大事なもんを隠しておく場所だって」

「俺もまた隠れ家に入れてもらえて嬉しいよ」

当然でしょ、とニナが声を発した。

「夏はみんなが故郷に帰る季節だし。もう夏も終わりだけど。座って話さない？」

部屋の中央にガラストップのローテーブルがあった。それを挟む形で、真っ赤な革張りの二人掛けのソファーが対で置かれている。私は西側に座り、ジョンホが隣に座った。ニナはキッチンからアイスコーヒーを運んでくると、私たちの向かい側に腰を下ろした。

しばらく三人は黙ったままだった。コーヒーにも手をつけなかった。こうしてニナに辿り着けたのだ。ニナの前で桐原の事故に関わったのかどうかを、ジョンホに質す必要はない。私が神戸に来たのは事故か否かを追及するためではなく、ニナを見つけるためなのだから。ニナの心をいたずらに乱したくもない。ジョンホが関わっていたとしても、ニナは知らないのだ。知っていれば、こんな風に接することはできない。

「二十八年ぶりか。四半世紀なんてあっという間だな」

私から口を開いた。

「そうだね」ニナが笑う。「誰しもに若い時分があって、いずれおじさんとおばさんになる。十五歳の時、四十四歳の自分なんて想像もできなかった」

「まったくだ。延長線上にはじじいとばばあになる未来がある。いい歳の重ね方をしたいよ。ジーナが四十四になる頃、俺たちは七十三だぞ」

「ジーナは迷惑をかけてない？」

「問題ない。利発な女の子だ。連絡くらいしたらどうだ。ジーナは何度も電話を入れたはずだ」

ニナがジョンホに目を向けた。憂いを帯びた眼差しだ。昔、ニナはこんな眼差しをしなかった。

オレたちはさ、とジョンホが呟くように言った。

「隼を危険に巻き込みたくなかったんや」

「俺を危険とやらから遠ざけるために、ニナを一緒に捜すふりをして監視した。カーチェイスも俺が危険とやらに巻き込まれないうちに、手を引くよう仕掛けたと？」

「そや。まるで効果なかったけどな」

ジョンホは自嘲気味に言った。

「わたしの予想通りだったでしょ。昔から隼は性根が据わってた。ジョンホに摑みかかられても、やり返すほどだった」

私はジョンホ、ニナの順番に視線をやった。

「危険ってのは何なんだ」

ニナの顔が引き締まった。

「わたしは逃げる。この街から。この国から。わたしを取り巻く環境から」

「詳しく教えてくれ」

ニナとジョンホが目配せをした。ニナが口を開いた。

「相手は、ばあや」

「ニナはばあやに世話になったはずだ。逃げるもなにも、東京に住んでるじゃないか」

「隼も知っての通り、ばあやには色々な情報が集まってきた」

「相変わらずみたいだな」

「そう。未だにばあやは顔役。神戸華僑の裏側の」

「裏側？　いつから俺たちは映画の登場人物になったんだよ」

冗談めかしたものの、私はニナの発言に冗談のニオイを嗅ぎ取れなかった。

ニナがゆるゆると首を振る。

「信じられないのも無理ない。地下組織なんて小説や映画の話だもんね。親類のいないばあやは、わたしに役割を継がせたがっている。そんなのご免なの。裏側の世界になんて興味はない」

——孫同然なんや。

ばあやの言葉が脳裡をよぎった。自らが築き上げた財産や地位を、身内に継がせたがるのは世の常だ。

「ばあやはわたしを裏の世界に引きずり込もうとしてる。東京に行ったのもそれが嫌だったから。だけど……」

ニナが口ごもった。続く言葉の予想はつく。私は隣のジョンホを見た。

「生田神社の裏で隼を襲ったのは、ばあやや」ジョンホはきっぱりと言い切った。「手を引かせたいんだろう。ばあやが注意してても、現場では隼の命に関わる不測の事態が起きかねない」

ばあやは私がニナを捜していることを知っていた。マサキまで尾けられたのか。しかし——。

「俺はあれから襲われてない。まだニナの行方を嗅ぎ回っているのにな。ばあやなら、俺が神戸にいる間は監視態勢をとるだろうに」

「手を引くと考えたんやろ」

わたしの見解はさ、とニナが会話を継いだ。

「ジョンホとはちょっと違うの。今は遠くから様子を窺ってるだけ。ばあやは隼の性根を知ってる。余計、意地になってわたしを捜そうとすると見切ってる。つまり隼にわたしを捜させたいんだと思う。隼が尾行に気づいたら、動きが滞るでしょ。目一杯動かしたいんだよ」

どちらの推測もありうる。

「ニナが日本から離れたい理由は一応理解できる。このタイミングじゃないとダメなのか？　ジーナはまだ義務教育中の学生だ」

ニナが目を伏せ、上げた。

「もう限界。だからジョンホの手を借りることにした」

「ニナがジーナの前から姿を消したのは、十五歳の時の約束とは無関係なんだな」

「半分は関係ある。約束、憶えててくれたんだね」

「忘れられないさ。最近、人の名前なんかはよく忘れるけどね」

オレたちもそういう歳になったんやな、とジョンホがぼそりと言った。

「ジーナはどうする？」

「ひとまず置いていく」

「彼女はまだ十五歳だ」

「わたしはジーナと十五年、一緒に生きてきた。だからよくわかる。ジーナはもう物事の分別がつく。自分の頭で物事を判断できる」

「ジーナは賢くて、行動力もあるが、十五歳の少女が一人で生きていけるほど日本は甘くない。異質な存在を拒絶する国なんだ。ニナなら百も承知だろ。俺たちは身に染みている。親としていささか無責任じゃないのか」

「親失格の烙印を押されるのは覚悟の上。だから、ジーナに隼のことを話したの。身勝手な頼みなのはわかってる。隼なら少しの間、ジーナの面倒をみてくれる。東京で頼れるのは隼だけだから」

「ジーナがニナを捜すのは想定外だったのか」

ニナは長い瞬きをした。

「ええ」

「ジーナをここに連れてきていいな」

「あかん」とジョンホが声を張った。

「なぜだ」

「ここを知っとる人間はオレら三人だけや。秘密は少ない人間で止めておくのが鉄則だ」

「ばあやなら孫連合絡みの情報として嗅ぎつけてるんじゃないのか」

「嗅ぎつけとったら、ニナはここに入れなかったさ」

壁掛け時計の秒針が回っている。ニナがすっと息を吸う音がした。

「ジーナにはジーナの人生がある。逃亡に成功して、落ち着いたらジーナに連絡を入れる。日本に残るのか、わたしと暮らすのかを選択してもらう」

「これまで耐えたんだ。せめてジーナが高校を卒業するまで待て。あと三年ちょっとくらい平気だろ。ジーナには心を許せる友だちもいない。ニナがいなくなれば、本当に一人ぼっちだ。俺はニナとジョンホに会うまで一人だった。だからジーナの気持ちが理解できる」

「酷な言い方だけど、それはジーナの問題。本人がなんとかするしかない」

「せめて親として、娘に説明したらどうだ」

「できない。申し訳ないけど、隼に任せる。ありのままでもいいし、別の物語に作り替えてもいいから」

「おい――」

ニナが左腕をさすった。

「逃げないと。親としても一人の人間としても、ジーナに合わす顔がなくなる。隼、あなたは襲われた。ばあやの後を継げば、そういう指示をしないといけない時があるってこと。自分が隅から隅まで真っ当な人間だと言う気はない。でも、見ず知らずの人を傷つけるのは嫌」

「俺の知る限り、ばあやはいい人だ」

「いい人だろうと裏社会に身を置く限り、誰かを傷つけなきゃいけない時がある」

「誰も傷つけない社会なんてありえないさ。裏も表もない。誰も傷つけないなんてセリフはお題目だ。現にニナはジーナを傷つけようとしている」

「それが日常になるなんてご免なの。多くの他人を傷つける境遇に落ちるのを、身内一人を傷つけることで回避できるなら、そっちを選ぶべきでしょ」

ニナは決然とした声で言った。私は言葉を呑み込んだ。ニナの決意を翻すのは難しそうだ。相応の筋も通っている。

でな、とジョンホが口を開いた。

「明日、ニナは出国する。ニナの代わりにオレがチケットやらなんやらの手配をした。ようやく昨日、諸々の手配が終わってな。そいつが完了するまでは、誰にもニナの居場所を明かせんかった。

悪かったな」

「チケットや宿泊の予約なんてネットでできるご時世に？　時間もかかりすぎだろ」

「現地のフラットの契約に手間取ってね」とニナが会話を引き取った。

「誰にも居場所を明かせなかったというなら、ニナが拉致されたと思わせる噂を流したのは逆効果だろ。ニナが神戸にいるのを宣伝するようなもんだ。現に、ばあやの耳にも入った」

「オレが絡んでんのを、ばあやにほのめかすためや。オレと事を構えるのは孫連合と戦争を始めるも同然。ばあやはアホやない」

「ニナは俺にも知られずに出国できた。なんで連れてきた？」

「わたしが頼んだ。やらなきゃいけないことがあるから」

ニナは矛盾した行動をとろうとしている。ばあやに見つからずに神戸を出ていくのを最優先すべきだ。出国を果たすだけなら、そもそも神戸に足を運ぶべきでもなかった。

「部屋から出ない方がいい。どこにばあやの手の者がいるか定かじゃない」

「危険は承知の上。わたしは明日、日本を出る。だから今晩中に掘り起こさないと」

「危険を冒してまでやることか」

ニナがそっと胸に手を置いた。

「わたしたちは約束をずっと引き延ばしてきたでしょ。今やらないと、わたしにはもうチャンスがない。出国前に一人でもやろうと決めたの。だから、あえて神戸に足を運んだ。太田君の告発状を読む。その上で二人に打ち明けたいことがある。この思いは十五歳の頃から変わってない」

「だったらどうして最初から声をかけてくれなかったんだ」

「隼はどうせ忙しいでしょ。仕事の邪魔はしたくない。手紙は残そうと思ってたよ。隼がいなくても、ジョンホには手伝ってもらうことにはなっただろうね」

ニナが顔を窓に向けた。私もつられた。遠くで海が銀色にきらめいている。羽田空港や成田空港から飛ぶ方が安全だ。ばあやの目も届きにくい。

「わたしはとうとう過去と向き合う時がきた」

「個人的なことを聞いてもいいか」

「どうぞ」

「どうして苗字を戻した？　桐原のままでよかっただろ」

「逃げ出すチャンスを窺う間は、ばあやに服従の意を示し続ける必要があったから。ばあやは桐原が嫌いだった。桐原の名前を捨てれば、ばあやの目を少しは誤魔化せるでしょ。そんな計算ももう終わり」

ニナの顔にはどんな表情も浮かんでいなかった。感情を押し殺している。その分、強い意志を窺わせる。

「そうか。現地集合でいいのか」

「そやな。オレがここからニナを連れていこう。スコップや他の道具も用意しとく。十時半に小学校で落ち合おう」ジョンホは腰を上げた。「ちょっとトイレに行ってくる」

私は、ニナとぎこちない微笑みを交わし合った。

「元気だったか」

「それなりにね」

「仕事は翻訳と通訳なんだって」

「そう。英語と中国語と日本語しかできないけど」

「充分すぎるよ」

ニナが髪をかきあげた。

「隼の方は？」

「商社だ。昔、俺のオヤジが横領で捕まっただろ。大学生の時、色々な記事を読み漁って察したんだ。オヤジはスケープゴートにされたんだって。だから、同じ財閥系の商社を受けた。連中には負い目があると睨んでさ。エントリーシートで会社側はオヤジの名前を必ず見る。予想通り、入社できた。取り柄のない学生だったし、面接で特段気を引くようなことを言っていないにもかかわらずね」

「うがった見方だよ。入社できたのは、単純に隼が優秀だからでしょ」

「優秀？　計算高いだけさ」

「それも才能の一つ。会社はその点も買ったんじゃない？　あとは度胸。父親をはめた系列企業なら、自分もはめられる恐れがある。リスクを呑み込んだってことだもん」

計算か。ニナに会えた以上、もはや小さな引っかかりだが、はっきりしておきたい。

「俺が住んでたマンションと、ニナが住んでたマンションに行ったんだ。ニナの方だけじゃなく、俺の方の跡地にもオレンジジュースの缶があった。メイの墓にも。神戸に来てから、ずっと隠れ家にいたわけじゃないんだな。ニナがやったんだろ」

ニナは指を鳴らした。

「正解。部屋を出たのは、ジョンホに黙ってオレンジジュースの缶を置きにいった時だけ。ジョンホは怒るだろうね」

「どんな意味があったんだ」

「あの頃の自分たちへのエールと感謝を捧げるため――かな」

「随分と感傷的だな。ばあやの一味に見つかるリスクもあるのに」

「感傷的なのは、神戸がわたしをノスタルジックな気分にさせるから。おまけにね」ニナが腕を曲げ、力こぶをつくった。「意外と無鉄砲で、タフなの」

「知ってるよ。昔からニナはタフだった。ジーナもその血を濃厚に継いでる」

私はコーヒーを口にした。無性にオレンジジュースの酸味と甘味が恋しくなった。

「ジーナを一緒に連れていけばいい。ニナが逃げ出すことと、ジーナを置いていくことはイコールじゃない。二人で逃げれば済む」

「絶対に連れていけない」

ニナの顔は曇り、声も強張っている。ニナの瞳が揺れた。一文字ずつを私に認識させようと、ニナは声を発せずに唇をゆっくりと動かした。

あ。う。え。え。

私の頭の中で即座に意味を持つ言葉に変換された。

た。す。け。て。

助けて——。どういうことだ？

リビングのドアが開き、ジョンホが戻ってきた。ニナは口を閉じた。ニナから何かを言おうとする気配が消えた。

助けて？　相手はジョンホのはずがない。ニナは部屋を抜け出せたのだ、ここに監禁されたわけでもない。

ばあや以外にも敵がいる？　ジョンホには知られたくない相手？　それが誰にしろ、ニナはジョンホに話していない。話していれば、ジョンホがいても話を続けるはずだ。

頭が混乱した。助けを求めるのなら、ジョンホが部屋を出ていった時点で速やかに言ってくれればよかった。決心できていなかったのだろうか。

ジョンホが私の肩に手を置いた。

「そろそろ行こか。夜中は掘り起こしだ。ニナには少し寝てもらわんと」

「そうだな」と私も腰を上げた。

「二人ともまた今夜」とニナが先ほどまでと変わらぬ口調で言った。

私とジョンホは部屋を出た。エレベーター内で、ジョンホは私の体を肘でつついた。

「あれ、まだここにあんで。隠れ家は隠すためのもんさ」

「懐かしいな」

あれ。二人だけの符牒だ。私たち二人が書いた、ニナに宛てたラブレター。

拾ったテレビやソファー、百点満点中で二十点だった数学の答案用紙。隠れ家には色々と運び込んだ。

中学三年の三月、ジョンホと私でラブレターを書いた。

——決着をつけよう。

ジョンホの提案だった。面白半分でもあり、真剣でもあった。結局、二人とも渡さなかった。勝負は卒業式当日にしようと話し合ったからだ。卒業式間近、太田が死んだ。ラブレターどころではなくなった。二人でラブレターをクッキー缶に入れ、隠れ家のトイレの天井裏に入れた。

「いまもトイレの天井裏にある。一ヶ所だけ板が外れる箇所があってな。ニナは気づいてない。隼も時間ができたら読み返してみ。顔から火が出んで」

「俺のも読んだのか」

「オレはジェントルマンでな。プライバシー侵害は守備範囲外や」

エレベーターのドアが開いた。

「隼、少し飲まへんか。夜中までかなり時間がある」

「いいね。乗った」

聞きたいこともあるし、ジーナへのうまい説明も思いついていない。

北野坂のマサキに行った。営業時間外だったが、マスターは嫌な顔をせず、店に入れてくれた。

ジョンホは三万円をカウンターに置いた。

「悪いけど、一時間ばかし外してくれ。勝手に飲ましてもらう」

かしこまりました。マスターはそのまま出ていった。

ジョンホがカウンターに入ってウイスキーの瓶とアイスペール、グラスを準備し、私の前に置いた。ジョンホがカウンターから出てくると、二人分のロックを作った。私たちは並んで座り、グラスを互いに目の高さまで上げた。

「乾杯」

二人の声が重なった。

「ニナの話は本当なのか。いささか現実離れしてる」

「そんな世界もあんで」

「さっき、わざとリビングから姿を消しただろ。小便にしちゃ長くて、ウンコにしちゃ短かった」

「オレはニナと二人きりで話す時間があった。隼にはなかった」

「お気遣いどうも」

助けて——。ニナの一言が鈎《かぎ》となり、体の奥底に食い込んでいる。ジョンホには心当たりを聞けない。ニナが話していないだろうから。

「明日がニナと今生の別れになるかもしれん」ジョンホは真顔だった。「そんな前日にオレはかつての恋敵に気を遣える、大人になった証明やな」

私はグラスを口につけた。ウイスキーの甘い香りが鼻から抜けていく。

なあ、とジョンホが言い、ロックグラスを振った。氷が乾いた音を立てる。

「出てくるんやろか」

「二十八年ってのはそこそこ長い年月だ。なくなってても不思議じゃない」

「隼は読みたいか」

「わざわざ聞くことかよ」

「そやな」

ジョンホは一息にウイスキーを呷《あお》った。アイスペールから氷を摑み取り、グラスに放り込んだ。乱暴にウイスキーが注がれる。私はウイスキーを見つめた。

「ジーナはどうすればいい？　どう説明すればいい？」

「オレに聞かんといてくれ」ジョンホは声を落とした。「オレとしちゃ、ニナの気持ちを尊重したい。神戸ならウチでも面倒をみられるが、ばあやがいる。東京で隼が気に掛けんのが一番ええんと違うか」

「俺はもうすぐ日本を離れる」

「そうか……そやったな。残念だが、オレには何もしてやれない」

「ニナ本人の口から説明するのが最善なんだ」

「そいつは、かえって残酷やで」

ジョンホはロックを体に投げ入れるように飲んだ。

「長生きできる飲み方じゃないぞ」

「長生きしたいだなんて、これっぽちも願ってないで」

私もグラスを空にし、ジョンホが三杯目のロックを作った。

「今晩、ジーナを明和苑に連れていく。飯を食わせてやってくれ」

「オーケー。オレがしてやれんのは、そんくらいやな」

私はグラスを強く握った。

「ジョンホが桐原を殺したのか」

「桐原は交通事故で死んでで」

あまりにもあっさりとした口調に、私は別にどうでもよく思えた。ジョンホが目下、ニナのために行動しているのは確かなのだ。深く思案する余裕もない。

「そうだったな。ニナはどこに行くんだ?」

ジョンホは一瞬、迷った顔をした。

「……隼ならええか。アメリカ。ニューヨーク」

「仕事で何度か行った。いい街だ。特に郊外は。とんでもなく広い森が広がっててさ」

「ロンドンなら、向こうで落ち合えたのにな」

「どうせ顔を合わせる暇なんてない。会社は社員をこき使うことに必死だからな」私はロックを一口飲んだ。「一昨日、舞子に連れていったのはジーナとメイのためなんだろ。ジーナが墓の存在を知らなかったら、ジョンホはそれとなくほのめかすつもりだった。ジーナが知っていたので、特に何も言わなかった。ニナと近くのホテルで鉢合わせたって話は嘘で、二人で墓参りもしてたんだろ」

「そ。メイには世話になったやんか。姪っ子の顔、見たかったはずやで」

二人とも黙った。ジーナへの説明を捻り出そうと試みたものの、結論は出なかった。私たちは飲み続けた。

マスターが戻ってきた。勘定を払い、私たちは店を出た。

ジョンホのプジョーを見送り、歩いてホテルに向かった。模範的な運転をするジョンホが飲酒運転をした。ジョンホも平静ではいられないのだろう。まだ取り締まりが始まる時間帯でもない。

ホテルの部屋に戻るなり、備えつけの電話が鳴った。

「おかえりなさい」

ジーナだった。

「ただいま」と私はベッドに腰を下ろした。「よく戻ったと気づいたな」

「音がしたので。こんな高いホテルでも、ドアの開け閉めの音は完全に消せないみたいです」

「探偵になれるぞ」

「商社とともに、就職先の候補として検討しておきます」

「こっちも連絡しようとしてたんだ。ちょうどよかった。一時間後、明和苑に行こう。お腹すいただろ」

「はい。母の居場所に結びつく手がかりはありましたか」

「いや、ダメだった」

私はいつから平気で嘘をつけるようになったのだろう。窓に映る自分を見た。くすんだ顔だった。

背景の神戸の夜景がやけに綺麗に見える。

「準備しておいてくれ」

受話器を置き、私は頭の後ろで手を組み、ベッドに倒れこんだ。

――助けて。

ニナはばあや以外の何から逃れようとしているのか。無機質な天井をじっと眺め、空調の音を聞いた。

明和苑では、私もジョンホもジーナの前で何食わぬ顔をして焼肉に舌鼓を打った。二人ともいい役者になれそうだった。

4

夜の薄闇に校舎の輪郭が浮き上がっていた。私は「ジョンホと飲みに行く」と口実をつけ、ジーナをホテルに残してきた。

――明日の予定は、戻ってから連絡するよ。零時前にはホテルに戻れる。

――仕方ないので、アプリで受験勉強をしておきます。

ジーナが宣言通り勉強しているのかは定かでない。

「ほらよ」

ジョンホがトランクからスコップを二本取り出し、一本を私に渡した。

ジョンホの背後でニナが深呼吸した。私たちはジョンホの車でニナを拾っていた。

「いよいよだね」とニナが言う。

ああ、と私は校舎を見上げた。

校門に手をかけ、地面を蹴った。腹部からねじれるような痛みが生じる。校門が揺れる音が大きく響いた。遠くで犬が鳴いた。私は校門の上部に足をかけ、またぎ、向こう側に飛び降りた。

ジョンホが周辺に目を配っている。

「大丈夫や。誰にも気づかれてへん」

続いてジョンホが屈み、ニナを押し上げた。ニナも無事に校門を越えた。

「隼、これ、頼むわ」

二本目のスコップを校門の鉄柵の間から渡し終えると、ジョンホは軽やかにその上を乗り越えてきた。

「無事、侵入成功と。小学校の強盗はちょろいな」

「残念だな。小学校に金はない」と私はスコップを返した。

ニナがくすりと笑う。

壁沿いを三人で進んだ。誰もいないグラウンドの隅に、児童がしまい忘れたボールが一個転がっている。

祠に辿り着くと、裏手に回り、スコップを突き立てた。感触が手に懐かしかった。かつても味わった感触だ。

ジョンホもスコップを地面に勢いよく突き立て、ニナが懐中電灯で私たちの足元を照らした。

私とジョンホは交互に土を掘り返した。涼しくなってきたとはいえ、額から汗が落ちた。息が次第にあがり、ジョンホの呼吸も荒くなっている。スコップの先が雑草の根を切り、小石を弾く。私たちは機械的に手を動かし続けた。

二十八年前と同様、直径七十センチの穴が掘れた。何もない。

「深さはこんなもんやったで」

「一応、もう少し掘ってみよう」

私は提案し、額の汗を拭った。

さらに二十分ほど掘り返し、穴は一メートルまで広がった。私はスコップを足元に刺し、柄に肘を置いて寄りかかった。

「なんもないな」

「みたいやな」とジョンホが息を整えていく。

私はしゃがみこみ、掘り起こした穴を覗いた。何度目を凝らしてみても、土があるだけだった。

「別の場所も掘ってみよか。誰か勝手に祠を動かしたって線もあんで」

ジョンホが言い、私はニナを見た。ニナは小さく首を横に振った。

「二人ともありがとう。どこかに消えちゃったんだね」

「危険を冒して神戸に来たわりに、あっさりしてるな」

「一言にまとめると、憑《つ》きものが落ちたって感じ」

「隼、どないする？」

「ニナの気が済んだんなら、もういいんじゃないか」

無理に進める必要はない。当事者はニナなのだ。

急に虫の声が足元から湧き上がった。聞こえていなかったのだ。夜空の星も鮮明になった。見えていなかったのだ。ごく身近な物事も意識に入ってこなければないに等しい。人間、こうして多くを見過ごし、死んでいくに違いない。

「そんなら埋めよか」

私たちは掘り返した土を戻し、スコップを担いで小学校を出た。

「ホテルまで送んで。マンションと同じ方向やしな」

ジョンホがハンドルを握った。

私は助手席から後部座席のニナをバックミラー越しに見た。街灯の光を浴びたり、夜の暗さをまとったりする顔には表情がない。車内はしばらく無言だった。

ニナ、とジョンホが最初に沈黙を破った。

「結局、中学ん時のオレたちに言いたいことって何やったん」

「ノーコメント。告発状はなかった。きっと誰にも話すなってお告げ」

「お告げ？　神様がおるんなら、オレたちを取り巻く環境はもっと良かったんとちゃうか」

「神様がホンモノの博愛主義者なら、信者以外にもお告げを与えるでしょ。みんなが幸せになれるようにって」

「いつから信心深くなったんや」

ほんとはさ、とニナが続ける。

「神様がいるかどうかなんてどうでもいい。中学を卒業して以来、いいことも悪いこともあった。自分が特別不幸だったとは思えない。人並みの幸せも不幸せもあった。それが人生でしょ。太田君の告発状が消えたのも、人生で起きた出来事の一つなんだよ。過去は何も変わらない。結論はどうせ一緒」

ジョンホはホテルの車寄せにプジョーを滑らかに停車させた。制服姿のホテルマンが慇懃《いんぎん》に寄ってきた。私はドアに手をかけ、後部座席に体を向けた。

「明日見送りに行くよ。俺が神戸を離れる時に見送ってくれただろ。関空？　何時の便なんだ？」

ニナは顔色を明るくしたが、首を振った。

「ありがたく、気持ちだけ受け取っておく。逃げ出しにくくなっちゃうでしょ」

「そうか」

「ジョンホ、あれを渡したら」

そやな、とジョンホがポケットをごそごそとまさぐった。

「隼、手を出せ」

言われた通りにすると、鍵を手の平に落とされた。

「隠れ家の合鍵や。隼だけ持ってなかったやろ。オレたち三人の部屋や。いつでも使いな」

私はゆっくりと鍵を握り締めた。おうとつが皮膚に食い込んでくる。心地よい痛みだった。

「ニナ、またどこかで会おう」

私は鍵をポケットにしまい、ドアを開けた。

「そうね。またどこかで」

ニナが微笑んだ。作り笑顔のようだった。

車から降り、後部座席を見た。ニナも私を見ている。口が動いた。窓に隔てられ、声は聞こえない。

プジョーが車寄せを出ていった。涼しい風が吹いた。緑の匂いがした。クラクションが鳴った。ジョンホが鳴らしたのだろう。

フロントを抜け、エレベーターに乗った。宿泊するフロアに近づくにつれ、体が重たくなった。ジーナにどう説明すればいいのか。明後日以降なら、すべてを話してもいい。ニナはニューヨークに降り立っている。それまで芝居を続けねばならない。

ジーナが今後の暮らしをどう送るよう伝えればいい？　厄介な宿題を課された。

思考を巡らせているうちに部屋の前にいた。カードキーを差し込み、ドアを開けた。ベッドに腰を下ろす。

備えつけの電話も、携帯電話も鳴らない。ジーナはもう眠ったのだろうか。勉強がはかどっているのか。まもなく午前零時を迎える。約束通りの時間に戻れた。とりあえず、偽りの予定だけでも伝えよう。

ジーナの携帯電話を鳴らした。窓から神戸の夜景を眺め、耳にあてる。森閑とした空気に呼び出し音が染み渡っていく。ジーナは出ない。一応、備えつけの電話も鳴らした。呼び出し音が続く。壁越しからも、うっすら聞こえる。

夜景、静かな部屋、電話の呼び出し音。ジーナは数時間前、ドアの開閉音で私が戻ったのを察した。疲れ果てて眠ったのだろうか。アプリで受験勉強をしているとしても、液晶に私の名前が出る。私は受話器を置き、もう一度携帯電話を鳴らした。やはり出ない。

ハッとした。たちまち体の芯が冷えた。冷えは一気に消え、全身が熱くなった。手の平に汗が滲んでくる。備えつけの電話機でフロントにかけた。

「――号室の結城です。隣の部屋に宿泊するリュウ・ジーナの部屋に入らせてください。携帯にも、備えつけの電話にも出ない。彼女はある発作の持病があります。手遅れになると、命に関わるんです」

私は捲《まく》し立てるように言った。持病うんぬんは真っ赤な嘘だ。かしこまりました、すぐ参ります。フロント係は落ち着いた声音ながらも、焦りを滲ませていた。

私はジーナの部屋の前で待った。一秒が十秒に、十秒が一分にも感じた。無理矢理ドアがこじ開けられた形跡はない。腕時計を睨む。

三分後、ホテルの男性従業員と女性従業員がやってきた。

私は二人に場所を譲った。男性従業員がまずインターホンを押す。出ない。女性従業員がカードキーを差し込み、「お客様、失礼します」とドアを開けた。

女性従業員を先頭に私も続いた。

部屋には誰もいなかった。荷物が窓際のソファーに置かれ、着替えがベッドに無造作に置かれている。争ったと思しき跡もない。

ベッド脇のチェストには、私がニナにプレゼントし、ニナがジーナに譲ったブレスレットがあった。携帯電話もあった。

女性従業員がバスルームとトイレを捜した。ジーナはいなかった。

お客様、と男性従業員が慇懃に話しかけてきた。

「お連れ様はどこかにお出かけになったのでは?」

「そうかもしれません。お騒がせしました。辛抱強く待ってみます。念のため、部屋のカードキーのスペアを頂けませんか」

「申し訳ございません。そういったことはできかねます」

「失礼、無理を言ってしまいました。彼女が出かけたかどうか、防犯カメラ映像でチェックしていただくことは可能でしょうか」

「何かトラブルで?」

「いえ」

いまのところは、という言葉は呑み込んだ。

「申し訳ございません。お連れ様とはいえ、お客様のプライバシーに関わることでございますので」

「重ね重ね、失礼しました」

私は自室に戻った。くそ。ベッドを力任せに殴った。

しまった。ホテルにいれば安全だと思い込んでいた。ばあやならホテルからジーナを連れ出すこともできたか。ジョンホの身内に見張りを頼むか、リンに一緒にいてもらえば防げたのに……。

私は持ったままの携帯電話で番号を呼び出し、ジョンホにかけた。

「なんや。どうした、飲み直したいんか」

「ジーナがいなくなった」

「ん？　なんやて」

「争った形跡はないが、部屋から連れ去られた恐れがある。ばあやならやってのけるだろ。近くにニナはいるか」

「いや。隠れ家に送った後、別れた」

「悪いが、ニナにも伝えてくれ」

「ジーナが一人でどこかに行った可能性は？」

「ない。携帯は部屋にあるし、大切にしているブレスレットも部屋に置いたままだ。どこかに行くなら、彼女はどちらも必ず身につけるだろ。ジーナは十五歳だ。こんな時間に、見知らぬ街に一人で外出したとも思えない。父方の身内がいるとはいえ、昨日会ったばかりだ。突然会いたくなった線もない」

ジョンホが唸り声を上げた。

「隼はどうするつもりや」

「探ってみるべき場所がある。想像はつくだろ」

ジョンホが黙った。

「後で連絡する」

私は電話を切った。ホテルを出て、タクシーに乗り、目的地を告げた。


南京町には十分もかからずに到着した。ひと気はなく、極彩色の壁や屋根が夜の色をまとっている。メインストリートから路地に入った。

ばあやの店からは薄い灯りが漏れていた。もう夜中だ。灯りが点いている意味……。私は引き戸を開けた。

「ばあや、ジーナはどこだ」

返事はない。夜の街を歩いてきたので、すぐさま目が慣れた。ばあやは框に腰かけ、私を見ていた。背後のガラス戸は閉められ、向こう側では電球が灯っている。

「随分と気が立ってるようやね」

「自分の胸に手をあててみてくれ」

ばあやの背後に目をやった。人の気配はない。耳を澄ます。物音もしない。

「隼はもう首を突っ込まん方がええ」

「そうはいかない」

「年寄りの忠告は聞いておくもんやで」

「ジーナはどこだ。連れ去ったんだろ」

ばあやは何も答えない。私は歩み寄り、ばあやの胸ぐらを摑んだ。

「手荒な真似をしたくない。教えてくれ」

「隼はそんなことできへん、アタシはよう知ってんで」

虚を突かれた。ばあやの目には哀れみの色が宿っている。子どもの頃、私が犯罪者の息子だと知ると、周囲の大人は侮蔑かこんな哀れみの眼差しを向けてきた。

「アンタたち、可哀想やね」

「どういう意味だ」

「これから嫌でも身に染みる」

ニナの身に何かが起こるのか、ジーナのことなのか。どちらにしても放ってはおけない。

「ニナに伝えておくれ」ばあやは嚙み砕くよう、ゆっくりと続けた。「ジーナは例の場所におる。アンタが迎えにこい――と」

私はばあやの胸ぐらから手をそっと離した。

「例の場所って、どこだ」

「ニナならわかる。ニナと会えたんやろ」

いや、と咄嗟に嘘をついた。

そうかい、とばあやは眉一つ動かさなかった。

「なら、捜し出して伝えてくれ。期限は明日。いや、もう日付が変わったから今日やね」

「ニナがその場所に行けなかった場合、ジーナはどうなる?」

「アタシの口から言わせせんといて」ばあやの顔から表情が消えた。「ニナが来れば丸く収まる。ニナが来なければ、ジーナの処遇はこちらに任せてもらう」

「ばあやの店にジーナと来てから相当の時間があった。なんで、このタイミングでジーナを連れ去った?」

「物事には順序があるだけや」

「ばあやが決めた順序で俺は襲われ、ジーナは連れ去られたのか」

「そんなことを訊いてる暇があんのかい? 早くニナを捜しにいった方がええで」

「このまま、ばあやを人質にとる選択もある」

「ああ。隼にはいくつか選択肢がある。アタシを人質にしたって、一生ニナの娘が見つからなくなるだけや」

「ジーナはひ孫同然なんだろ」

「そやけど、初対面やった。孫同然のニナの方が可愛いのは当然やないか」

事務的にも聞こえるほど、淡々とした物言いだった。

ばあやの店を出ると、気を張った。ばあやは私がニナに辿り着いたことに勘づいている。あるいは知っている。隠れ家には行けない。

南京町を抜け、大通りでタクシーを拾った。

「新神戸まで」

行き先を告げた。バックミラーを睨みつけた。何度か振り返った。タクシーを追いかけてくる車はなかった。

新神戸駅前の牛丼店に入った。客はいない。誰か入ってくれば相手を観察できる。しかもガラス張りだ。私を見る人間がいれば察せられる。並盛を注文し、電話を耳にあてた。ワンコールでジョンホが出た。

「ニナに伝えてくれたか」と私は声を潜めた。

「ああ。隣にいる。いま代わるよ」

携帯電話が受け渡される気配があった。

「もしもし」

ニナの声は沈んでいた。

「ばあやに、ジーナは例の場所にいると言われた。どこだか見当がつくか。ニナが来れば丸く収まる。期限は今日中。ばあやはそうも言った。どうする」

すっと息を呑む気配があった。

「これから会って話せる?」

「俺は問題ない。場所は?　どこに行けばいい」

並盛がカウンターに置かれ、店員に会釈した。

「隠れ家に来て」

「ばあやの手先が俺を尾行しているリスクは高いぞ」

「隼はそんな間抜けじゃないでしょ」

「間抜けだよ。ジーナを連れ去られたんだ」

押し黙る気配が携帯越しに伝わってきた。

「ここに誰か乗り込んできても、ジョンホと隼がいれば大丈夫だよ」

「だといいな」

私は並盛に手をつけず、店を出た。罪悪感に襲われた。食べ物を無駄にしてしまった。

周囲になにげなく視線を飛ばし、十歩歩くたびに振り返った。誰もいない。小走りで足を動かした。額からの汗を流れるままに任せ、マンションに向かった。

エントランスに入り、迷わず非常階段を駆け上がった。エレベーターでは階数がばれてしまう。最上階に着く頃には全身が汗ばんだ。鍵を取り出し、ドアを開ける。

ジョンホが仁王立ちしていた。

「大丈夫、ちゃんと一人やな。知らん奴がおったら、ぶん殴るつもりだった」

「尾行がいた方が話は早かったのかもな。とっ捕まえて、口を割ればいい」

私はドアを閉めた。

ニナはリビングのソファーに座り、顔には翳がさしていた。私がリビングに入ると、ニナは力なく笑みを浮かべた。

「こんなに早く再会するなんてね」

ニナの向かい側に腰を下ろした。ジョンホは私の隣に座った。

「時間が惜しい」私は早速尋ねた。「例の場所ってのはどこだ」

「県庁近くに五階建てのビルがある。絶対にそこ」

「根拠は？」

「ばあやの所有するビルなの。また神戸を震災が襲ったら、ばあやはそのビルに逃げ込む手はずになってる。震災の二倍の地震にも耐えられる設計だって」

「本当にそこで間違いないんだな」

ニナはこくりと頷いた。

「わたしとばあやの間では、ビルを『例の場所』って呼んでたから。それに誰も入居してない、何かを……誰かを隠すにはもってこいの場所でしょ」

「なら、さっさと一緒に行こう」

あかん、とジョンホが即座に言った。

「そいつはまずい。ばあやの術中にはまるだけや」

私はジョンホを見た。

「ジーナは連れ去られたんだぞ。俺はばあやに襲われた。ジーナがどうなるのか、想像できるだろ」

「落ち着け。オレに案がある。ニナの代わりにリンに行ってもらおう」

「ばれれば、リンまで危ない」

「アホ」ジョンホは真顔だった。「そんなんわかってる。ええか、ニナにとっては人生最大の勝負が控えてるんやで」

「ニナ自身はどう思ってるんだ」

私が聞くと、ニナは決然とした面持ちだった。

「ジーナを見つけたい。勝負にも勝ちたい」

率直な願望だ。

「ジョンホ、何時に隠れ家を出る予定だったんだ」

「陽が昇る前。関空にな。出発は夜。あそこは人が多いから、さすがのばあやも手荒な真似はできひんし、時間を潰せる場所なら山ほどある」

「了解」私はジョンホとニナを順に見た。「二人は予定通り、関空に行ってくれ。俺はリンとばあやのビルに行く」

「ウチの若いのも連れていくか？　人なら集められる」

「いや、目立たない方がいい。ばあやはまだ俺を気にしてくれてる。命を奪われるリスクは低い」

もう首を突っ込むな。ばあやにかけられた言葉が頭を横切る。あれが本当の最後通牒だったのかもしれない。

ニナが何か言おうとした時、ジョンホが彼女の肩に手を置いた。

「隼に任せておけば大丈夫や」

ニナの目に小さな光が宿った。私は軽く太股を叩いた。

「決定だな。ジョンホはリンに電話を入れて、説明してくれ」

ジョンホは携帯を取り出し、耳にあてた。

私は硬い面貌のニナを見つめた。

「大丈夫だ。なんとかする」

ニナの顔つきがわずかに歪んだ。

「泣いていいぞ」

ニナが目をきつく閉じ、唇を引き締めた。数秒後、目と唇が開いた。

「泣かない。一生のお願い。助けて。わたしは、わたしは……」

「当たり前だろ」

ニナは昨日、声を出さずに「助けて」と言った。あれは何だったのだろう。ジョンホの前では訊けない。

ニナは顎を引いた。

「ありがとう。出発時刻は変更できるからね。夕方くらいまでなら」

「なあ、隼」とジョンホが会話に割り込んできた。「リンには何時頃からスタンバイさせればええ？」

「朝五時。元町駅前集合にしよう」

「早いな」

「いつニナが現れるか定かでない以上、ビルにいる連中は夜を徹している。徹夜をしたら、朝の五時前後はちょうど眠くなる頃合いだ。不意打ちにちょうどいい。俺が直接説明するよ。電話を代わってくれ」

集合時間や場所に加え、リンにしてほしい服装を伝えた。少々変装してもらう。子ども騙しだとしても、ジーナを取り返す間だけもてばいい。通話を切り、ジョンホに携帯を返した。

「ニナ、ビルに入る鍵は？」

「持ってきてない。迷惑ばかりかけるね。ごめん」

「迷惑をかけるより、かけられる方が気持ちは楽だよ」

ニナにビルの詳しい場所を聞いた。

三人で仮眠をとることにした。二人の寝息は聞こえてこなかった。三人で夜を明かすのは初めてだった。

中学時代にこんな機会を持てたなら、他愛ない話で夜通し笑いあったのだろう。

DAY 5

1

朝四時、目覚ましが鳴った。ニナとジョンホは速やかに身支度をした。

「また後でな」と二人を見送った。

ジョンホだけでなく、ニナの顔も心なしか引き攣っていた。

外はまだ暗い。夜景を作る灯りもまばらな時間帯だ。私はソファーに寝転がり、天井を眺めた。何かが引っかかる。深くは考えられなかった。ジーナを捜し出すことに集中しなければならない。

私は四時半にマンションを出た。

指定の時間、リンは元町駅前に三宮方面からクラウンでやってきた。なるべく目立たない車種で来てほしい。私の注文通りだ。服装も電話で頼んだ通りだった。帽子を目深にかぶり、大ぶりのサングラスをかけ、スカーフを巻いている。リンはニナと顔立ちが似ている。まだ辺りは暗く、ひと目でリンとは判別できない。私は助手席に乗った。どこかで嗅いだニオイがした。思いを巡らせる暇はなく、行き先を告げた。リンが静かにクラウンを発進させる。

早朝の神戸に人影はなかった。空はうっすら紫がかり、坂道には繁華街からのゴミ袋の塊が一定の距離ごとに置かれている。

「先に言っておく。危険が待ち受けていそうだ」

「平気です。社長との生活は日頃からデンジャラスなので。腕には自信があります。結城さんこそ大丈夫ですか」

「どうだろうな。昔はジョンホとやりあっても負けなかったけど」

「じゃあ、わたしより弱いですね。社長なんて簡単にねじ伏せられます。一般的には、そこそこってレベルでしょう」

ささやかな笑いが生まれても、緊張感は消えなかった。車が目的地に近づくにつれ、鼓動が速まる。県庁前を過ぎ、大通りから路地に入った。

右前方に見えた。

「あのビルの前を、できるだけ時間をかけて通り過ぎてくれ」

「了解です」

リンは速度を落とした。不審に思われない程度の速度だった。私はビルを見つめた。

五階建てで、壁が茶色いビル。ニナに聞いた通りだ。頑丈なのは一目瞭然だ。はめ込まれた窓も分厚い。外階段は見当たらない。一階にある、鉛色のドアが白み始めた空の光を映している。インターホンもなさそうだ。ニナの話では各階に部屋があり、どこにジーナがいるのかは見当もつかないという。

「自慢の腕っ節で鍵を開けられないか」

「そんな技術はありません。泥棒じゃないんで」

ビルを通り過ぎた。バックミラー越しにビルを眺めた。何が何でも中に入らないと、不意打ちできる時間を選んだ意味がない。

一区画過ぎたコンビニの駐車場で停車した。周囲は静まりかえっている。まもなく午前五時半。車を降りた。申し合わせるまでもなく、二人ともドアを静かに閉めた。足音をなるべく消して歩き、ビルに近づいていく。

中に入るアイデアのないまま、ビルの前に到着した。車内から確認した通り、インターホンはない。監視カメラの類も見当たらない。

「誰かの気配は感じません」

「なによりだ」

「あとは鍵ですね」

「まずは当たって砕けよう」

初対面の取引相手への対応と一緒だ。どんな相手でも面と向かったら、腹を据える。

ドアの前に立った。私はノックしようとした手を止め、腕を下ろした。ドアノブを握る。試しにゆっくり捻ってみた。

回った——。

リンと目を合わせた。

「わたしが先に」

「すまない。一、二の三」

私はドアを引き開けた。リンが素早く体を中に滑り込ませる。暗くて、何も見えない。

「どうぞ」

リンに呼ばれ、私もビルに入り、ドアを後ろ手で閉めた。細い光が消えていく。罠だとしても、結果的にビルに入れた。罠を張ったのを後悔させてやればいい。

こもった空気特有のニオイはない。定期的に換気がなされているのか、最近人の出入りがあったのか。

しばらくその場で目が慣れるのを待った。隣ではリンが呼吸を押し殺し、様子を窺っている。私たちの他に呼吸音や物音がないか私も耳を澄ませた。一階に誰かがいれば、ドアを開けた時点で何らかの反応があっただろうが。

徐々にビル内の構造が浮かんできた。左側の壁沿いに階段があった。右奥に薄いカーペット張りの廊下が走り、金属製のドアが二つある。ドア以外は剝き出しのコンクリートという造りだ。エレベーターやエスカレーターはない。再び震災が起きた際に逃げ込む用途なら当たり前か。大地震では電気も止まってしまう。

私はリンに目顔で『行こう』という合図を送った。足音を立てないよう、注意しながら進んだ。まず奥のドアに耳をあてた。何も聞こえない。空気の揺らめきすら感じられない。時間が死んでいるかのようだ。開けてみるか。ドアが開く際に軋むだろうが、罠なら相手は私たちの侵入をどうせ知っている。ドアノブを握り、開ける。

誰もいなかった。

隣の部屋も同様だった。私はリンに向け、左側の階段を指さした。今度は私が先に立ち、階段に足をそっと置いた。

二階も一階と同じ造りだった。階段があり、廊下に二つのドア。私はまず奥のドアに耳をつけた。自分の鼓動だけが聞こえる。

開ける。誰もいない。次のドアも同じ要領で様子を窺った。結果は同じだった。

三階、四階。やはり誰もいない。計八つの部屋を確かめたが、いずれにもジーナはいなかった。ひと気もなかった。

「釈然としないな」

「といいますと？」

「ビルの入り口といい、各フロアのドアといい、鍵が開いてただろ。罠なら、とっくに何か起きているはずだ」

「最後まで検《あらた》めましょう。次が最上階です」

我知らず強く握っていた拳を開いた。手の平に爪の跡が赤く残っている。

五階も四階までと同じ造りだった。廊下、二つの部屋。四階までと同じように奥のドアから耳をあてた。かすかに物音がして、心臓が大きく跳ねた。

ジーナか、ばあやの手の人間か。

耳を離し、私はリンに頷いた。リンの顔色は変わらず、涼しげだ。修羅場をくぐった場数が違うのか。ありがたい。同行者が取り乱していたら、私も落ち着いてはいられない。

ドアノブに手をかけた。ゆっくり捻っていく。私はリンの耳元に顔を寄せ、囁いた。

「一気に押し切ろう」

リンは頷き、手の平を広げた。親指が曲げられ、次に人さし指が曲がった。カウントダウンだ。中指、薬指――。

小指が曲げられた。私はドアを押し開き、中に飛び込み、床に転がった。

部屋は静かだった。ジーナはいない。誰もいない。

ドアと反対側の壁にベッドがある。窓もあり、わずかに開いている。ビルの正面からは見えない側の窓だ。物音の正体は風だったらしい。私たちはベッドに近づいた。シーツには人が座ったり、寝たりした形跡がない。手を置くと、冷たい。

隣の部屋にも誰もいなかった。

例の場所。ばあやとニナの認識に齟齬《そご》があったのだろうか。

車に戻り、電話を耳にあてた。おかけになった番号は……。機械的な応答だった。ジョンホは運転中、律儀に電源を切っているのか。ニナの番号も聞いておけばよかった。頭になかった。ニナの番号を知るジーナがいたからだろう。

「リン、出してくれ」

私は流れる景色を眺めた。ニナは今頃どの辺りなのか。関空にはまだ着いていないはずだ。南京町はひっそりとし、街の底に夜気が沈殿しているようだった。どの店もシャッターが下りている。私はリンを車に残し、一人でばあやの店に向かった。

ばあやの店は相変わらず暗かった。引き戸を開けた。目が慣れないまま、いつもばあやがいる場所に歩み寄る。

「ジーナはどこだ」

自分の声が薄闇にむなしく溶けていく。手を出しても空を切った。

「ばあや」

もう一度声をかけた。返事はない。目が慣れていく。

いつもの場所にばあやの姿はなかった。背後のガラス戸を開けた。お香の残り香と、色鮮やかな中国式神棚の前に布団が敷かれていた。抜け殻みたいに人が寝ていた跡がある。手をあてた。温かい。框に戻り、腰かけた。店にばあやがいない。しかもこんな早朝に……。

六時半まで待った。ばあやは戻ってこなかった。

店を出ると、小鳥たちが頭上で鳴いていた。私はもう一度、ジョンホに電話を入れた。繋がらない。ふっとある既成事実が頭をよぎった。

桐原は交通事故で死んでいる。

私は駆け出していた。アスファルトを蹴るたび、腹部に痛みが響いた。電車が走る音がした。南京町を抜け、小路に入った。自分の足音と弾む呼吸音だけが聞こえる。

てっちゃん亭のドアは開かなかった。何度か叩いた。誰も出てくる気配がない。ワンに依頼することもできない。

リンはエンジンをかけたまま待っていた。助手席に乗り込んだ。

「だめだったよ」

「次はどちらに？」

リンの言う通りだ。どこに行くべきなのか。

電話を耳にあてた。メッセージに気づいたら連絡をくれ。ジョンホの留守番電話に吹き込んだ。

携帯で交通情報をチェックする。特に記述はない。タイムラグはあるだろう。ジョンホとニナが交通事故に巻き込まれたとすれば、孫連合にも一報が入るはずだ。事故情報についてはなんとかなる。肝心なジーナの方は……。

時計を見る。まだ七時前。人に会いに行く時間ではない。しかし、他に方法はなさそうだ。少なくとも、私には思いつかない。

2

東灘区の高台にある高級住宅街はひっそりしていた。目覚めている家庭もあるだろうに、物音が外に漏れてこない。空気は澄んでいて、山からの風が肌に心地よい。

相変わらず、先端を尖らせた鉄柵が敷地への侵入を拒んでいる。私はわざと防犯カメラの前を二度、三度と歩いた。インターホンでは無視されかねない。

四度目。狙い通り、屋敷から体格のいいスーツ姿の男が出てきた。

「何か御用ですか」

鋭い声だ。臆せず、鉄柵越しに男と向き合った。

「黒沢さんにお会いしたい」

「出直してください。時間が時間です」

口調は丁寧でも、反論を許さない語気の強さだった。私は男の目を真っ直ぐ見据えた。

「こちらがソン・ジョンホの代理だと申し上げたらいかがです?」

男の頬がぴくりと動いた。

「少々お待ちください」

男が屋敷に戻っていく。私は空を見上げた。いい天気だ。離れた場所に停車したクラウンに目をやった。リンが携帯電話を耳にあてた。私のポケットで携帯が震えた。

「大丈夫ですか」

「なんとかなりそうだ。待機しててくれ」

通話を切ると、男が屋敷から出てきた。私は姿勢を正し、彼の到着を待った。

男が鉄柵越しに会釈してきた。

「お待たせしました。直ちに開けます」

門が内側に開いていく。私は敷地に入った。

三日前と同じ部屋に通された。大きな窓から新鮮な朝の光が射し、遠くから小鳥のさえずりが聞こえる。

五分後、黒沢が部屋に入ってきた。赤いガウンをまとっている。黒沢は私の正面のソファーに腰を下ろした。笑みを浮かべているが、目は尖っている。

「ようこそ。ジョンホさんのお友だち――結城さんでしたね」

「朝早くに失礼します」

「構いませんよ、早起きなもんで。とはいえ、来客には早い時間帯で、いささか驚きましたがね。ジョンホさんの代理でお見えとか」

はい、と私は端的に応じた。嘘をつくのなら、堂々としていなければならない。交渉における基礎だ。背中に力を入れた。

「人を捜していただきたい」

「先日の女性とは別の方を?」

「ええ。ジョンホは所用で本日は足を運べませんでした。代わりに、私が参った次第です」

「一応、ジョンホさんに問い合わせてもよいでしょうか」

黒沢は穏やかな面色の奥に、殺気にも似た迫力を潜ませていた。

「どうぞお好きに。ですが、黒沢さんはまだジョンホに恩を返していない。依然として借りがある状態だ。そんなあなたがジョンホに反問するのは、失礼にあたるのでは？　本人の代わりに、私がこんな時間に足を運んだ。緊急性を申し上げるまでもない」

黒沢の目が軽く見開かれた。

「こちらとしては」私はわざと口調を穏やかにした。「黒沢さんとジョンホの関係性を存じませんし、興味もない。いま申したのはただの忠告です。気になさらないでください」

「いや、結城さんのおっしゃる通りでしょう。以前依頼を受けた方もまだ発見しておりませんし。お引き受けします。お待ちを」

黒沢は腰を上げ、部屋を出ていった。戻ってきたその手には、スケッチブックと鉛筆があった。

「早速始めましょう」

黒沢はスケッチブックを開き、鉛筆を構えた。

私はジーナの特徴を伝えた。黒沢はスケッチブックから目を離さず、鉛筆を動かし続けた。相変わらず滑らかな動きだった。

「こんな感じの方でしょうか」

黒沢はテーブルにスケッチブックを置いた。私は手に取った。

「さすがです、そっくりだ。この顔を捜してください」

私はスケッチブックをテーブルに戻した。黒沢は手を伸ばし、再び手に取ると、自分で描いた似顔絵に目を留めていた。かすかに眉が寄った。

「どうかされましたか」

いえ、と黒沢の目がスケッチブックから上がってくる。

「かつてこんな顔の少女を見た覚えがある気がしましてね」

「以前頼んだ似顔絵でしょう。元々は少女の頃を描いてもらった」

十五歳の頃のニナとジーナはそっくりだ。

「あの方とも瓜二つですが、違います。正確に言うと、見覚えがあるのはこの絵の少女がもう少し成長した姿なので」

「見たというのは、最近ではなく?」

「遠い昔の話です。いつ頃だったでしょうか……。そうだ、弟が尻を追いかけていた少女に似ている」

「その子の母親でしょう。母親——以前書いてもらった女性はかつて神戸に住んでいましたので。それにしても見事な腕ですね。黒沢さんは警官になるべきだ」

あんたの素性を知っているぞ、と暗に言ってみた。

黒沢はかすかに笑い、スケッチブックをテーブルに置いた。私の揺さぶりに動じた様子はない。

「結城さんはジョンホさんの親友とのことですが、同級生で?」

「ええ。それが何か」

「一度だけ、ジョンホさんが話してくれたんです。同級生の親友、もう一人の女性と過ごした時間が人生で一番大切な時だった、と。ジョンホさんは楽しそうに笑っていました」

かなりの違和感があった。一般的には他愛ない学生時代の話だが、ジョンホがいるのは、何が弱みとなり、危険を招いても不思議でない世界なのだ。些細な身の上話ですら命取りになりかねない。事実、ジョンホはリンにも私たち三人の間柄を話していない。何の意図もなく、思い出話を黒沢に語ったはずがない。ジーナを捜し出すのが先決とはいえ、無視できない。ジョンホと黒沢には、桐原の事故死にまつわる疑問がある。黒沢は、事件と見ていながらも事故として処理されるよう警察に働きかけた可能性がある。ジョンホは桐原の事故現場とほぼ同じ場所で、私をカーチェイスに巻き込んだ。問いかけても、ジョンホは事故について昨日何も語らなかった。連絡がつかない点も気になる。

「どのような話の流れで、ジョンホは私たちの話題を持ち出したのでしょう」

「ジョンホさんをここに初めて招待した日でした。もう十五年前になります」

「随分前なのに、よく憶えていらっしゃいますね」

「忘れられませんよ。ジョンホさんへの大きな借りを背負った日ですから」

「借りとは？」

黒沢が身を乗り出した。ガウンの胸元がたるみ、深い傷跡が覗いた。

「結城さんがジョンホさんのお友だちであるのは間違いない。ですが、私には関係ない。あなたにすべてを話す必要はない」

「おっしゃる通りです。ただ、事情を伺えば、黒沢さんがジョンホへの借りを返せる妙案が浮かぶかもしれない。あなたはかなり重たい恩を受けているようだ。私は黒沢さんよりジョンホに近い間柄で、奴のことを理解しているつもりです。私を利用したらどうです？」

黒沢の目つきが再び鋭くなった。

「ご自身を過信しない方がいい。他人を理解するなんて不可能ですよ」

「黒沢さんよりジョンホと親しいと申し上げただけです」

しばらく視線をぶつけた後、黒沢が会話を再開した。

「私やジョンホさんがいる世界について、どの程度ご存じですか」

「ほぼ何も」

「結構。それが一番いい。だいぶ廃れましたが、仁義という言葉がかろうじて生きている世界でしてね。一の恩を受けたら、一を返す。二の恩を受けたら、二を返す。そんな世界です」

「ジョンホも似たようなことを言っていましたが、それは黒沢さんたちの世界だけの話じゃありませんよ。ビジネスの世界も一緒です。商品があり代価がある。人間社会の基本ではないでしょうか」

「確かに」黒沢は笑い、たちまち真顔に戻った。「私には出来の悪い弟がいましてね。両親が離婚し、苗字は別々になった。私は父方に、弟は母方についた。それでも仲は良い方だったんでしょう。父の仕事で私は東京に移りましたが、ちょくちょく会っていたので。ただ、弟は若くして死にました。少々変わった死に方で」

人間の死に方なんて限られている。変わった死に方——。

「変死事案ってやつです。弟の死は新聞にも載りませんでした。一人の不良が死んだだけです。結城さんはいましがた、私が警官になった方がいいとおっしゃった。そう、元々は警官でした。東京の高校を卒業後、兵庫県警に入ったんです。ご存じだったんでしょ？　色々な賞をもらいましたよ。私はガキの時分から絵が好きでしてね。訓練を受け、捜査に生かせる似顔絵術を身につけたので。私は弟が死んだ当時、すでにこっちの世界とも接触があった」

　黒沢が肩をすくめた。

「物証は見つからず、結局、事故という結論になった」

「黒沢さんの見解は異なるんですね」

「ええ。状況証拠を積み重ねれば、行き着く先は一人。しかし物的証拠がなければ手が出ません。日本の法制度はそこまでいい加減じゃない」

　ワンから仕入れた話に重なる。ここまで重なる話はざらにない。

「弟さんは、吉沢慎二さんですね」

　黒沢の目に初めて動揺が走った。

「結城さんは何でもご存じみたいだ」

　ワンは初めて私と会った際、黒沢の名前を口にした。黒沢討伐かと、ジョンホに冗談めかした。黒沢は吉沢慎二の身内で、警察とも結びつく。辞めたとはいえ、現在でも彼らと接点はあるだろう。ワンは黒沢と接触して桐原の諸々を引き出す過程で、吉沢慎二に触れたのか。ワンは情報源を私に明かさなかった。黒沢だと明かせば、命がいくつあっても足りなそうだ。

　黒沢ならあえてワンに情報を流した線もある。桐原の周辺を探る人間なんて限られている。桐原の親族か、深い関係者だ。ワンからの糸口を辿ろうとすれば、裏の世界を垣間見ることになる。黒沢の名前がちらつけば、大抵の者は怖じ気づく。裏社会との関わりあいを望む者は稀だ。自分の名前を聞いても深入りしてくるか否か。そこを判断基準として、黒沢はワンの動きを利用したのではないのか。深入りしてきた人間を叩き潰すか、受け入れるのか。どちらかの判断を下すつもりだったのだろう。

私は黒沢に受け入れられたのだ。要因はジョンホの存在だけではないはずだ。それだけなら弟についてここまで喋る必要はない。黒沢が喋る意図は不明だ。探る必要はない。喋るものも喋らなくなる。情報収集は、搾り取れるところから取れるうちに行うのが鉄則だ。

「弟さんを殺したのは誰だとお考えですか」

「結城さんなら見当がついているのでは？」

私は喉に力を入れた。

「桐原ですね」

黒沢は頷いた。

「ほぼ間違いないでしょう。手口や状況からして、他に容疑者はない。ですが、桐原は弟とは違った。社会的な信用が高い人間でした。犯行の証拠もない。桐原はエリートで、死んだ方は札付き。いくら優秀な警察でも限界はある」

「だから、警官だったあなたは桐原が死んだ際、捜査が進まぬよう警察に事故との認識を植えつけようとした。誰かが弟さんの敵討ちをしてくれたと考えることにして。それに捜査が進めば弟さんの悪行が公になり、ご自身にも火の粉が飛んできかねない」

黒沢は目を丸くさせた。

「結城さん、あなたこそ警察になるべきだ。警官は現実や真実だけを追うと誤解されているが、想像力も不可欠でしてね」

「桐原と弟さんがした犯罪についてご存じですか」

「私が警官になる前、自慢げにほのめかしていましたので。あの頃、三ヵ月に一度は弟の家に招かれたんです。弟は金遣いが荒くなっていて、部屋にはこれみよがしに避妊具が置いてあったり、見覚えのない鞄や財布が部屋に転がっていたりしました」

ワンも似たような犯罪を示唆していた。

「問い詰めなかったんですか」

黒沢は肩をすくめた。

「正直、そんな余裕はなかった。父の仕事が傾きましてね。私は中学時代からアルバイトをしていた」

「親族の方に言うべきではないと承知していますが、弟さんは人間のクズですね」

「ええ。正真正銘のクズですよ。ただし、能なしではない。私が警官になってからは何もほのめかさなくなった。警官時代、ひやひやものでしたよ。いつ弟が逮捕され、我が身に累が及ぶんじゃないかと」

「弟さんの死で、もう悩まされる心配はなくなったのに、辞めたんですね」

黒沢は苦笑し、片方の頰だけを上げた。

「警察って組織に愛想が尽きたというか、そこで働くことが馬鹿らしくなったというか。もっとも、私は不器用なので、似た世界に進むほかなかった。向いていたんでしょう。あっという間に幹部に上り詰めた」

「桐原の事故とジョンホへの恩はどう関わってくるのでしょうか」

「ジョンホさんは弟の仇をとってくれた、と感謝しています。捜査を止める程度では返せない恩ですよ。人間のクズであっても弟は弟です」

「ジョンホが桐原を殺したと？」

黒沢は目を細くした。

「ジョンホさん本人は、桐原を殺したとは一言もいっていません。拙宅にお招きし、話を伺った。私は勝手に推し量った、という流れです」

「ジョンホはなんと？」

「天罰が下ったんでしょう——とだけ。あの時、ジョンホさんが放つニオイは他人と違いました。殺人犯の雰囲気とも違った。妙な獣臭さがあった。鋭い目の底は澄んでいるのに濁っているとでも言いますか。人間として一線を越えた、そんな気配を発していた。この世界にいれば察知できる類のもんです。当時のジョンホさんを思い返すだけで、寒気が走りますよ。敵に回してはいけない男の目だった」

黒沢が身震いした。明らかに意識的な振る舞いではなかった。

ジョンホも馬鹿ではない。黒沢に勘違いさせたまま、恩を売った線もありうる。だが、それは余りにも楽観的で、好意的な捉え方ではある。なにしろ黒沢は元警官で、裏社会の住人だ。眼力は侮れない。

「ジョンホを家に招いたという以上、桐原を殺したと推し量るきっかけが何かあったんですね」

「偶然です。たまたま車を修理に出した。そこで別の車が目についた。業界では模範的な運転で知られるジョンホさんの車です。従業員に探りを入れると、傷一つないのに廃車にするとのことでした。元警官として、ぴんときましたよ。マズイことに使ったんだな、と。私はツテを使い、一ヵ月以内に起きた、関西一円の交通事故をすべて洗った。単独事故も含めてです。当然事件も」

「わざわざ?」

暇ではなかったはずだ。

「ジョンホさんの弱みを握れれば大きいんでね。一件だけジョンホさんが関わった可能性がある事故があった」

「桐原の事故――」

「ええ。ジョンホさんと桐原は、中学校までは先輩後輩という因縁もあります。私は桐原の事故死を新聞で読んでいました。県警は単独事故として捜査を進めていたが、他の車が関わった線も捨てきれない。だからジョンホさんを家に招き、確認した。弱みを握るつもりが、恩を受けたのだと認識した。で、警察にも事故で間違いないというプレッシャーをかけた」

強風が窓を打ちつけ、ガラスが激しく揺れた。

「黒沢さんの推測通りだとすれば、ジョンホはなぜ桐原を? 中学時代、私たちは桐原に助けられたことはあっても、害を被った覚えもない。あったとしても、中学時代のいざこざで相手を殺すなんて馬鹿げた話です」

「動機は私にも見当がつきません。探れませんしね。なんせ孫連合の核となる方ですから。下手をすれば戦争に発展してしまう」

「単純に黒沢さんに恩を売るためという線は？　あなたの戸籍を調べれば、吉沢との間柄も浮かぶでしょう」

「無理筋ですね。恩を売るにしては、行動のリスクが高すぎます」

ジョンホが桐原を殺した。その可能性は私の胸にすでにあった。少なくとも黒沢はそう信じている。ジョンホは天罰だと言った。天罰という以上、桐原は何かをしたのだ。ジョンホが人殺しだった確度が限りなく百に近くなっても、動じていない自分がいた。神経が麻痺しているのでも、肩入れしすぎているのでも、達観しているのでもない。不思議な感覚だった。

ジョンホは平然とニナと接していた。負い目は微塵も感じられなかった。ジョンホはどんな気持ちだったのだろう。

「昨日か今日、吉沢慎二さんと親族かどうかジョンホに訊かれましたか」

「いえ、何も」

そうだろう。黒沢にシンジとの関係を確かめてほしいと頼んだが、訊けるわけがない。

「話は以上です。ジョンホさんに借りを返せる方法を思いつけそうですか」

「まずは私が依頼した二人を見つけていただく方が先ですよ」

黒沢は苦笑した。

「食えない人だな。あなたもジョンホさんと同じ種類の男です。敵に回すと後悔する類の人種ですよ。あなたからも血の臭いがする」

「まさか。善良に生きてきた市民ですよ」

「警官としての経験から言わせてもらえば、善良な市民なんていやしません。無垢な子ども以外は。子どもだって時には残酷ですがね」

黒沢はさらりと言った。


リンはエンジンをかけたまま待っていた。私は助手席に乗った。エアコンの送風口からの冷気が心地よかった。いつの間にか全身に汗をかいていたらしい。

「お怪我はないみたいで。なによりです」

「穏便に話し合いをしただけだよ」

「顔色は悪いですね」

「寝不足さ。車を出してくれないか。とりあえず、三宮方面へ」

車が静かに発進した。

万に一つの望みをかけ、移動する車中からジーナを捜した。コンビニ、駅前、道路沿い。人影はまばらだ。少女が歩いていれば、自ずと目につく。

しばらく走ると、小学生くらいの少女たちの集団が路地から出てきた。朝からどこかに行くのだろう。私にとってのジョンホとニナのような存在に出会った児童もいるはずだ。

そう。神戸は私を受け入れてくれた街。あの二人が受け入れてくれた。神戸は私にとって特別な土地だ。

――土地には神秘的な力がある。大地の力を借りるんだよ。

南米のある集落での、長老の教え。もう一度行ってみよう。ニナとジョンホに出会った小学校に。場所の力を借りるのだ。ジーナを発見できる力を貸してくれるかもしれない。


校舎は朝陽を浴びていた。朝から校庭が解放されている。夏休み恒例のラジオ体操があったのだろう。大人が見守る中、児童が歓声をあげて校庭を駆け回っている。

私はリンと車に寄りかかり、児童たちを眺めた。

「本校に御用ですか?」

竹箒を持った白髪頭の男性が近寄ってきた。首にタオルを巻き、麦藁帽子をかぶっている。肩の力が抜けている一方、双眸《そうぼう》にはこちらを警戒する光がある。不審者が多い時代だ。

「この小学校に通っていたんです。すっかり変わっているので驚いてしまって」

嘘ではない。男性の目つきがいくらか和らいだ。

「建て替えましたからね。失礼ですが、いつ頃こちらに?」

「三十年近く前です」

「震災前ですね」

神戸では震災前と震災後で時間が分かれている。

「私は」と男性はしみじみと言った。「新校舎と同時に赴任した用務員でしてね。もう十年になります。愛着がありますが、来年には定年です。年齢ばかりはどうしようもない」

新校舎が十年前に？

「建て替え工事が始まったのは五、六年前じゃないんですか」

「いえいえ。工事は十五年くらい前から始まってたはずですよ。古い校舎の取り壊しや土地の整備もありますから」

ジョンホは五、六年前に工事が始まったと言った。

十五年前、桐原は死んだ。同じ頃、小学校校舎の建て替え工事も始まった。太田の告発状はなかった。埋めた場所の記憶違いか。校舎の建て替え工事でどこかに消えたのか。

用務員が去っていき、私は再び校舎に目をやった。児童たちのはしゃぐ声が遠く近くから聞こえてくる。

「険しい顔つきですね」

「色々とこんがらがってきてるからね」

「次はどちらに？」

「念のため、桐原家に行ってみよう」

そろそろ訪問してもいい時間帯だ。ジーナがホテルから出向いたごくわずかな可能性を潰しておこう。

「お騒がせしました」

私は一礼した。

いえいえ、と桐原の母親の物腰は柔らかい。

「ジーナちゃんによろしくお伝えください。またいつでもおいで、と。早く大事なものが見つかるといいですね」

「まったくです。失礼します」

ジーナがブレスレットを紛失し、手分けして探しているという口実で訪問した。

リンの車に戻り、南京町に行き、私だけ再びばあやの店に入った。誰もいない。そのまま待った。ばあやを問い質すべきだ。他に糸口はない。一時間、二時間と時計の針だけが過ぎていき、焦りがこみ上げてくる。動き回っている方が気は紛れる。しかしここは我慢のしどころだ。

正午過ぎに一旦店を、南京町を出た。ばあやは私がいることに気づき、避けているのかもしれない。南京町にはばあやの目が張り巡らされているはずだ。

リンの車でホテルに向かい、私はフロントでスタッフに尋ねた。

「いえ。お見受けしておりません」

たとえチェックアウトで出入りの多い時間帯でも、十五歳の少女が外から戻ってくれば目立つ。プロなら見逃すまい。

スタッフにジーナの部屋を再び開けてもらった。当然、誰もいなかった。

「リンの目から見て何か異変はないか？　争った形跡とか」

「ありません」

ベッドのシーツには皺が寄り、ジーナが腰かけていた跡だけがある。

私は窓際に歩み寄り、カーテンを開けた。私は神戸の街を眺めた。家々、幹線道路を走る車、公園の緑、マンション――。

つと頭の芯が冷えた。

「行こうか、リン。車は置いていこう。歩いていける」

「はい」

リンの表情は硬かった。

3

エントランスはしんとしていた。誰かが外出した気配すらない。集合玄関に鍵を差し込むと、ガラス製のオートロックドアが左右に開いた。エレベーターに乗り、私は十五階のボタンを押した。2、3、4、5、6。モニターのフロア表示がゆっくり加算されていく。私たちは無言だった。

十五階に到着した。

鍵を握り直し、ドアの前に立った。

「ちょっとここで待機してくれ」

「かしこまりました」

ドアを開けた。見覚えのある靴があった。後ろ手でドアを閉めた。

「俺だ。いるんだろ」

部屋の奥からジーナが出てきた。

「怪我はなさそうだな」

「怪我？　結城さんこそ平気でしたか？」

「ああ。平気だよ」

隠れ家は大事なものを隠す場所――。かつて私が述べ、昨日ジョンホも言った。

十五歳の少女が無防備に誰かを部屋に入れるとは思えない。ジーナは神戸に知り合いがいない。唯一、祖母と出会っているが、その線は消えている。親しくなったばあやを招こうにも、連絡先を知らない。部屋に招き入れる相手は、ニナ、ジョンホ、リン、そして私だけだ。私でない以上、ジョンホ、ニナ、リンの三択になり、ジョンホとニナは昨晩一緒にいた。自由に動けるのはリンだけだ。リンはジョンホの意のままに動く。ホテルの部屋から神戸の街を眺めた時、隠れ家跡地に建つマンションが見え、ジョンホの昨日の一言が浮かび、一つの推測が脳内で形になった。

ばあやではなく、ジョンホがジーナを私たちの隠れ家に移動させたのではないのか、と。

昨晩ジーナが消えたと伝えた時も、ジョンホは落ち着いていた。知っていたと捉えれば、納得がいく。待て……。どちらかと言えばニナにも動揺の気配はなかった。知っていた？　だとしたら、ジーナを見つけたいと言った一言は何だった？

もう一つ不可解な点がある。ばあやだ。ジーナを連れ去ったわけではないのに、『例の場所』などと意味深な発言をした。ジョンホに手を貸しているようではないか。実際、ジョンホとばあやは繋がっている？　いや。それではニナを手助けするという、ジョンホの言葉は虚偽になる。ジョンホがニナを助ける気がないとは思えない。ニナを送り出す気がないのなら、南京町で連れ去りの噂を流す必要も、カーチェイスの真似事をする必要もない。最初からニナをばあやに引き渡せばいい。

　わけがわからなかった。糸がますます絡み合っていく。そもそもジョンホが本気でジーナをどこかに隠すつもりなら、この場所にすべきではない。ここだとしても私に鍵を渡さなければよかった。思い出深い一言も不用意すぎる。ジョンホは何をしようとしている？　助けてという、ニナの声なき声と関連があるのか？

「部屋にはジーナだけか」

「はい」

「入っていいか」

「どうぞ……って、ここはわたしの家じゃないですけど」

「そうだったな」

　リビングは窓が開けられ、ゆるやかに風が入っていた。潮の香りがわずかにする。テーブルにはオレンジジュースの入ったグラスがあった。部屋には緊張感の欠片《かけら》もない。

　ジーナは数時間前にニナが座っていたソファーに腰を下ろした。前髪が風でふわりと揺れた。私はジーナの正面に座った。彼女の手首にはラピスラズリのブレスレットが巻かれている。

「昨晩なんでホテルを出て、何時頃にまずどこに行った？　なぜここに？」

「結城さんとジョンホさんは母を取り戻すために危険なことをしていて、ホテルだととばっちりを食うリスクがあるから、急いで移動してってリンさんに言われて。十時半頃、このマンションの別の部屋に。ここに移ったのは、朝の四時四十分とか四十五分とかでした。前の部屋にリンさんが一緒にいてくれ、起こしてくれたんです。もっと安全な部屋を用意できたからって」

マンションの持ち主なら、複数の部屋を持っていても不思議ではない。私が隠れ家を出たのは四時半。元町駅でリンと合流したのは五時。車なら十分もあれば、リンはジーナをこの部屋に移した後、元町に来られる。

このマンションを示唆した時、リンの顔は硬かった。ジーナがいるのを知っていたからだろう。今朝リンの車に乗った際、どこかで嗅いだ憶えのあるニオイがした。ジーナを乗せたからだ。制汗剤のニオイがかすかに残っていたのだ。リンは、ばあやのビルにジーナがいないことも、危険がないことも承知していた。最初は演技上、彼女が先にビルに入った。それ以降、私が先頭に立った。危険が潜んでいる恐れがあれば、リンは常時先に立ったはずだ。

「食事は？　お腹は空いてないか」

「平気です。冷蔵庫にあった冷凍食品をチンして食べました」

「そうか。携帯を置いていったのはわざと？」

「はい。結城さんたちの相手は携帯の微弱電波の発信履歴を辿れるので、万が一に備えて置いていってと言われました」

そんな真似ができるのは通信会社と警察くらいだろう。私と接触させないための嘘だ。

「携帯がないとかなり不安になりますね」

「ホテルの部屋にジーナのブレスレットに似たデザインのものがあった。あれは？」

「え？　わたしは知りません」

私も手に取って検めるまではしなかった。手に取れば、石の光沢や大きさで別物と気づけたのかもしれない。無理か。

「ちょっと待っててくれ」

私は立ち上がり、玄関を開けた。

「リン、話を聞かせてくれ」

「はい」

リンは言葉少なだった。

二人で部屋に戻ると、リンはジーナに微笑みかけた。きな臭さはない。私はリンを隣に座らせ、うつむく顔に問いかけた。

「誰に頼まれて、ジーナをマンションに連れてきたんだ」

「社長です」

「何のために」

「時間を稼ぎたいとおっしゃってました。力を貸してくれって」

「時間稼ぎの目的は？」

「説明されていませんし、訊いてもいません」

「青い石のブレスレットもジョンホが用意してたのか」

「はい。社長に渡されました。目につく場所に置いて、部屋を出るようにと。ジーナさんを連れて出る時、忘れ物をしたふりをして一人で部屋に戻って置いたんです」

あの、とジーナが会話に入ってきた。

「わたしは何の道具にされたんでしょう？　母の行方と関係あるのでしょうか」

「俺が訊きたいよ」

私はソファーに寄りかかった。カラクリの上っ面だけが見え、核心の部分はまるで見えてこない。ジョンホは青い石のブレスレットまで用意して、連れ去りを丁寧に偽装した。私はまんまと騙された。

結城さん、とリンに声をかけられた。

「社長から伝言があります。ばれたら、結城さんに伝えてほしいって」

「言ってくれ」

「『ゆっくり恥を味わってくれと』。社長はそうおっしゃってました」

恥……。

「ジーナ、トイレはあっちだったな」と私は指さした。

「え？　あ、はい」

私はトイレに入った。上部に持ち上げられる部分があった。便座に乗っかり、天井裏に繋がる板を持ち上げ、スペースに腕を突っ込んだ。脇腹に鈍い痛みが走った。中指に何かが引っかかり、そのままこちら側に引き寄せ、転がり落ちてきたものを受け止める。

クッキー缶だ。久しぶりでも感慨はなかった。便座から降り、蓋を開けた。ビニール袋に入った封筒が二通ある。ジョンホと私が書いたニナへのラブレターだ。二通とも年月の手荒い洗礼を受け、黄ばんでいる。

二通とも封筒が汚れていた。乾いた土がついている。土が付着する環境には置かれていなかったはずだ。

ラブレター以外にもクッキー缶には何かが入っていたに違いない。土の汚れはジョンホがわざとつけたのではないのか。だとすると、土がメッセージになるもの。

太田の告発状ではないのか。

ジョンホは小学校の建て替え時、一人で告発状を掘り起こした。それをクッキー缶に保存していた。ジョンホは私とニナには黙っていた。

蓋は埃をかぶっていない。天井裏にあったとはいえ、時間が重なれば埃は積もる。つい最近誰かが手に取っている。ジョンホだ。クッキー缶の存在は私とジョンホしか知らない。

結局は持ち出したのだから、ジョンホは告発状を読まれたくなかったのだ。わざと土をつけた可能性はない？　だが、土の汚れを見れば、私が告発状に思い至ることを予想できるだろう。それなのに、クッキー缶にラブレターを入れていたことを私に伝えた。これもまたちぐはぐだ。

ジョンホは昨日、自分が書いたラブレターを読み返したとも言った。顔から火が出んで、と笑った。しかし、二通とも封は開いていない。ジョンホは一度開けた封を再び閉じたのか、あるいは嘘だったのか。

私は小さく首を振った。思考を巡らせても、答えは導き出せそうにない。

クッキー缶を手にトイレを出た。痛みに似た喉の渇きを覚えた。リビングに行き、蛇口を捻った。生ぬるい水が勢いよく流れ、コップに注いだ。一気に飲み干す。二杯目を入れようとした時、ジーナがオレンジジュースを飲んでいたのを思い出した。冷蔵庫に向き直った。カレンダーがマグネットで留められている。

今日に赤丸がつけられていた。

ニナの旅立ちの日として赤丸をした？　少々迂闊ではないのか。ばあやの手の者が見るリスクもある。

「難しい顔ですね」

ジーナがキッチンに入ってきた。

「カレンダーの印もしかり、納得できないことばかりでさ」

ジーナがカレンダーに目を向けた。

「そういえばおばあちゃん、今日がお父さんの命日だと言ってましたね」

すっかり忘れていた。黒沢は、ジョンホが桐原を殺したと推測した。そんな日が、ニナの新たな旅立ちの日。

「あっ」

私は我知らず声を出した。推測通りなら、ジーナを連れ去ったように見せた理由も明確になる。

ニナとジョンホを二人にしたのは失敗だった。二人に電話を入れた。おかけになった番号は電波の届かな……。

　助けて──。

　ニナが声を出さずに発したＳＯＳが脳裡をよぎる。

「どうかしたんですか」

「リンに確かめないと」

　私はジーナの腕を引き、リビングに戻った。

「リン、俺への伝言を頼んだ時、ジョンホはどんな様子だった」

「笑ってました」

　体に震えが走った。

「吹っ切れた笑い方か？」

「え、ああ、言われてみれば」

「本当に関空に向かっているんだよな」

「他に向かう場所があるので？」

　私はジーナとリンを交互に見た。

「行こう」

「関空にですね」とリン。

「いや、別の場所だ。だが、どこなのか。手遅れになりかねない」

　二人の顔が青ざめた。

「手遅れ？　どういうことですか」とジーナが言った。

「文字通りだ。具体的には言いたくない。声に出すと、現実になってしまいそうでな」

ジーナが顎を引いた。真っ直ぐな瞳だった。私が十五歳の頃、こんな瞳にはなれなかった。

「この部屋に母はいたんですね。母の匂いがしました」

「ああ。ニナはここにいた。俺も昨日知った。ジーナには言えなかった。ニナとジョンホとの約束でな。すまなかった。大人ってのは、自分の都合を優先しなきゃいけない時があるんだ」

「母はなぜ――」

私は手の平をジーナに向け、遮った。

「昨日二人に事情を聞いたが、真実かどうか怪しくなった。まず南京町に行こう」

今度こそ、ばあやと会わねばならない。まだいなければ、南京町にいるすべての華僑に働きかけてでも。


リンを車に残し、私とジーナは南京町を楽しむ観光客の間を縫い、路地に入った。相変わらず薄暗く、雨が降っていないのに足元は湿っている。足早に進み、いつもの要領でドアを開けた。

私は目を細めた。目が慣れる時間が短くなるわけではないが、凝視した。框に人影はない。ガラス戸が開いていていた。

奥には、色彩豊かな中国式の神棚とばあやの布団がある。神棚の近くにぼんやりと人影らしきものがあった。こちらに背を向け、祈っているようにも見える。

「ばあや、いるのか」

ああ、と人影から声が漏れた。

「おるで。上がり」

私たちは靴を脱ぎ、框に上がった。ばあやは神棚の前に座り、一点を見つめていた。私はばあやの横に腰を下ろした。

ばあやは手を合わせたまま涙ぐんでいる。神棚には赤いロウソクが二本立てられていた。火は点いていない。香炉には線香も二本立てられている。やはり火は点いていない。

「シェンカン、だったかな」

「よう憶えとんね」

華僑の家や事務所には大抵こんな神棚がある。その名前がシェンカン。ばあやから教えられた。

「祈ってるのか」

「そや」

「ロウソクと線香に火を点けないのか」

「消えたら終わる気がしてね」

「終わる？　何が」

「命」

ばあやは平板な調子で言った。私は喉に力を入れた。

「誰の」

「ほんとに聞きたいんか？　昨晩から朝にかけ、霊廟で祈りを捧げてきたんや。その後、メイの墓にも行った。そこでも長い時間、祈りを捧げた。見守ってくれってね」

ばあやがここにいなかった理由か……。

ばあやがこちらを向いた。

「すべてお見通しの顔つきやな」

「何も見えてやしないよ」

目が慣れてきているはずなのに、周囲の薄闇が濃くなった気がする。

「腹にある質問を言ってみ」

「ニナはジョンホを殺そうとしているのか？」

背後でジーナが息を呑む気配があった。ばあやが眉を寄せる。

「ジーナの耳に入れてもええんやな」

「もう子どもじゃない。すべてを知る権利もある」

「そうかい」ばあやの眉間から皺が消えた。「神戸に戻ってきたんはニナや」

「桐原の敵討ちで？」

ばあやは数秒の間を置き、無表情に首を縦に振った。

「誰かを殺す動機、しかも古い友だちを殺す動機なんて、そう簡単には生まれへん」

母が……、とジーナが呟いた。

「ニナは結婚後、一度だけ泣いて帰郷したことがある。隼も承知の通り、ニナは滅多に泣かへん。

何があったのかは決して言わんかったがね。メイの墓参りに一緒に行ってくれとだけ言われた」

「何を言いたいんだ」

「ニナの性根の再確認さ。夫が事故を装って殺された。殺したのはジョンホ。もう隠す必要もないね。ニナがアタシを訪ねてきた。夫の敵討ちにきた、協力してほしいと」

背後でジーナが絶句する気配があった。

「ばあやはニナを神戸に戻したがってるんじゃないのか」

「ニナが幸せなら、どこで暮らそうとかまへん」

ばあやから逃げたいとニナは言った。あれは作り話だった？

「ニナを止めなかったのか」

「あの子の性格はよう知ってる。一度決意したらてこでも動かへん」

「生田神社付近で俺を襲ったのは、ばあやの手の者なんだろ」

ばあやは一瞬だけ視線を逸らした。

「ああ、老婆心さ。首を突っ込めば、隼は知らんでええことを知ってまう。親友が親友に殺される。悪夢やで。結局、無駄やったね」

ニナはばあやが私を襲った後に尾行をつけない理由について、真相を知っていながらも、もっともらしい推測を述べたのだろう。

「ばあやはジョンホが桐原を殺したことをいつから知ってたんだ」

「だいぶ前、噂を耳にしただけや。ニナには伝えんかった。相手はジョンホだ。孫連合と事を構えれば大事になっちまう。ニナはジョンホを殺す決意をした。友だちを殺すほどの確証を得たんやろう。ニナが確信に至った経緯は知らん。何も教えてくれんかった。アタシすら確証を摑んでへんのに」

ばあやだけではない。黒沢も確信を得ていない。警察も事故と結論づけている。なのにニナは確信した……。

「ここ数日、ニナはジョンホと会っていたはずだ。狙う機会は何度もあっただろ。今日を実行日に選んだのはなんでだ。桐原の命日と結びつけたのか」

ばあやは首をかすかに振った。

「ニナの頭の中まではわからん」

「ジョンホは命を狙われていると察しているぞ。ジーナをホテルから連れ去ったのは、ジョンホの指示を受けたリンだ。俺をニナとジョンホから引き離すための手段としてだったんだろう。俺が二人の近くにいれば、色々と邪魔になる。ジョンホはそう踏み、確実にジーナが連れ去られたと思わせる小道具まで用意した。ばあや、なんで例の場所なんて嘘をついたんだ」

ばあやはゆっくり目を閉じ、数秒後に開いた。

「隼なら導き出せるんとちがうか」

「ジョンホが何らかの理由で俺を遠ざけようとする意図を、ばあやは嗅ぎ取ってたんだろ」

言った瞬間、自分の言葉に違和感を覚えた。ニナが返り討ちに遭うリスクや孫連合の復讐を、ばあやが想定しないはずがない。ジョンホに万一のことがあれば、連中はメンツに懸けてニナを狙う。

今度は本当にジーナがさらわれてしまう恐れもある。神戸にいる間は裏の華僑ネットワークで守れるだろうが、東京に鉄砲玉が来たらどうする？

「嗅ぎ取ったんじゃなく、はなからジョンホと密約があったのか？　ジョンホがニナに殺されても孫連合は動かないというような。だから、その時が来たと悟ったのか？」

「密約？　大袈裟やな。ただ、ジョンホなら自分がどうなろうと孫連合が動かない手を打っておくやろね」

――若は腹に何か抱いているようです。

シゲさんの一言もある。すでにジョンホに言い含められているのではないのか。幹部が襲われたとなれば、普通なら孫連合は猛然と動く。だが、動かないという約束があったとなれば話は別だ。孫連合はオヤジさんの代から仁義に熱い組織として結束を強め、対外的にも干渉や戦争をはね除《の》けてきた。それを違えたという話がばあやから流れれば、組織の根幹が揺らいでしまう。外部からの攻撃を招きかねない。ジョンホ一人のために組織を破壊する判断を、シゲさんはできない。シゲさんのあの一言には、そんな腹の内も含まれているのではないのか。

ここまで準備をするということは――。

「ジョンホは覚悟を決めてるんだな。桐原を殺した。だからニナに殺されようとしている」

ゆえにニナと落ち着いて接していたのではないのか。ジョンホはリンに私への伝言を頼む際、吹っ切れたような笑みを浮かべたそうだ。カーチェイスなどで私を遠ざけようとしたのも、ニナの邪魔をさせないためだったのではないのか。

「アタシは二人の意志を尊重する」

ばあやはジョンホの覚悟についても、密約についても肯定も否定もしなかった。密約があったとしても、ニナには伝えていないだろう。ばあやはジョンホを買っている。ニナの結婚相手だったらよかったと言うほどに。孫連合とも事を構えたくないのだ。二人が生きるのがベストであり、ニナが思いとどまる余地を残したいはずだ。ばあやはニナにもジョンホにも思い入れがある。おそらく私にも。

「生田神社で俺を襲ったのも、ジョンホに頼まれたからなんだな。さっき質問した時、ばあやは視線を逸らした。ジョンホに頼まれ、俺が手を引くように襲ってきた。あの後、尾行をつけなかったのは、ジョンホが俺の様子を見てればいいからだ」

「相変わらず、よう他人の顔色を見てんね」

「皮肉はやめてくれ。肝心な時に役立たなかった。ジョンホとニナの決意を見抜けなかったんだ」

「近すぎると、かえって何も見えなくなるもんや」

「慰めはいい」

ジョンホの覚悟は罪の意識からきているのだろう。おそらくニナもジョンホの決意を見抜いている。ジーナがさらわれたと見せかけるジョンホの演出意図を読み取り、演技に乗る恰好で加担したのではないのか。

ジョンホが出国チケットを手配したというのは本当だろう。ニナはジョンホの、ジョンホはニナの表向きの言葉を信じていると、お互いに示す小道具になる。その実、互いの真意を理解しあっているのだ。

後頭部にジーナの視線を感じた。彼女の脳内は状況を理解しようとめまぐるしく動いているに違いない。

「ジョンホはなんで桐原を殺したんだ」

「さあ。アタシは確証を摑んでないんやで」

本当か否かは定かでない。押し問答をしている時間はない。

「二人はどこだ」

「アタシにはわからん」

私は屈みこみ、ばあやを睨むように見据えた。

「命が懸かってるんだ。話してくれ」

「わからん。本当さ」

ばあやは遠い目をした。力のない眼差しだった。

4

ばあやの店を出ても、向かうあてはなかった。ジーナは顔を曇らせている。

「母とジョンホさんの思考回路、わたしにはさっぱり理解できません」

「だろうな。ジョンホがお父さんを殺したと聞いてショックか」

「ショックというより驚いています。ジョンホさん、優しいので。二人の行き先に心当たりはありますか」

「いや」

「友だちを殺さないといけないなら、母は思い出の場所を選ぶんじゃないでしょうか。わたしならそうします。母は思い出の品を大切にしておくタイプですしね。わたしにくれたブレスレットも、結城さんの年賀状も。モノもあんまり捨てませんし」

私は目を見開いた。的を射た指摘だった。

「さすが母娘。ジーナがいてくれてよかった」

南京町を出て、元町駅に向かった。

「二手に分かれよう。その方が効率的だ。ジーナはリンと、ジョンホが行きそうな思い出の場所を捜してくれ」

「効率的なのは理解できますが、わたしと結城さんペアで動いた方がいいんじゃ？　邪魔者扱いですか。いてくれてよかったと言ったばかりなのに」

大きな瞳が私を見ていた。黒々と輝いている。

「違うよ、ジーナを頼りたいからだ。リンはジョンホの指示通りに動き、俺たちにそれを黙っていた。またジョンホから何か指示があった時、誰かがリンのそばにいれば、その動きをキャッチできるだろ」

「……その時は連絡します」

ジーナは渋々納得したようだった。

元町駅近くに停車中のリンの車にひとまず乗り、私は二手に分かれる案を告げ、続けた。

「ジョンホはベンツをもう修理に出したのか」

「いえ。まだお店の裏に止めてあります」

「スペアキーはジョンホが持っているのか？」

「今あります」

「貸してくれ。あっちは俺が乗る」

リンが鞄からキーケースを取り出し、一本の鍵を外した。

「店には連絡しておきます。駐車場のシートをかけてある車です」

「ジーナと、ジョンホが行きそうな場所をあたってくれ。最近のジョンホについて、リンは俺より詳しい。ジョンホが見つかり次第、連絡をくれ。こっちも一報を入れる」

「承知しました」

リンが表情を引き締めた。

私は後部座席のジーナに目顔で頷き、降りた。リンの運転する車が発進し、見えなくなった。私はタクシーを拾った。二号線は空いている。

車を確保した後、どこに行くべきか。思い出の場所。ニナになったつもりで導き出せ。自分に言い聞かせた。

ジョンホを殺そうと思えば、いつでもニナはできた。ジョンホが覚悟を決めているからだ。隙なら何度かあっただろう。

どうして今日なのか。待っていたと推測できる。今日まで待った敵討ちならば、ふさわしい場所がある。桐原が死んだ現場だ。山麓バイパスの交通量はさほど多くない。無理筋か。ジョンホが運転席にいる。運転中に殺害すれば大事故になり、ニナの身も危うい。いくら覚悟を決めていても、ジョンホが許さない。

小学校と中学校も候補地になるが、夏休みでも教員や用務員らが必ずいる。どんな手口を用いようとしているのか定かでないが、人を殺すには不向きだ。

隠れ家はどうだ。他人に見つかるリスクはない。一度離れた場所に戻るとは、普通は想定しない。ジョンホなら、ジーナがすでにいないことを見越しているだろう。私がジーナを見つけたのなら、その場でじっとしているわけがない。ジョンホはニナを隠れ家に誘導し、ニナはジョンホの心中を読んで承諾したかもしれない。

このままタクシーで向かうか。もう兵庫区と長田区の境の辺りだ。ここまで来たらベンツに乗り、自分で向かおう。

陽射しは強い。腕時計を見る。二時半過ぎだった。

明和苑に到着し、タクシーを降りると小走りで裏の駐車場に回った。隅に銀のシートをかぶった車があった。シートを力任せに剝がす。ベンツだ。ボディには見覚えのある傷がついている。乗り込んだ。車内は蒸していた。エンジンをかけるなり、エアコンの強い風が顔に吹きつけてきた。風圧に比べ、送風音は小さい。冷静に行け。そう諭された気がした。

アクセルを軽く踏んだだけなのに、ベンツは軽やかに加速した。

明石方面は空いていたが、神戸方面の二号線は混んでいた。隣の車線が進んだと見るやウインカーを出し、割り込んだ。また隣に割り込んだ。クラクションは鳴らされなかった。誰しも気前よく譲ってくれた。厳めしいベンツは融通が利く。ボディの傷で迫力も増している。

陣取りゲームのごとくベンツを進め、隠れ家マンションの地下駐車場に至った。空いていた適当なスペースに停車した。

部屋に入ると、ジーナを連れて出た時のままだった。風呂場もトイレも検めた。誰もいない。キッチンに行き、オレンジジュースをグラスに入れ、リビングに戻った。窓の外の神戸を眺め、オレンジジュースを一口に飲む。

ジョンホはこの部屋にどんな思いを秘め、十五歳のラブレターを隠したのだろう。私は告発状を埋めた時、十五歳の自分も一緒に埋めた気持ちになった。葬ったと言い換えてもいい。

そうか……。回転の鈍い頭を呪った。ジョンホはとっくに行き先を告げていたのだ。読み返していないラブレターでも示唆している。印象づけるためだったに違いない。

ジョンホの笑顔が目の前で揺らいだ。

私はオレンジジュースの入ったグラスをテーブルに置いた。手が強張った。迂闊だった。ニナも同じメッセージを送ってくれていた。

かつて私が住んだアパートの跡地、ニナが住んだマンション、この二ヶ所にオレンジジュースの缶があった。

二人がいる場所は他に考えられない。明言してくれれば、すぐさま向かえた。まどろっこしいメッセージだ。再会して、文句をぶつけないといけない。

死ぬな。ジョンホに語りかけた。

殺すな。ニナに言った。

――出発時刻は変更できるからね。夕方くらいまでなら。

ニナの声が耳の奥で聞こえた。瞬間的に体が熱くなり、血が体に巡っていくのを感じる。

ニナの声なき言葉も胸の奥に蘇る。あれは本心からの叫びだった。人殺しになる自分と、ジョンホの命を助けてという意味だったのか?

助けて――。

ニナの心は揺れている。それだけは間違いない。

マンションを飛び出て、地下駐車場からベンツを急発進させた。ジーナとリンに連絡を入れるべきではない。二人には悪いが、ニナとジョンホと私の三人で決着をつけたい。

なぜジョンホが桐原を殺したのか。いくら暴力が付き物の稼業とはいえ、人を殺すにはかなりの動機があったはずだ。ジョンホは鉄砲玉ではないし、幹部の軽率な行動は孫連合に大きな打撃を与えかねない。私が神戸を離れてから、ジョンホは桐原と命を奪うほどの接点を持った? ワンや黒沢の話によると、桐原は相当なワルだ。孫連合の逆鱗に触れる行動をした? いや。孫連合が関係するなら、ジョンホは直接乗り出さない。

大通りを海側に進み、神戸市役所前を過ぎた。右折し、明石方面の国道二号線に入った。神戸の東西を繋ぐ大動脈だけに交通量は多く、のろのろと進んだ。頭上を走る神明高速を見上げた。二号線よりも渋滞している。電車に乗り換えるか。だめだ。推測が的外れだった時は、新たな場所に向かう足が要る。

ハンドルを強く握った。早く到着できるわけではないのに、力を緩められなかった。

アクセルよりブレーキに足を置く時間の方が長かった。信号でもないのに止まり、青になっても一ミリも動かず、次の赤信号になることもあった。

電話が震えた。ジーナからだった。

「こっちは空振りが続いています。そちらはどうですか」

「こっちもだ。まだ行き当たらない」

あの……、と言い淀むような間が空いた。

「何かあったんですか。別れる前と結城さんの声が微妙に違っているような」

「見つからないから苛ついているんだろう。さっきまで一人で悪態をついていた」

「結城さんが？　想像できません」

「想像通りの世の中なんて何も面白くないだろ」

「また連絡をします。無茶しないでくださいね」

通話を切った。勘の鋭いコだ。思い出の場所。ジーナはニナの性格を読み、そう推測した。

兵庫区に入ると、ようやく車がスムーズに流れた。

思い出。私の思考はそこに戻った。私ならどこだろうか。神戸市内なのは間違いない。ジョンホと同じ場所を選ぶかもしれない。四十四年生きた。様々な場所にも行った。多くの人と出会った。ニナとジョンホと過ごした日々に勝る思い出はない。誰しもそういうひと時があるのではないのか。これから向かう場所にジョンホがいるとすれば、私たちと過ごした年月が最も印象深い月日だった証明になる。

焦りが消えていく。そうだ。あそこなら日中は人がいる。人の目がある以上、ニナはジョンホを殺せない。ジョンホも殺させない。他方、夕方まで、と言ったニナの言葉に重みが生まれる。この季節なら夕方以降、ひと気は消える。

長田区に入った。窓の外にビルは見えない。神戸という地名から多くの人間が想像する華やかさが消えている。工場や背の低いマンションが目立つ。

ニナにとって、最も思い出深い日々はいつだろう。私やジョンホと同じで、三人で過ごした神戸での月日だろうか。結婚し、ジーナが生まれてからだろうか。だとすると、どうして夫についてジーナに話さないのだろう。

脳に閃光が走り、私は瞬きを止めた。

ニナは、ジーナの目から見ても思い出を大切にしていた。親友を殺そうとするほど夫を大事に慕うのなら、思い出の品々を桐原の実家に送り返したのは合点がいかない。見るたびに哀しくなる、気分が落ち込むというなら、押し入れやクローゼットの奥にしまい込み、目につかなくすればいい。ニナの家は狭くなかった。行動の辻褄が合わない。その理由は――。

前方の車が急停車した。慌ててブレーキを踏み、体が前のめりになった。シートベルトが食い込む。タイヤの摩擦音とともに、何かが弾かれるような音がした。視界の端に違和感があった。助手席側のグローブボックスが開いている。きちんと閉まっていなかったらしい。

白い封筒が一通、入っている。見覚えのある封筒だった。

前の車が恐る恐る発車した。私から逃れるように右折していく。私は明石方面に直進し、前を睨みつけていた。先ほどの車が憎いのではない。封筒がベンツにあり、グローブボックスが閉まりきっていなかったのには意味があるのではないのか。

須磨区に入ると、海岸沿いの松林が前方に見えた。夕暮れにはまだ早いが、陽射しにはすでにオレンジ色が混ざっている。左前方の水族園は閉館したという。世の中は変わっていく。だが、景色が変わっても、海や山で人々は多くの思い出を作り続けるのだろう。

ハンドルを切り、路地に入った。タイヤが砂粒を嚙んで軋む音が続き、停車した。途端に潮の香りが車内に染み込んでくる。シートベルトを外して助手席側に体を乗り出し、グローブボックスから封筒を取り出した。表向きにする。

告発状。封筒は開いていた。折り畳まれた便箋をつまむ。広げると、崩れ落ちそうな音を立てた。

文字は揺れていた。読みづらい分、当時の太田の心境が透けている。

最初に謝ります。夏、水泳の授業の時にリュウさんの水着を盗んだのは僕です。情けない限りです。吉沢の言いなりになる自分にも、殴られたり蹴られたりするのにも、もう耐えられません。

リュウさんの水着を盗んだのは、一コ上の吉沢に命じられたからです。『中学時代のでいいから、リュウさんにお姉さんの水着を盗ってくるよう言え』と。水着がなければ、ぼこぼこにされるのは僕です。だからリュウさんの水着をお姉さんのだと言って渡しました。

上履きを盗んだのも、体操着とブルマを盗んだのも、制服のスカーフを盗んだのも全部僕です。ごめんなさい。全部、吉沢にやらされました。全部、リュウさんのお姉さんのものだと騙しています。

吉沢はこれからも僕に色々と命じてくるでしょう。そのたびにリュウさんを困らせたくありません。暴行を受けるのもご免です。同情してほしいわけじゃないですが、体は痣だらけです。あいつらは顔とか首とか、表に出る部分は決して殴ってこないんです。だから誰も僕の傷を知らないでしょう。夏、僕は内臓の病気があると水泳の授業を見学しました。母にも嘘をついてもらったんです。

暴力の苦痛から免れ、リュウさんも困らせない方法を一つだけ思いつきました。僕には他に方法が思いつきません。リュウさんやジョンホ、結城への仕打ちへの対応を見れば、教員なんて頼りになりませんから。命を賭してやり遂げます。

リュウさんには言っておきたかったんです。リュウさんが大好きだから。許してくれとは言えません。最後にもう一度言わせてください。

ごめんなさい、リュウさん。

太田学

私は目を瞑り、左手で眉根を揉み込んだ。左手に残る感触が疼いた。息苦しかった。いつの間にか呼吸を止めていたらしい。ヘッドレストに後頭部を預け、深呼吸した。便箋を封筒にそっとしまった。

私とジョンホは嫌がるニナを唆《そそのか》し、太田を体育館裏に呼び出した。ニナは薄々、太田の心境を察していたのではないのか。ニナの態度から何かを嗅ぎ取れなかった己の無神経さを呪いたい。

私は腹を固め、ベンツを降りた。砂浜に続く小路を行く。一本、電話を入れた。

5

小路を抜けると砂浜が広がっていた。海が夏の終わりの陽を浴び、銀色に輝いている。潮騒が聞こえ、波は凪いでいる。

辺りを見回した。何もない広い空間に犬の散歩をする人や、家族連れがちらほらいる。遠くに人影があった。真っ赤なパラソルの下にいる。私はそちらに歩き出した。近づくと、人影は一つだった。

「ジョンホ」

大きな声で呼びかけた。

――死ぬ時はこんな景色を見ながら死にたいな。

十五歳の時、この須磨海岸でジョンホはそう言った。

何度呼びかけても、ジョンホは私を一顧だにしない。体育座りで膝を抱え、海を眺めている。私は前に回り、ジョンホを見下ろした。

「返事くらいしたらどうだ」

「うっさいな」ジョンホはうっすら微笑んだ。「さっきから隼の声は聞こえてんで」

「返事をしないからだ」

「ジョン、ジョンって聞こえてな。犬を呼んでるみたいやろ。振り返るのが恥ずかしくてな。……って嘘や。聞いてたかったんや。波の音と友だちの声を」

「何度でも呼んでやるさ」

「座れ。熱々やで」

ジョンホが自分の右側の砂を軽く叩いた。私はジョンホの隣に腰を下ろした。たちまち尻が熱くなった。

「何年経ってものどかなとこだな」

「やっぱ、ここに来たな」

「やっぱ？　メッセージを残した張本人がよく言うな。ジョンホはラブレターの話を持ち出して、俺にクッキー缶を開けるよう仕向けた。土を残し、太田の告発状を持ち出したと類推できる仕掛けも施した。俺が告発状を見つけたら、必ず読むよう、意識に刻み込む効果も狙ったんだろ。ベンツのグローブボックスも半開きだった。まんまと俺はジョンホに乗せられたんだ」

「隼は敵に回したないな」

「何度も言わすな。俺はジョンホの敵じゃない」

「そやったな。読んだか」

「ああ。メイを殺したのは吉沢なんだろ。正確に言えば――」私は正面からの潮風に向かって続けた。「実行犯が吉沢で、黒幕は桐原。太田は告発状で『あいつら』と書いてる。二人はあの頃からつるんでた」

「ご名答」

桐原はメイに執着していた。吉沢を使い、太田を用いてメイの持ち物を奪うことまでした。成長してからも執着は続いた。もしくは学生時代にメイが振り向かなかった鬱憤を晴らすための遊びだったのかもしれない。メイはひったくりに遭った際に転倒し、頭を強く打って死亡している。

「ニナも二人の犯行だと気づいたんだ。それでジョンホとばあやに協力を請い、桐原を殺した。ニナが勘づいたきっかけは？」

「さて。後で本人に確かめてみ」

「結婚を後悔しただろうな」

だからニナは夫の遺品を実家に送り返し、ジーナに桐原のことをあまり話さなかったのだろう。

「そやろな」とジョンホは顔を歪めた。「聞いてへんけど」

「ジーナが桐原について詳しく知らなくてよかった。知らないままでいてほしい。父親の所業を」

「父親、か」

ジョンホがぼそりと言った。私はそのジョンホの言葉を嚙み締めた。

「結局この場所に至るヒントを残したのに、ばあやを使って俺を襲ったのか」

「端的に言えば、気が変わったんや。あの時はまだ、隼に嗅ぎ回られたくなかった」

「あの時はまだ、ね。黒沢にニナの似顔絵を描いてもらった際、ジョンホは『オレにとっては意味があること』だと言った。俺もいたのに、『オレたち』とは言わなかった」

「そやったか。無意識だったわ。ニナがなんのために隼を招き寄せたんと睨む？」

「俺に桐原殺害の真相を突き止めさせたかったんだ。ニナは裁かれたかったんだろう。ジョンホはニナが犯行に関与したのを隠そうとし、自首も思いとどまらせてたんじゃないのか。でも、ニナは一度決めたらてこでも動かない性格だ。諦めたと見せかけ、タイミングを計っていた。時効は撤廃されてる。ジョンホはそんなニナの内心をお見通しだった」

ジョンホが口笛を吹いた。

「さすがの見立てやな。隼は決して退《ひ》かんと思い知った。ニナのために動くとも確信した。だから、知っておいてもらう方向に舵を切った。クッキー缶だの何だのを使ってな」

「桐原の件、はなから俺にも話してくれればよかったんだ」

「オレだけの問題なら喋れるけど、ニナがおおもとなんや。ジーナもおる」

ジョンホは海を見つめていた。私は手元の砂を握り、指の間から落とした。

「ニナが何をもってメイを殺したのが桐原だと導き出したかにしろ、ジョンホはそれを信じられた。太田の告発状をあらかじめ読んでたからだ。小学校の改築工事前に掘り出したんだろ」

「そや。オレたちには再会の約束があった。工事のどさくさに紛れて捨てられたらかなわん。約束を破って先に見ちまった。ぼんくらの吉沢が太田を使うなんて真似はできん。糸を引いてた奴がおる。最初はそいつを特定してやろうと思った。隼たちと再会した際の話題の一つとしてな」

「それでジョンホはばあやのツテを使い、吉沢について調べた。桐原との悪行を知った」

黒沢は弟を能なしではないと言ったが、桐原に振る舞い方などを指示されていたのだろう。

「ご明察。オレは放っておくつもりやった。メイには悪いが、過去の人や。オレが敵討ちに乗り出すほどの間柄でもない」

「しかし、ニナがやってきた。協力してほしい、と。ジョンホとばあやに話して決意を固めるため。いくらメイの復讐といっても、相当な覚悟が要る。俺としては仲間外れにされたわけだが、海外を飛び回ってたから仕方ない。ジョンホとばあやは神戸に絶対にいるんだ」

「ニナは自分でやると言い張った。どうせやるなら、本職に任せろとオレは説得を重ねた。素人にできることやない。ばあやの口も借りた。最終的にニナが折れた。いずれ隼を招き、自分が主犯だと暴かせ、裁かれることを条件に。隼は仲間外れにされたわけやない」

ニナは夫の仇としてジョンホを恨んでいたわけではなかったのだ。

「その時、ニナはジーナを連れてきたのか」

「いや」

「そうか。いなかったのか」

ニナは当初、自首する腹だったのだろうが、できなくなったのだ。主犯として自首すれば、ジョンホも逮捕される。元々自分の手を汚すつもりだった点を考えると、巻き込んだとはいえ、ジョンホを犯罪者にしたいはずがない。

ジョンホも自首できない。自首すれば、ニナも罪の意識から警察に出向いてすべてを話してしまう恐れが生じる。代行した意味がなくなる。

「どうやって殺したんだ」

「簡単や。メイを殺した事実を桐原に突きつけた。奴はすっとぼけたが、ニナが勘づいてると言ってやった。墓参りし、謝れば許す。そう伝えた。メイの墓に行くなら、最初から第二神明に乗るか、途中まで山麓バイパスを使う。二号線だと時間がかかるからな」

「タクシーは？」

「桐原はタクシー独特のニオイが苦手だったそうや。吐き気が止まらなくなるんだと」

そうだった。母親が言っていた。

「他の公共交通機関を乗り継ぐほど、時間をかけるとも思えんかった。予想通り、奴はレンタカーを借りた。あの日、第二神明が事故で通行規制がかかっててな。桐原は山麓バイパスに乗った。オレの運転技術は隼も見た通りや。ガードレールに追い込み、計算通りに横転させた」

桐原がニナとジーナへの愛情から動いたのか、保身のためだったのか。今となっては知る由もない。

「後悔はしてへん。桐原は最低の人間や。横転だけじゃなく、炎上したんは過去の報いを受けたんや。天罰やで。横転だけじゃ生き残れた可能性もあんのに」

「生き残った場合、どうするつもりだったんだ」

「別の手を講じた」

「念を入れ、証拠——車を隠滅したんだな」

「そや。ナンバーには反射板をつけてたけど、一応、廃車にした」

シゲさんが示唆した通りであり、黒沢が目撃した通りでもある。

ジョンホが肩をすくめる。

「もっとも、人殺しって側面ではオレも桐原と一緒で、最低やな」

「結果は一緒でも、ジョンホが最低だとは思えないな。俺がジョンホでも同じことをした。俺は自分が最低な奴とは思わない」

「自己愛ってやつか」

「自分を大切にできない奴が、他人を大切にできるわけない。自分を大切にしているからこそ、いざという時、誰かのために己を投げ捨てられる」

「オレはそんなヒーローじみた奴とちゃうで」

「ヒーローでもダークヒーローでも、何だっていいさ。白と黒で割り切れるほど、人生は単純じゃない。まっとうなことが常に正しいとは限らないんだ。嘘や悪事が真実や正義より多くの人のためになったり、誰かの命を救ったりすることだってある」

波音がする。絶え間なく砂浜に打ち寄せ、砕ける。流木やペットボトルなどを運んで。

「ジョンホの真の狙いは、あくまでもニナが逮捕されないことなんだ。そのために色々手を打ってきたんだろ。ニナは本気で俺に罪を暴かれたかった。じゃないと、いきなり姿を消してジーナとの接触を断ったり、ジーナが俺を神戸に連れてくるよう仕向けたり、ばあやに桐原の過去をほのめかさせたりしない」

ニナはジーナが自分を捜索するのは想定外だと言ったが、そうなると踏んでいたのだろう。娘の性格を知り抜いている。

「ニナはなんで隼にすべて喋るんじゃなく、面倒なことをしてまで暴かせたかったんと思う?」

「ジョンホが『自分で真相に行き当たれないような奴に身を任せるんか? 話して何になる?』とでも言い聞かせてたんだろ。ジョンホはニナの罪を隠しておきたいんだからな。俺が諦めればそれで終わりでいい。しかもニナの携帯やらなんやらを取り上げた。隠れ家にはパソコンすらなかった。隠れ家を出て公衆電話に行ったとしても、ニナはジーナの携帯番号を憶えてない」

物忘れにまつわる話の流れで、ジーナがそう言っていた。

「南京町でニナが連れ去られた芝居をしたよな」

「そんで?」

ジョンホは遠くを眺めている。

「カーチェイスも、生田神社近くで暴行を受けたのも、俺を遠ざけたかっただけじゃない。別の一面もあった。俺を試したんだろ。まずは心理面で、次は肉体面で。ジョンホは俺の性格をよく知ってる。どうせ退かないと見越していたが、年月が俺の性根を変えていないかを確かめたかった。いわばこの数日間は俺のお試し期間だった」

私は深く息を吸い、頭の中で構築した筋立てを口に出していく。

「俺に桐原殺害の真相を知ってもらい、裁かれたいというニナの気持ち。ニナのためにすべてを隠したままでいたいジョンホの思い。二つを両立させる解決方法がある。その実現のためにジョンホは行動していたんだ」

ジョンホは何も言わず、海に目をやっている。ジョンホがどんな結末を胸に抱いているのか。私にはわかる。数日前まで二十八年間会っていなくてもわかる。

ジョンホが目をすがめた。

「せっかくや。思い出話をしよか」

「思い出話？　ニナが戻らないうちにか」

「ああ、ニナの水着姿についてああだこうだ言えなくなる。このご時世じゃ、立派なセクハラになっちまう」

「ヤクザがハラスメントを気にしてんのかよ」

「職業差別やぞ」

「ヤクザなんて社会全体にパワハラしてるようなもんだろ」

違いない、とジョンホは声をあげて笑った。

「友だちってのはええもんや。痛感すんで。涙がちょちょ切れそうやわ」

「そのわりにはまったく泣いてないな」

ジョンホは両腕を空に突き上げ、大きくのびをした。欠伸《あくび》をし、右手を口にあてた。

「ええ天気やなあ。暑すぎてどろどろに溶けてまいそうや」

「だな」

「あえてなんも触れへんのやろ」

「あとはジョンホの運次第だ」

私の運次第でもある。

「運はええ方や。銃痕や刺し傷を見せたやんか。オレは事故死に見せかけて人を殺せる立場にいる。裏返せば、いつ殺されてもおかしない。それが今日まで生きながらえた。見ず知らずの連中に銃弾を食らって死ぬなんてまっぴらや」

「俺は神戸での日々で、ジョンホとニナに教わったことがある。生きてればいいことがあるってね。二人と出会うまでは、いつ死んでもいいと思ってたんだ」

「生きてれば、か。ええ言葉やな」

ジョンホは手元の砂を握り締め、ゆっくり手の平を開いた。指の間から乾いた砂がさらさらと落ちていく。背後の松林から虫の涼しげな声が聞こえた。夏がまもなく終わろうとしている。

「ばあやにもよろしく言っといて」

「ジョンホが自分で言えばいい。運はいいんだろ」

「今まではな」

ジョンホはそれきり黙った。二人で海を眺めた。背後から足音がした。

「隼、来られたね」

ニナがオレンジジュースの缶を両手に持ち、私たちの前に回った。

「ジョンホ、これ。わたしも座っていい？」

もちろん、と私が答えた。私を中心にして右側にジョンホ、左側にニナが座った。

「三人で海眺めるの、久しぶりだね」

ニナがオレンジジュースのプルトップを開けた。

ジョンホの体が真横に崩れ落ちた。砂浜に倒れこんだまま、ぴくりとも動かない。

ニナの甲高い声があがった。

ジョンホの顔から血の気が引き、口から泡も吹き出している。目は充血し、視線が定まっていない。呼吸も荒い。呻き声しか出てこない。そのくせ微笑みを浮かべている。

――あえてなんも触れへんのやろ。

ジョンホが放った言葉が、全身に重たくのしかかってくる。今後私が一生付き合っていく重みだった。

私はジョンホの姿を目に焼きつけるべく凝視した。

6

救急車のバックドアが勢いよく閉まった。酸素マスクをしたジョンホを中央に、私とニナは右端に座った。私はニナの肩を抱き、ジョンホを見守った。

救急隊員は脈拍や呼吸の状況などをモニターで確認したり、注射を打ったりしている。運転席から無線でのやりとりが漏れ聞こえた。意識混濁、気道確保、甘い臭い。毒物を飲んだ模様。救急隊員は冷静に告げていく。手の平に汗が滲んだ。それなのに寒気がした。車内が暑いのか寒いのかわからなかった。私はニナの横で、救急隊員の問いに答え続けた。ジョンホの名前、職業、年齢、住所──。自分の声には聞こえなかった。

「患者さんには、何か目につくような異変はありましたか」

「欠伸をした際、口に手をあてました。あの時、何かを飲んだのかもしれません。喉仏がかすかに動いていました。倒れたのは、その数分後です」

「毒物を所持していたと?」

「何とも言えません。私はあの場に着いたばかりだったので」

ジョンホが死んでしまえば、私は警察の取り調べを受けるだろう。シロだと判明しても、孫連合から命を狙われかねない。シゲさんなら理解してくれるだろうが、メンツを重んじなければならない業界だ。それでも毒物について伝える以外の選択肢はない。救急隊員の適切な処置に関わってくる。

救急車が坂を上っていた。山側へ向かっている。時計を見た。時間の感覚が薄れている。出発から十五分近く経過していた。

病院に到着し、ジョンホが手術室へ運ばれていく。廊下にストレッチャーの車輪の音が大きく反響する。

「ジョンホ」

私は叫んだ。酸素マスクをつけたジョンホがかすかに笑ったように見えた。手術室のドアが閉められた。ニナとドアを見たまま立っていた。世界に二人だけ取り残された気がした。

座ろう、と私は声をかけた。薄暗い廊下のベンチに並んで座った。私たち以外、廊下には誰もいない。

「大筋はジョンホに聞いた。俺はメイが亡くなったことすら知らなかった」

「姉はいい人だった。時々、そばにいてくれればって思う」

「色々と糸口はあったんだ。桐原家への訪問が俺にとっては大きかった。ジーナから見ても思い出を大切にするニナが、思い出の品を実家に送り返しているのが解せなかった。結婚写真の一枚すらないこともね」

「ご両親はいい人たち。お義母さん、お元気だった？」

「ジーナを見て涙ぐんでたよ」

そう、とニナは呟いた。

「桐原はメイへの犯行を告白したのか」

「まさか」ニナの目が尖り、普段の眼差しに戻った。「転居で荷物をまとめる際、部屋の整理で見つけた。段ボールに入った一式を。メイがひったくりに遭った時の鞄とか、身につけてたアクセサリーとか。物持ちがいいっていうか、桐原はモノを捨てられない性分でさ。わたしも他人のことは言えないから、荷物をとっておく点に関しては似たもの同士だった」

桐原にとって命取りになったわけだ。

「メイの荷物だけじゃなく、中学時代に盗まれたわたしの水着やらなんやらもあった。気色悪いでしょ。さすがに水着は桐原家に送れないから、阿佐ヶ谷にある」

「結婚を後悔しただろ」

「後悔っていうか、男を見る目のなさに絶望した」ニナがゆるゆると首を振る。「東京で家電メーカーに勤めてた時、省庁との会合で桐原とたまたま再会したんだ。懐かしかったし、悪い印象はなかったから連絡先を交換した。しばらくデートを繰り返した。本性を見抜けないまま、一年後に結婚しちゃった」

「俺かジョンホにしておけばな」

「ほんとだね」

ニナは力なく笑みを浮かべた。

「あの段ボールにあったトートバッグはメイのか」

「ええ。メイがアルバイトのお金を貯めて買った、お気に入り。あれがどうかした?」

「桐原夫人がジーナに譲ったんだ。ジーナの目に留まってね」

「血は争えないね。メイのいい供養になりそう」

メイが生きていれば、ジーナに喜んで譲っただろう。

「太田の告発状も読んだのか? 中学時代、ニナの水着を盗んだうんぬんの告白」

「読んでない。でも、あの日……太田君が亡くなった日、隼が来る前に話してくれた」

「ニナは本当に太田の自殺を止めようとしてたんだな。だけど、太田は落ちてしまった。俺はニナが何かの拍子に突き落としたんじゃないかと思ったんだ」

「学生服を摑んでたんだけど、限界だった。そこに隼が来た。あの時は吉沢の背後に桐原がいるなんて想像できなかった。大人になってからもね。想像力が貧困なんだよ」

私は二度、首を振った。

「想像力の問題というより、時間のせいだよ。俺だって子どもの頃のことなんて思い出さない。せいぜい年に一度、ニナとジョンホと過ごした楽しい日々を振り返る程度さ」

「今回、わたしは隼の思い出をまんまと利用した。十五歳の時の約束にかこつけてね」

「社会人になれば、誰だってずる賢さ――したたかさを求められる」

「時間のせい、か。あの約束は純粋なものだった。太田君の自殺にわたしは心底ショックを受けて、告発状を読むなんてできなかった。教師や警察にも吉沢の所業を言えなかった。わたしの一言で吉沢を追い込んで、自殺してしまうかもって怖くなってさ。あの後の吉沢たちの行動を予知できていれば、そんな感情、まったく無意味だったのにね」

太田に事情を聞いていたのなら、告発状が吉沢について書かれたものだとも推測できる。しかし、ニナを責めるのは酷だ。自殺を止めようとした人間が目前で死んだ衝撃は大きいだろう。

「一年後でも二年後でも告発状を読めたとは思うけど、いみじくも隼がさっき言ったように、『いまの自分の歳と同じ年月が経った時、この辛さを思い出せるだろうか、いまと同じような気持ちで太田君を追悼できるだろうか』って不安になった。それで十五年後に読もうって言った」

廊下はなおも森閑としている。手術室からの音も漏れてこない。

「桐原の件、なんで俺を裁判官役に選んだ？　いずれ俺に判断を委ねるって条件だったんだろ」

「他にいる？　わたしたちにとって唯一、心を許せる友だちで、冷静に判断してくれるに決まってる。桐原が死んだ時、わたしは自首しようとした。ジョンホとばあやに止められた。生まれたばかりのジーナのためにも、協力したジョンホのためにもって。ジョンホを巻き込んだのは自分だし、受け入れた。代わりに隼のことを条件にした。ジョンホもばあやもとりあえずわたしが自首するのを避けられれば、後のことは後になってから考えればいいって判断だったんでしょうね」

だろうな、と私は言った。

「時間が経てばニナの気持ちが変わる期待もあったはずだ。ニナが、太田の死の捉え方が時間とともに変化するのを恐れたのと一緒だよ。俺を簡単に捜し出せる確信があったのか？　連絡を取り合ってなかったのに」

「十五歳の時の約束があったでしょ。桐原が死んだ時、約束は二年後に迫ってた。隼なら約束を忘れるはずがない。絶対に何か連絡をしてくると信じられた」

「で、俺の年賀状が届き、さらに約束を延期して今年——桐原が死んで十五年後を指定した。それで太田の死から二十八年っていう中途半端な年になったわけか。なんで今年だったんだ」

ニナが顎を引いた。

「ジーナが十五歳になるから。ジーナはジーナなりにきつい人生を送るのが目に見えてた。わたしや隼、ジョンホにとっての他の二人がジーナに現れるとは限らない。わたしたちは運がよかったんだよ。他の二人に会えたんだから。今になって心からそう実感する。わたしたちが受けた仕打ちが、現在の社会から消えたとは到底思えない。むしろひどくなってるのかも」

「俺たちの手に余る問題さ。だからこそ、ニナはジョンホとばあやの提案を呑んだ面もあるんだろ。犯罪者の子どもがどんな目に遭うのか、ニナは俺を見て知ってる」

「そうね。十五歳まではわたしがジーナを守らないといけないって。十五歳になれば物事の判断はつくし、わたしが筋道をつけておけば、その後もなんとか生きていける年齢でしょ」

「ジーナには他人を巻き込む力もあるしな」

「隼がその証明だね」

　私はニナの双眸を見据えた。

「桐原は犯行を自白してないと言ったが、メイの持ち物を見つけた後、問い質したんだよな？　可能性は限りなくゼロに近いが、真犯人から譲られた品がたまたまメイやニナのものだった線もある。リサイクルショップやアダルトショップで買ったたって線も」

「わたしも、万が一間違っていたらまずいとは思った。でも、問い質そうとすると、吐き気がして話せなかったし、顔も見たくなかった。すぐに殺しの決意が芽生えたわけじゃない。徐々に、それが配偶者としての務めなんじゃないのかと思うようになった。桐原がこのまま出世すれば、日本の行政の中心になる。あんな男に任せてはいけない」

「殺さずとも、出世レースから脱落させる、社会的制裁を与えるって選択肢もある。証拠がなくたって、噂だけでもキャリア官僚には致命的な失点になるはずだ」

「ちょっとは検討した。一人じゃ抱えきれないし、思案するにも限界があるから神戸に戻った。誰かに喋らないと爆発しそうだった。ばあやに相談した。ばあやはわたしの様子を見て、ジョンホも呼んでくれた」

ニナが泣いていた、とばあやが言った日だろう。

「ジョンホが桐原にあたる役になった。ジョンホは色々調べてくれた。桐原が幼馴染の吉沢を殺しただろうことも教えてくれた。後日、ジョンホが桐原を質してくれた」

私がメイの事件について初めて尋ねた際、ジョンホは指輪やアクセサリーも奪われたと言った。新聞各紙の記事は一言もそんな仔細に触れていなかった。警察に探りを入れて知った線もありうるが、あらかじめニナから事情を聞いていたと考えるのが妥当だった。私はそのことを完全に見落としていた。

「桐原は認めず、出頭する気もなかったんだな」

「ええ。すべて状況証拠ばかりだしね」

「さっきの質問に戻るが、殺す以外の選択肢もあっただろ」

「生ぬるいって結論に至った。三人の命の代償にしては軽すぎる」

ニナは太股に置いた手を握り締めた。

「三人？　メイと吉沢。あと一人は誰だ」

「太田君だって殺されたも同然でしょ」

「そうだな」私は口を結び、開いた。「その通りだ」

「いずれの件でも桐原は司直の手を逃れてる。決定的な証拠もなければ、本人が自白する望みもない。だったら誰かが相応の罰を与えないと。わたしは桐原の近くにいた。チャンスもある。頼りになる人たちもいる。それに、やる時はやる女でいたいから」

久々に本人から聞くと、耳に心地いい台詞だった。人を死に追いやった側面や正しさのみを追い求める最近の風潮からすれば、私の感性は時代遅れで、歪んでいる。別に構わない。私は私以外になれない。正義や正しさだけを追い求める人間にはなれない。いつでもどこでも正義の御旗を掲げたり、清廉潔白を求めたりできる連中は、幸せなのだ。灰色や黒色の世界を覗かなくてもいい人生を歩めているのだから。

「今回、ニナは桐原の墓参りに行ってるよな？　花が手向けてあった」

「元夫のためじゃなくて、お義父さんのため。お世話になったのに、葬儀にも出てないから。亡くなったのは、ばあやに聞いてたの。恨まれるかもしれないけど、元夫との関係も報告できた」

「きっと理解してくれたさ」

ニナは桐原の葬儀などでも黙り込んでいたという。義理の両親らに対しては複雑な思いを抱えていて、それを周囲に悟られたくなかったのだろう。

「ワレワレハワルモノダ」ニナがぼそりと言った。「わたしの場合、本当にそうなっちゃった。ひどい人間でしょ。友だちと恩人を利用したんだよ」

「もとをただせば、本物の悪党は桐原さ」

「わたしの罪は消えないよ」

「世間から見れば、ワルモノはニナとジョンホだけじゃない。俺もさ」

「隼が？」

「ジョンホのことだ」

「何を言いたいの？」

私は膝に手を置いた。ズボンに須磨海岸の砂がついていた。

「俺はジョンホがすべてひっかぶって死のうとしている——と見抜いてたんだ。でも、ジョンホを止めなかった。会話でそのことに触れもしなかった。ジョンホも俺の気持ちをわかっていた。俺がジョンホの意志を尊重したと言えば聞こえはいい。法律面では定かじゃないが、道徳面では立派な自殺幇助《ほうじょ》さ」

「我々はワルモノだ——ね」

ああ、と私は正面の真っ白な壁に目をやった。

「ニナもジョンホの腹積もりを前から察してたんだろ。だから、隠れ家で再会した際、『助けて』と声を出さずにSOSを出した」

「ええ。隼と二人になった時も、隠れ家には盗聴器があるかもしれなかったから、声には出せなかった。ジョンホは何度か敵対組織に襲われ、瀕死の重傷を負ってる。現在は膠着状態らしいけど、いつ殺されても不思議じゃない。撃たれたのをばあやに聞いた時、ジョンホに連絡した。ジョンホは『いつ死んでもおかしくないなら、誰か大切な人のために命を使いたい』って言ったの。覚悟を感じた。ジョンホはわたしのためにいつか死ぬつもりなんだって。たとえわたしが自首しても、事件への関与を証明できる人がいなくなるでしょ。ばあやだって実行には関わってない」

でも、と私は話を引き取った。

「ジョンホは自殺を図らなかった。一抹の不安があったからだ。警察だって完璧じゃない。桐原やメイ、吉沢の死がその証明さ。ジョンホの死後にニナが自首すれば、物的証拠がなくても逮捕され、有罪になってしまいかねない。ニナが自首しないと確信できるまでは生きている必要があったんだ。もしもの時、自分がすべての罪をかぶるために」

私たちはしばし口を閉じた。私から話を再開した。

「神戸に来た俺を、ジョンホはあの手この手で試した。会わなくなってから長い年月が経っていたからだ。十五歳の俺なら迷わず二人の行為に封をする判断をした。四十四歳の俺が同じ判断をするかジョンホは確信できなかった。ジョンホの心情は理解できる。結局、二人とも互いの性根が変わってないのを実感した。ニナはジーナを隠すことを知らなかったのか」

真似をした。ニナはジーナを隠すことを知らなかったのか」

私は彼女を見た。うん、とニナは耳に髪をかけた。

「わたし、本気で太田君の告発状を掘り返しに行ったんだよ。なかった時、ジョンホがどこかにやったんだなって気づいて、あっさり引き下がった。あの時、ジョンホは誰かを使ってジーナを隠したんだよね」

「そうだな」

「隼から一報があった時、そのことを察した。ばあやのビルしか思い当たる場所はなかった。隼がどこかでジーナを見つけ、わたしたちのもとに来ればジョンホの自殺を止められると確信した。ジョンホも、隼が砂浜に現れるまではなにも動くつもりがないってことはわかった。三人で一緒にいた頃のバカ話ばっかりしてさ」

「ジョンホとしても、俺と物理的な距離を置き、ある程度の時間をかけたかったんだよ。俺の心にジョンホの覚悟を染み込ませたかったんだ。どうせ死ぬのなら思い出の場所で、さらに俺という友人に看取らせるためにね。俺がジョンホの思惑に勘づいた時、奴と連絡を取り合える環境か目の前にいたら、力尽くで止められてしまうと思ったんだろう。シゲさんに事情を告げられ、身代わりを出頭させてしまうとか」

故意ではなく事故になってしまった、ずっと罪の意識に苛まれていた——とでも説明させればいい。殺人より罪はかなり軽くなる。有罪判決後、再捜査に至るケースは極めて稀だ。

「シゲさんて?」

「孫連合の大幹部さ。ジョンホは、俺が黙認すると見越した。俺ならジーナの居所も、ジョンホとニナがどこに行ったのかもわかるだろうとも。俺が二人を捜す移動手段にベンツを使うことも見切り、グローブボックスに太田の告発状も入れておいたんだ。だから、俺が来るまで毒を飲まなかった。俺が一人で須磨海岸に現れた瞬間、止める気がないのを改めて見て取り、互いにそれと明言せずに語り合うことになった」

私はまた正面の真っ白な壁を見つめた。

「事実に蓋をしたいというジョンホの意志。ジョンホを救いたいというニナの心情。俺はどちらも尊重したかった。ジョンホを止めず、運に賭けることにした。成功の保証なんてないのにな。ジョンホがすべてを背負う覚悟なら、と腹をくくったんだ。重みを背負う覚悟を。ジョンホの命という重みを。ニナもジョンホも重みを背負った。俺だけ何も背負わないわけにはいかない。俺たちの関係性を知らない第三者からしたら冷酷な決断さ」

「誰かのためになる決断が常に温かいとは限らないよ。桐原を処罰するっていう決断だってそうでしょ」

ニナの息づかいが聞こえてくる。穏やかでありながらも、激しく渦を巻くような感情が漏れ伝わってくる。

ジョンホは命の使い方を考え、私に賭けたのだ。私がニナを裁き、自首への思いをも完全に砕くと信じて。ジョンホは最後まで私に決意を言わなかった。明言しないからこそ、絶対的な覚悟が伝わってきた。

ニナは何も着けていない左手首に右手を添えた。

「もう一つ、ジョンホには今日まで死ねない理由があった。十五歳の時の約束。ジョンホがその日までは死を選ばない確信があった。約束の日、隼と絶対にもう一度会いたいと言ってたから。実際、他の組織との手打ちにも動いてた」

「ニナが再会の約束を延長し続けなかったのは、俺に裁かれたい気持ちが消えなかったことが理由の一つ。二つ目は何度も延期すれば、自首する気がないとジョンホに思われかねないからだね。ニナに自首する気がないとなれば、ジョンホは安心して死んでしまう。別組織との手打ちが永久に続く保証もない。現に三年前に刺されてるんだ」

「わたしにとっての頼みの綱は十五歳の時の約束だった」

十五歳の約束がジョンホの命を繋ぐ大きな要因となり、ニナの拠り所にもなったのか。

「ジョンホが撃たれた時は、もう約束を延長した後だよな」

「うん。隼から年賀状が来た時、ジョンホにも相談して、ジーナが十五歳になる年に設定した」

私と再会しても、ジョンホは固い決意を実行に移さなかった。私が神戸にいられる日程を考慮したのだろう。明日、私は神戸を離れる。一晩、物言わぬジョンホと向き合える。

「ニナはジョンホの死への決意を根本的に砕きたかったんだね。俺を使って」

そう、とニナの声は重たかった。

「何かを言われたわけでも、具体的な行動があったわけでもない。でも、そういうのって伝わってくるでしょ。頼れるのは隼だけだった」

「ニナが俺にすべてを最初から話さず、失踪を装い、様々なトラブルに見舞わせたのは、話を聞いただけの俺ではジョンホを止められないと悟っていたからだな。ジョンホの邪魔も計算して」

「ええ。いくら隼でも頭を使っただけの、ありきたりの言動じゃジョンホを止められない。全身でぶつかり、困難を乗り越えた友だちの言葉じゃないと、ジョンホの固い決意を砕けない。隼ならやってのける、大丈夫だと信じた。だから隠れ家で再会した時も、一芝居打てた。ばあやの行動の意図もでっちあげられた」

私が生田神社近くで襲われた後に尾行がついていないことについて、ばあやは様子を窺っているだけだとニナは言った。ある意味、自身のことを述べたのだろう。ニナは私の動きを見守っていたのだから。

ばあやもジョンホの覚悟を察していたのだ。ニナがジョンホを殺すという私の見当違いの予想を否定しなかった。ニナのためでもあり、ジョンホのためでもあったに違いない。

私は背後の壁に頭を預けた。

「悪いな。最終的に俺はジョンホを止めなかった」

三人が出会った時点で、こうなることは避けられなかったのだろうか。私たちはしばらく黙った。静かだった。

隼、と唐突にニナが口を開いた。

「来月からロンドンに転勤だってね。その後も海外を転々とするんでしょ」

「なんで知ってるんだ」

「勤務先に隼の取引先を装った電話がかかってこなかった?」

「ああ。『例の女』って俺は心の中で呼んでいたよ」

「中学校の同級生が隼と同じ大学に通ってたの、知ってた?」

「卒業間際、一度だけ声をかけられた。同じ高校に通ったんだろ」

「社会人になってから街でばったり会って、隼の就職先を聞いた。電話をかけ、隼を呼び出してもらおうとしたら、出た方が『――商事さんですか』と言うから、乗っかってね。半年に一度、かけるようになった。隼がロンドンに転勤するのも知った。今年のどこで、ジョンホの決断を止める行動に出るべきか、わたしは迷ってた。隼がロンドンに行くまでがタイムリミットになった」

私は手術室に目をやった。中の様子は一切窺えない。ジョンホはいま、どんな容態なのだろう。

ニナに向き直った。

「桐原の件、このまま蓋をしろ。ジョンホのためにもな。法律とモラルには反するが、そんなのどうだっていいさ。法律やモラルを守るより、俺は友だちを守りたい。第一、法律もモラルも役に立たず、メイたちは殺された。ガキの頃だって、法律やモラルは俺たちを助けてくれなかった。浴びた悪意の総量からすれば、物忘れを一つしたくらい構わないさ」

ニナの返事がある前に、私は畳みかけた。

「今後どうしても法律に裁かれたくなったら、ジョンホの命懸けの行動を嚙み締めろ。ニナは法律で裁かれずとも、ジョンホに裁かれたんだ。友だちの命よりも重たい刑があるか？」

ニナが長い瞬きをした。

「蓋をする。ジョンホのためにも」

「オーケー。本物の悪党のために俺たちが苛まれる必要はないんだ」

私は微笑んだ。ニナも微笑んだ。ジョンホのためにも二人で微笑んだ。

「もう一つの方はもっと難しい判断になるな」

「え？」

「気づいてほしかったんだろ。他ならぬ俺に。ジーナのことだよ」

ニナは黙した。イエスの沈黙に受け取った。

「ニナとジョンホの子どもだろ」

ニナは目を見開いた。

「よくわかったね」

「理由はいくつかある。まずは感情面だ。ジョンホがニナを守りたかったのは紛れもない事実だろう。ただ、いくらなんでも友だちってだけで命を賭すだろうか。桐原の一件に封をして、ジーナを犯罪者の子どもにさせない──っていう、娘を守る動機が加われば納得できる。ジョンホは己の境遇を考え、ジーナがヤクザの娘となるのも厭うた。だから法律的な父親になっていない。ジーナに伝えないよう、誰にも知られないよう、ニナに言い含めてもいた。ばあやなら勘づいてるだろうが、口に出さない分別を持ってる」

桐原が悪党だろうと、その事実は世間的に知られていない。早くに死んだ一人の名もなき官僚に過ぎない。父親の悪行でジーナが責められることはない。

「俺との再会を望むだけじゃなく、ジョンホはジーナが十五歳になるまでは生きたかったんだ。十五歳。俺たち三人にとって特別な歳だ。一緒に過ごした最後の時だから。約束を再設定した時、そんな心境になったんだろう。撃たれた後も、その日まではって思いは変わらなかったんだ」

私は息を継いだ。

「ジーナが娘だと誰にも知られたくないというジョンホの気持ちを慮り、ニナはさっきこのことにあえて触れなかった」

「さすが隼だね」

「名前も糸口の一つさ。ジョンホとニナからとってジーナ。中国でも韓国でも通じやすい名だ」

「名付け親はジョンホ」

「そうか。いい名前だよ」

私は本心を述べ、続けた。

「桐原の所業をゼロから洗うだけでも一ヵ月や二ヵ月はかかる。ニナは何度も神戸に行ったんだろ。最低でも桐原が死ぬ一年くらい前から話は始まってるんだ。メイの荷物を見つけた年も意識的に言及しなかったんだ」

ニナに桐原殺害の相談をされた際、ジーナを連れてきたのかをジョンホに尋ねた。いや、という返答だった。あれは連れてこなかったのではなく、生まれていなかったという意味だったのだ。

ニナがふっと息を吐く。

「そう」

「何度も顔を合わせ、相談するうち、ジョンホと深い仲になった。むしろ、そうなるのが自然さ。元々、嫌い合ってるんじゃないんだ」

「ふしだらだよね」

「世間一般の常識とか正義なんてくそくらえさ。ジーナのためにもジョンホが父親の方がいい。ジーナと初めて会った時、ニナにそっくりだと驚いた。よくよく考えてみれば、ジョンホにもそっくりなんだ。娘は父親に似るというしな。ジョンホは丸くてかわいらしい目、長いまつ毛、高い鼻、おちょぼ口。ジーナは、つぶらな目にカールした長いまつ毛、通った鼻筋に、小さな唇。な？」

「わたしの要素はどこ？」

ニナが悪戯っぽく眉を寄せ、私は眉を大きく上下させた。

「全体だ。ニナは折々にジョンホと会って、連絡をとり合ってる。ジーナの成長を伝えてたんだろ。三人はいい親子だよ、いい家族だ」

「そう……親子。家族」

ニナの瞳が膨れた。肩を小刻みに震わせている。瞳から涙がこぼれた。初めて見る、ニナの涙だった。

「いずれジーナに出生について打ち明ければいい。ジーナはジョンホの良さを知った。ヤクザってだけで嫌悪することはない。俺は黙っておく」

私はポケットの白いハンカチを差し出した。ニナはそれを受け取り、力なく目の辺りに当てた。

ニナの涙は止まらない。実の父親のことをジーナにも言えなかった思いが、一気に溢れているのかもしれない。当のジョンホは生死の境をさまよっている。

ジョンホはニナを罪人にしないことで、娘のジーナともども二人を守りたかった。ニナはジーナの父親であるジョンホの命を守りたかった。ジョンホとニナの感情がジーナを介し、私を神戸に連れてきた。

「ジーナの行く末が楽しみだな」

ニナは嗚咽《おえつ》しながら何度も頷いた。

手術室のドアが開いた。女性の看護師が私たちに近寄ってきた。

「先生からお話があります。お部屋にご案内します」

ニナがハンカチを顔から離した。私とニナは手を取り合い、立ち上がった。

狭い診察室にいると、白衣姿の中年の医師が入ってきた。目は窪み、無精ひげが顎や頬に生えている。医師の充血した目が向けられた。

「率直に申します。できる限りの処置をしましたが、非常に危険な状態です」

ニナが膝から頽《くずお》れそうな気配があった。私は彼女の背中に手を置き、尋ねた。

「助かる見込みは？」

「患者さんの気力次第です。おそらくカプセル状の青酸カリを飲んだのでしょう。時間が経ち、カプセルが胃で溶けた。幸い、完全に溶けきる前に通報があり、応急処置もできた。ただし、すでに体を蝕《むしば》んだ毒もある」

「私たちにできることはありますか」

「患者さんの気力と体力を信じてあげてください。しばらくＩＣＵにいてもらいます」

私たちは診察室を出た。手術室前のベンチにニナと座った。せわしなく看護師が目の前を行き交っていく。私は一旦ベンチを離れ、病院を出た。一本電話を入れた。

ニナのもとに戻る。無言の時間が過ぎていった。

廊下に誰かが来た。

「お母さん」

ジーナだった。左腕に巻かれたブレスレットが跳ねるように揺れていた。

DEPARTURE

フランクフルト、パリ、ニューヨーク、シンガポール。羽田空港の掲示板には各都市への出発時刻が示されていた。私が搭乗する便も示されている。ロンドン行きのブリティッシュ・エアウェイズ。あと二時間余りで離陸する。異国に飛び立つ便のアナウンスが流れている。

チェックインは済ませていた。ゲートをくぐるにはまだ早い。そんな中途半端な時間だ。ベンチに腰を下ろし、手荷物のトートバッグを傍らに置いた。驚くほど軽い。あらかじめ現地に送った荷物も少なかった。バッグから文庫を取り出した。何度も読み返してきた小説だ。しおりを挟んだページを広げ、目を落とした時だった。

「結城さん」

ジーナだった。背後にはニナがいる。

「どうしてここに」

「プレゼントを渡しに来たんです。よかった、まだいてくれて」

「俺に?」

私はニナに目顔で問いかけた。

「隼は恩人だから」

「さあさあ」

ジーナはメイのものだったトートバッグから、青い石のネックレスを取り出した。

「ラピスラズリは幸せを運ぶ石だそうです。結城さんへのお礼に神戸で買ったんですけど、渡す前に東京に戻られたので」

ジョンホが毒を呷った日、私とニナは病院で夜を明かした。

朝方、ジョンホは奇跡的に持ち直した。意識が戻った後、私は誰よりも先にジョンホに面会させてもらった。

*

「人間ってのは、簡単に死なへんねんな。神様も意地が悪い。勉強になったで」

ジョンホは苦笑いを浮かべた。

私はジョンホが手術室にいた際、ニナと交わした会話をかいつまんで伝えた。ニナの涙についても話した。

ジョンホはしばらく天井を眺め、呟いた。

「そうか。ニナが泣いたんか」

「ジョンホだってできれば死にたくなかったんだろ。ニナだけじゃなく、娘の行く末を見守るためにね」

「おいおい」ジョンホはこれ見よがしに眉をひそめた。「そこまで見切っとって、毒を飲ませたんかい」

「俺はジョンホの運に賭けた。俺の運でもあり、ニナの運でもあった。ちゃんと救急車をあらかじめ呼んでおいたよ。大博打に出るにしても、準備はしたんだ」

私はジョンホが自殺する決意を固めていることを、須磨海岸に到着する前から予期していた。だから海岸に入る前、あらかじめ救急車を要請した。

「見事、オレが本懐を遂げてたら？」

「神様のせいにでもした」

「今頃、神様もひっくり返っててんで」

「俺も運がいい方なんだ。ジョンホとニナと会えた」私は微笑んだ。「それはそうと、俺の負けだったな」

「ん？　何がや」

「ラブレターの勝負」

ジョンホが声をあげて笑った。

「ああ、オレの勝ちやった」

「またな」

私は手を差し出した。ジョンホが手を握り返してきた。ジョンホとの握手なんて久しぶりだった。小学生の頃、ニナを巡って殴り合った後にして以来だ。

「もう死ぬなんて考えるなよ」

「ああ、あんな苦しい思いは二度とごめんや。どっかの誰かさんにも言われたしな。生きてれば、いいこともあるって」

「必ずあるさ。今後もニナとジーナを守ってくれ」

「オーケー。次は二十八年後なんて言わず、帰国次第、神戸に戻ってこい」

「そうするよ。ジョンホがちゃんとニナとジーナを守ってるかをチェックしにな」

「約束やで」

「ああ、約束だ。今度はゆっくり過ごさせてもらうよ。オヤジさんの墓参りもできてないし、神戸は俺の故郷だからさ」

ジョンホの病室を出て、ニナとジーナに別れを告げ、私は神戸を後にした。

＊

「ロンドンでも結城さんに幸運が訪れますように」

ジーナからの贈り物を受け取った。

「ありがとう。大事にするよ」

「ありがとうはこちらの台詞です」

「いや。ジーナのおかげで俺は友だちを失わずに済んだ。もう一度言わせてくれ。ありがとう。ジーナが生まれてくれてよかった。心からそう思う」

「照れますね」

「せっかくだ。腕につけてくれないか」

「もちろんですよ」

ジーナが私の左手首にネックレスを三重にして巻いてくれた。肌に心地よい感触だった。石の青さが目に眩しかった。

〈著者紹介〉
伊兼源太郎　一九七八年、東京都生まれ。新聞社勤務などを経て、二〇一三年、『見えざる網』で第三十三回横溝正史ミステリ大賞を受賞しデビュー。ドラマ化された『事故調』『密告はうたう』ほか、「地検のS」シリーズ、『巨悪』『金庫番の娘』『事件持ち』『ぼくらはアン』『祈りも涙も忘れていた』など著書多数。

本書は書き下ろしです。

GENTOSHA

約束した街
2023年7月20日　第1刷発行

著　者　伊兼源太郎
発行人　見城 徹
編集人　森下康樹
編集者　君和田麻子

発行所　株式会社 幻冬舎
〒151-0051 東京都渋谷区千駄ヶ谷4-9-7
電話：03(5411)6211(編集)
03(5411)6222(営業)
公式HP：https://www.gentosha.co.jp/

印刷・製本所　図書印刷株式会社

検印廃止

ISBN978-4-344-04137-0 C0093

この本に関するご意見・ご感想は、
下記アンケートフォームからお寄せください。
https://www.gentosha.co.jp/e/